难说青春不神奇

姚远方 著

百花洲文艺出版社

图书在版编目（ＣＩＰ）数据

难说青春不神奇 / 姚远方著. -- 南昌 : 百花洲文艺出版社, 2015.12
ISBN 978-7-5500-1015-4

Ⅰ.①难… Ⅱ.①姚… Ⅲ.①散文集 – 中国 – 当代

Ⅳ.①I267

中国版本图书馆 CIP 数据核字(2014)第 173816 号

难说青春不神奇

姚远方 著

出 版 人	姚雪雪	
责任编辑	郑　骏	
美术编辑	大红花	
制　　作	董　运	
出版发行	百花洲文艺出版社	
社　　址	江西省南昌市红谷滩世贸路 898 号博能中心 A 座 20 楼	
邮　　编	330038	
经　　销	全国新华书店	
印　　刷	北京兴湘印务有限公司	
开　　本	787mm×1092mm　1/16　　　印张　14.5	
版　　次	2016 年 4 月第 1 版第 1 次印刷	
字　　数	300 千字	
书　　号	ISBN 978-7-5500-1015-4	
定　　价	24.60 元	

赣版权登字：05-2015-465

邮购联系　0791-86895108

网　　址　http://www.bhzwy.com

图书若有印装错误,影响阅读,可向承印厂联系调换。

前　言

　　青春是葳蕤绚烂的夏花,青春是悠扬动人的欢歌,青春是一幅绚丽多彩的画,青春是人生中最锦绣的一道风景……

　　说起青春,浮现在我们脑海中的是充满朝气的面庞,是无忧无虑的欢笑,是无所畏惧的身躯,是呼啸而过的单车,是肆意张扬的快乐……

　　但时光荏苒,青春易逝,一回头,青春已经成了回忆中的一段流金岁月。

　　"疯了,累了,痛了,人间喜剧;笑了,叫了,走了,青春离奇。良辰美景奈何天,为谁辛苦为谁甜。这年华青涩逝去,却别有洞天……"王菲飘渺迷离的嗓音呢喃如烟,而我们走过了花季,跨过了雨季,在青春的路上越走越远。

　　当别人忆起青春,眼中满是留恋,仿佛在他们的眼中青春除了美好,便再无其他。但正在经历青春的人却有些恍惚,我也曾无比向往青春,可是为什么我的青春却充满了迷茫和疑惑,为什么我的青春有着刻骨铭心的伤痛,为什么我没有感受到青春那神奇的力量?

　　其实,青春如一次漫长的旅程,旅途遥远,道路崎岖。谁的青春都有过迷茫和伤痛,谁都要度过一段没人帮忙,没人支持的日子,所有事情都是自己一个人撑,所有情绪都是只有自己知道。但最终,我们都会咬牙撑过去,这就是青春的神奇所在。

　　不要质疑青春的神奇,不要怀疑自己的力量,只有在荆棘丛生的路上前行,我们才能真正激发出自己的潜能。青春就是这样一条荆棘丛生的路,当我们走过去之后才会发现,我们的身体不再弱不禁风,我们的信念变得无比坚定,我们的肩膀也能扛起重任,我们已经可以自己独立成长!

　　青春是人生最靓丽的色彩,有欢笑,也有泪水;有朝气,也有颓废;有甜蜜,也有荒唐;有自信,也有迷茫……无畏的青春不仅需要友情、爱情的滋养,还需要经历磨难、承受失败、承担压力、参与竞争、接受背叛,更需要学会承担责任,不浪费每一分每一秒时间,这样才能累积出辉煌的未来。

本书结构清晰,语言生动,通过一个个通俗易懂的小故事,告诉那些仍然徘徊在成长路上的年轻朋友,青春是充满力量的,青春是很神奇的,只要我们多经历一些摔打,多磨炼自己,就能让青春成为人生路上的一块坚实的基石,实现生命的升华。

目　录

您

友谊如此温暖

纯纯的友谊最珍贵

谁的友谊没有瑕疵

我选友情

第十四章 爱情于青春,不止是四十五度角的仰望

浅浅情,深深爱

爱情需要沉淀

只求你安好

十指紧扣,静爱无言

我要给你未来

失恋没有那么可怕

爱,也是一种责任

第十五章 亮丽的青春也需要云淡风轻的心情

失败的高考,不悔的青春

昨天已经逝去

面对得失学会坦然

没什么了不起

失去,也是另一种拥有

第十六章 青春,是最美的时光

用青春书写神话

年少的时光是回不去的童话

天亮说晚安,纪念回不去的青春时光

第一章 青春无悔，只争朝夕竞风流

天地转，光阴迫。一万年太久，只争朝夕。青春的风吹拂我们的发，我们在青春的时光里渐渐长大，我们热爱青春，我们享受青春，但青春并不会一直停留在我们的生命里。如何才能让自己的青春无悔？那就珍惜现在，抓紧时间，一刻也不停歇地在青春里绽放自己的光彩吧！

莫让年华付流水

一个平时游手好闲的年轻人梦见自己随着时光的流逝变成了白发苍苍的老人，等他醒悟到自己一生碌碌无为时，却已是悔之晚矣。于是他痛苦地仰天大喊："青春啊，回来吧！回来吧！我的青春！"这一喊把青年从梦中惊醒，他暗自庆幸自己还未沦落到那种地步，于是开始奋发图强，不再浪费大好的光阴了。

这则故事告诉我们：每个人都要珍惜青春，因为，青春逝去不再来。

两千年前，一位伟人立于河边，面对奔流不息的河水，想起逝去的时间与事物，发出了一个千古流传的感叹："逝者如斯夫。"

时间是人们生命中的匆匆过客，往往在我们不知不觉中便悄然而去，不留下一丝痕迹。人们常常在他逝去后，才渐渐发觉，留给自己的时间已经所剩无几。也正是如此，才有了古人一声叹息：少壮不努力，老大徒伤悲。也有人说："青春是人生中最美好，最绚丽但又是最短暂的。"青春就像与时间赛跑，在人生的起跑线上，时间是我们最大的竞争对手，它不会等待我们。当人生的哨声吹响时，时间飞逝，赶上它是不可能了，只有奋力去追逐，跌倒了，没关系，爬起来，继续跑。

时间不会停下来，因为青春一去不复返。时间不会倒流，因为青春对每个人只有一次。

那么,这宝贵的青春时光,我们该如何度过?我们该如何不让大好的年华空付了流水?

答案是:只争朝夕,不负光阴,让青春无悔。

虽然年少的我们还在父母师长的庇护下成长,但很多事情我们已经可以靠自己来完成,而不是凡事都等别人来替我们安排。

"再坚持一下就到达终点了,"刚刚跑八百米的时候小婷不断对自己说着,"再坚持一下,再坚持一下就胜利了。"

在不断地自我鼓励下,尽管身体极度疲惫,但小婷还是坚持到了终点。到达终点的那一刻,小婷声嘶力竭地大喊:"我做到了,我真的做到了!"

小婷是家里的独生女,从小身体就不太好,从小到大,她都被家人无微不至地照顾着。父母给她安排好一切,让她上最好的学校,用最好的东西。她知道父母疼她爱她,可是父母却并没有问她喜不喜欢,这样做好不好,甚至还会强加给她一些东西,但她也只是有一些小情绪罢了。

以前她并不知道努力是什么,小学六年级当别人在努力考最好的学校的时候,她像平时一样无所谓,因为她知道不用努力一样可以上那所令别人羡慕的学校。

上了初中,小婷成绩平平。但父母也并不曾要求她要有什么目标,只是说快乐就好。就这样她快乐地度过了三年的初中生活。中考之后,她又不用担心成绩而进了一所别人拼命努力才能考进去的高中。

等到了高中,她开始看到别人的努力,看到别人的付出,看到别人的喜乐,看到别人的苦悲,而看看自己,她发现自己还是一只在父母羽翼下成长的幼雏。

小婷开始思考,她想靠自己的努力考上大学,不想再接受父母的安排,不想再在父母的逼迫下去学自己厌恶的艺术,尽管艺术生考大学会相对容易一些。她现在想做的,就是靠自己的努力去得到自己想要的东西,而不是等别人送给自己。

小婷给父母写了一封信,将自己的想法全部说了出来,但得到的只是父母的一句"宝贝,你能这样想我们很开心,但爸妈会给你安排好一切,要听话。"

但小婷并没有放弃,她决定用自己的行动向父母证明自己的决心。于是,她选择了自己最弱的科目——体育来证明自己。

小婷从小身体就不太好，从小到大体育课基本上都很少有能坚持一节课的时候。但为了证明自己，她一定要在期末考试的女子八百米长跑中达标。为了实现这个目标，小婷每当其他同学下了晚自习之后就到操场上跑步，在其他同学还没起床时就爬起来继续到操场上跑步。每次坚持不下去的时候，她都会对自己说"一定要坚持，只有坚持下去才有可能成功"。

经过半个学期的努力，小婷终于实现了自己的目标，不仅在女子八百米长跑中达标，而且顺利完成了其他体育科目的考试。

当看到老师同学诧异的目光时，小婷的心里更加坚定了"凡事要靠自己"的信念，她要证明给父母看，她要为自己付出，她要为自己努力，她不会再虚度光阴，她要用汗水让自己的青春更加多彩！

青春好似陈年美酒；珍惜它的人会将它细细品尝，品尝酸、甜、苦、辣；虚度光阴的人则将它一饮而尽，喝得酩酊大醉，沉浸在一时的欢乐当中，留下的只有遗憾和痛苦。

若有人因为青春短暂而遗憾，那让那些人独自懊恼吧！我们要做的便是加入到人生的跑道上去，与时间赛跑，在赛跑中去追逐自己的梦想。生命因为有了青春才闪光，青春有了理想而精彩。

青春固然短暂，但只要我们珍惜时间，不虚度光阴，就会做到青春无悔。

让我们把握着人生的笔尖，驾驭着青春的风帆，驶向天涯海角；让我们踏着时代的碧浪，舞着岁月的节拍，荡漾着平凡的青春，劈波斩浪！

只争朝夕竞风流

"天地转，光阴迫。一万年太久，只争朝夕。"是毛泽东所写的《满江红·和郭沫若同志》一词中的一句名言，这句诗词就是告诉人们时间紧迫，要抓紧时间，力争在最短的时间内达到目的。

但人们在青春年少时往往感受不到时间的紧迫，总认为来日方长，却不知荒废的时间如同流水，一去不返。等到我们意识到要珍惜时间时，很多事情已经无法回头了，剩下的唯有悔恨。

曹宇在上大学之前一直是父母老师眼中的好孩子、好学生，学习刻苦、听话懂事，最终以优异的成绩考入了北京某重点大学。这在他们那个小小的西部县城曾引起一阵不小的轰动，在热浪般的羡慕与祝贺中，曹宇被父母送到了北京。

初入大学，曹宇对大学生活充满了新鲜感。终于不再像高中时那样彻夜挑灯苦读，曹宇开始接触学习之外的事物，相对于单调的高中生活，在曹宇眼里，大学生活简直是多姿多彩，可以通宵上网聊天、看电影、打游戏，可以逃课去踢足球，可以参加各种社团活动……就连上课，曹宇都心不在焉，脑子里想的全部是与学习无关的事情。

眼看还有一个月就要期末考试了，曹宇才开始着急，不再打游戏，不再踢足球，突击了一个月终于顺利通过了期末考试。有了这一次的经验，等到大一第二个学期时，曹宇更是肆无忌惮地逃课，心思完全不在学习上，直到离期末考试只剩下半个月时，才开始拿起书本复习重点，但这一次，他并没有像上次那样顺利通过考试，他挂科了。当学校把成绩单寄到家里的时候，他开始有一点点紧张，但他的父母却没有意识到事情的严重性，在他们眼里，儿子能进入北京的重点大学就说明将来儿子一定会有一个神话式的前程。

没有听到父母的责骂，这让曹宇更加大胆，这个被寄予厚望的少年沉迷于网络游戏、足球，挂科自然越来越多。每次挂科，曹宇就对自己说："没事，还可以补考，反正到毕业时能拿到双证就可以了。"当他知道学校有很多人都拿不到双证，甚至有人没到 4 年就退学时，他心里的安全感便又增加了，甚至屏蔽了让他自动内心深处的不安。

四年的大学生活就在曹宇"没事，不着急，还有很长时间才毕业"的自我安慰中静悄悄流逝了，当他知道双证已经拿不到的时候，他有些崩溃，后悔自己没有早些努力，但早已养成的懒散的习惯，让他放弃了任何可以补救的机会，带着一张结业证离开了学校。

曹宇不是没想过另谋出路，他称之为喜剧式的创业计划。他不断重温足球中的经典逆转。2004 至 2005 赛季欧冠决赛利物浦对 AC 米兰，上半场连进 3 球的 AC 米兰几乎已经稳坐胜局，孰料下半场利物浦连扳 3 球，最终靠点球逆转登顶，拿下了冠军。这场赛事，曹宇每看一次都会热血沸腾，像信仰一样为之膜拜、癫狂。他开始执拗地认为,自己的一生将只与足球有关。

他注意到很多人工作之后仍然愿意回学校踢球,但是没有一个很好的场地、赛事和信息平台。这或许是一个商机,可以做类似于足球联盟的网站。这个想法燃起了他久违的热情,他开始在纸上草创网站的页面和模版。专注了一个月之后,发现所谓的创意不过就是一纸空谈,他无法对别人清晰解释客户群体、盈利模式。足球带给他的快乐与能够转化的价值之间,差之千里。曹宇终于明白了"兴趣是一回事,现实是另一回事"的意思,也终于认识到了现实的残酷和无奈。

而在曹宇的内心深处,他是把足球的逆转投射到了现实生活,希望借助这件事情实现自己人生的逆转,证明大学毕业没有双证也可以过得很好,但现实给了他一记响亮的耳光。

足球中的逆转并不是真实的人生,曹宇开始清醒。

同学答应把曹宇介绍到自己所在的小公司,要求不高,月薪 2000 元。然而,等了一个多月后,还是不了了之。曹宇决定回家乡跟亲戚学做小生意,他想着自己总还是有"力气"这点价值的。不过,他很快又否定了自己的想法,亲戚的彩票店卖出一张彩票才赚 1 毛钱;周围开饭馆的人天不亮就要起床,人人都必须有手脚并用、精明油滑的本事。这是他第一次接触真实的底层社会。

曹宇这时才知道原来苦力活也不是谁都干得来的,他并不属于这个群体。

路越走越少,曹宇后悔在大学时不务正业,浪费了大好的光阴,但后悔不能解决最基本的生存问题,后悔过后还要面对现实。最终,曹宇开始重新审视学历在这个社会中的分量,决定重拾书本。他脑中的路线图也渐渐明晰起来,虽然拿不到学位证,但有了毕业证,便可以考研,新的学历将冲刷掉结业生的污点。他太渴望摆脱低人一等的不堪境地,回归用社会眼光看来正常的年轻人的行列。

按照教育部的规定,拿到结业证的大学生可以在两年内重新申请补考换取毕业证。此时,曹宇只有半年的时间可以准备了。

然而,运气好像自高考之后就再也不会降临。在家里埋头苦读,考试时坐火车来北京,挂掉的课程一门一门补过了,最终却输在了最后一科上。55 分,宣判了彻底的失败。

此时,无法逃避的他才真正撕开伤口,检视自己犯下的错。他想不通,要用什么样的代价才能挽回四年的荒废。

曹宇回到了北京,开始做简历,找工作。他希望能够在自己栽倒的地方重新站起来。尽管单薄的一页纸上,几乎没有可写的履历,但他终于要学着摆脱寄生的窘迫。一个月后,一家小公司接收了曹宇,月薪 3000 元。他告诉父母这个消息的时候,很平静。

他开始过着上班下班的规律生活,在离单位很远的地方租着一张床位,每天要用两个小时赶去上班。他没有抱怨,没有愤怒,这是他为自己荒废的四年时光所付出的的代价。

他终于知道珍惜时间,终于明白青春不是让我们肆意挥霍的,挥霍之后,我们会用自己的未来做代价。

对于一个普通的年轻人来说,一步赶不上,步步赶不上,这才是我们最真实的前路。不要幻想着荒废了青春,之后还能实现"逆袭"。

但太多的人不明白这个道理,我们绝大部分人都是想着:不急,明天再做好了,反正我们有很多个明天,今朝有酒今朝醉,明朝有忧明朝忧,人生得意须尽欢,莫使金樽空对月。但明日复明日,明日何其多,今日又无为,万事成蹉跎。

里德是彼特的朋友,小伙子阳光帅气,但却一无所长,一无所有,生活得很是无聊。有一天,他向彼特诉说苦闷,希望彼特能给他的未来指一条明路。

彼特问他:"你到底怎么了?"

里德说:"我都快 30 岁了,却还一无所有,你说我该怎么办呢?你能给我指个方向吗?我现在连自己的人生价值都找不到。"

彼特说:"我感觉你和别人一样富有啊,因为你拥有的时间和别人一样多。"

里德苦涩地说:"那又能怎么样呢?它们既不能当荣誉,也不能换顿饱饭……"

于是,彼特就给他念了彼特在哈佛图书馆看到的这句话:我荒废的今日,正是昨天殒身之人祈求的明日。还对他说:"你可以去问一个刚刚延误飞机的游客,一分钟值多少钱;你再去问一个刚刚死里逃生的人,一秒钟值多少钱;最后,你去问一个刚刚与金牌失之交臂的运动员,一毫秒值多少钱。时间对我们每个人来说都是很珍贵的,只要你珍惜它,专注于自己想做的事,那你就不会这么无聊,脚下的路就会慢慢明朗起来。"

这时,里德若有所思地点了点头。

过了一段时间,彼特给里德打电话询他的近况,得知他已经开始着手创立自己的工作室了。他已经明白了时间的意义,以后的路他也知道该怎样去走了。

明天再美好,也不如抓住眼下的今天多做点实事重要。上帝给每个人的时间都一样多,如果你是勤奋的,那你的生命之树上就会留下串串果实;如果你是懒惰的,那你最后只能带着一头白发,两手空空地遗憾曾有的岁月。

获得哈佛大学荣誉学位的发明家、科学家本杰明·富兰克林有一次接到一个年轻人的求教电话,并与他约好了见面的时间和地点。当年轻人如约而至时,本杰明的房门大敞着,而眼前的房子里却乱七八糟、一片狼藉,年轻人很是意外。

没等他开口,本杰明就招呼道:"你看我这房间,太不整洁了,请你在门外等候一分钟,我收拾一下,你再进来吧。"然后本杰明就轻轻地关上了房门。

不到一分钟的时间,本杰明就又打开了房门,热情地把年轻人让进客厅。这时,年轻人的眼前展现出另一番景象——房间内的一切已变得井然有序,而且有两杯倒好的红酒,在淡淡的香气里漾着微波。

年轻人在诧异中,还没有把满腹的有关人生和事业的疑难问题向本杰明讲出来,本杰明就非常客气地说道:"干杯! 你可以走了。"

手持酒杯的年轻人一下子愣住了,带着一丝尴尬和遗憾说:"我还没向您请教呢……"

"这些……难道还不够吗?"本杰明一边微笑一边扫视着自己的房间说,"你进来又有一分钟了。"

"一分钟……"年轻人若有所思地说,"我懂了,您让我明白用一分钟的时间可以做许多事情,可以改变许多事情的深刻道理。"

一万年太久,只争朝夕。

只有朝夕必争,我们才能实现自己心中的梦想;只要不浪费一分一秒,我们才能在未来回头时不会后悔。

岁月匆匆而过,多少黄粱美梦成为过眼云烟,随风飘散;多少英雄豪杰没落红尘,苍老堕落了青春。

学着活在当下,只争朝夕!

一刻也不停歇

林清玄在一篇文章中写道:虽然我知道人永远跑不过时间,但是可以比原来跑快一步,如果加把劲,有时可以快好几步。那几步虽然很小很小,用途却很大很大。如果将来我有什么要教给我的孩子,我会告诉他:假若你一直和时间赛跑,你就可以成功。

如果我们想要成功,那么我们就要一刻也不停歇地和时间赛跑。

海尔集团首席执行官张瑞敏,在一次中层干部会上提出这样一个问题:"石头怎样才能在水上漂起来?"

反馈回来的答案五花八门,有人说"把石头掏空",张先生摇摇头;有人说把它放在木板上,张先生说"没有木板";有人说"石头是假的",张先生强调"石头是真的"……

终于有人站起来回答说:"速度!"

张瑞敏脸上露出满意的笑容:"正确!《孙子兵法》上说'激水之疾,至于漂石者,势也'。速度决定了石头能否漂起来。"

人生也是如此,没有人为你等待,没有机会为你停留,只有与时间赛跑,才有可能会赢。早起的鸟儿有虫吃,赶在别人前头,不要停下来,这是竞争者的状态,也是胜者的状态。

是的,如果成功也有捷径的话,那就是与时间赛跑,一刻也不停歇。

一位摄影师有一次到农村去采风,一走进那个秀丽但贫穷的小山村,他就看见了一个小孩,约莫八九岁的样子,脸色单薄苍白,不像农村其他孩子那种铿锵的沉甸甸的肤色。他正趴在废弃不用的石磨上很专注地画画,一两只鸟雀飞到他的附近悠然自得地啄食。

这位摄影师走到他的跟前,让他大吃一惊的是,这个小孩竟然是个残疾儿童,先天没有双手,细长的胳膊像两根光秃秃的肉棒,随着孩子的用力晃得让人心痛。他竟然是叫人把画笔紧紧地绑缚在残缺的右手臂上来画画。

看到摄影师,这个孩子顽皮地朝他笑了笑,一点儿也没有警觉,反而对他的照相机很感兴趣,嘴里还"唔唔"有声。终于听明白了,他用方言说让他只等那么一小会儿,画马上就好了。摄影师就蹲下来,专心致志地看着他画出很流畅很漂亮的线条,心想孩子竟然用这么一种奇特的方式来倾诉自己内心的快乐和苦闷,在这样一个缺少文化底蕴的山村里真是罕见。他找了一个最佳的时机和角度拍摄了一张人物特写照片。

摄影师给这张照片取名为"一个梦想着的孩子",一眼就让人看见孩子触目惊心的双臂,以及孩子那双燃烧着火焰的眼睛,眼睛中的目光可以像棍子一样,击中你的心灵,让你痛,也让你震撼、清醒,最后才是一种想要流泪的感觉。

画很快画好了,孩子慢慢弯下腰,小心翼翼地用嘴叼起画稿让面前的陌生人看。也许他的作品以前鲜有人留意吧,现在有人能够这么虔诚地来观赏、拍照,他显得很兴奋很幸福。摄影师凑近来看,原来是几个不同肤色的孩子手拉着手在开满鲜花的田野里跳着一种"转圈圈儿"的舞蹈,他们头顶上的几只小鸟也翅膀拉着翅膀跳着这种舞蹈,绿色的"太阳公公"朝着大家张开夸张的大嘴巴欢笑,使劲儿地鼓掌,把手掌都拍红了。

孩子放下画,告诉摄影师,画中那个笑得最开心、蹦得最高的男孩子就是他。对了,画中的他是有双手的,十根手指,虽然都在弯曲着,却画得很突兀醒目;这个孩子的双臂在大伙儿里面也是张得幅度最大的,好像要把小伙伴们都拥抱过来想向天上飞翔的样子。

摄影师的眼泪不由夺眶而出,他明白这个孩子的梦想,就像明白他的镜头应该对准谁。

孩子的家庭背景很简单,所有的亲人都是农民,让人伤心的是父母都外出打工挣钱去了。家里现在只剩下爷爷、奶奶他们几个,老人年纪大了,难以按时照顾他去十几里外的学校读书,时断时续,何况他在学校里还真是不方便,但是他还是从老师那儿发现了画画的乐趣,他已经坚持画了两年的时间。

"我什么也不想当,就是想当个画家,同学们都笑我,爷爷、奶奶也骂我,我就是想当个画家!"孩子睁着晶晶亮的眼睛,倔强地说。

只要爷爷把画笔绑在他的手臂上,他就能够画上老半天,不需要麻烦别人,除非是"闹了肚子"。

摄影师突然想逃离这个孩子。刚才他还误解了孩子,他不仅仅是梦想着自己有两只健全的手,而且他还梦想着要成为一个骄傲地站立在大家面前的画家!孩子其实什么也不残缺,画笔就是这个孩子延伸出来的双手和生命,他因为梦想而坚强,因为梦想而改变着生活中的困厄、迷惘和单调乏味,就可以生活得这样快乐、满足和恬静自得。

孩子不曾因为自己身体的缺陷而浑浑噩噩度日,而是为了心中的梦想而一刻也不停歇地努力,用残缺的肢体支撑着比其他正常人都健全的思想。即使将来,他的梦想不曾实现,但他的人生是充实的,是有意义的,是很多正常人都羡慕的。

"明日复明日,明日何其多,我生待明日,万事成蹉跎。"一生的时间有多少呢,只等着明天,把什么事都推到明天,那消耗的就只是我们自己的生命。虽然司马迁写《史记》花了十八年,左思写《三都赋》花了十年,李时珍写《本草纲目》花了三十年……但他们并没有荒废自己的时间,正是那么多年都不曾浪费一分一秒,才最终写出了伟大的著作。

八月里的一个下午,在莱克星顿的一个小农场里,西奥多·帕克怯生生地问他的父亲:"爸爸,明天我可以休息一天吗?"

西奥多的父亲是一位老实巴交的木匠,他制作的水车远近闻名。他惊讶地看了一眼最小的儿子,这可是活儿最忙的时候啊,小伙子少干一天,就可能影响他整个的工作计划。但是,西奥多企盼而坚决的目光让他不忍拒绝,要知道,西奥多平时可不是这样的。于是,他爽快地答应了这个要求。

第二天一早,西奥多早早地就起来了,赶了十英里崎岖泥泞的山路,匆匆来到哈佛学院,参加一年一度的新生入学考试。

其实,从八岁那年起,他就没有真正上过学,只有在冬天里比较清闲的时候,才能挤出三个月的时间认真地学习。而在其他的时间里,无论是耕田还是干别的农活,他都一遍一遍地默默背诵以前学过的课文,直到滚瓜烂熟为止。休息的时候,他还到处借阅书籍,因此汲取了大量的知识。

有一次，他急需一本拉丁字典，但无论怎样想方设法也没借到手。于是，在一个夏天的早上，他早早地跑到原野里，采摘了一大筐浆果，背到波士顿去卖，用所得的钱换回了这本拉丁词典……

所谓工夫不负有心人，在哈佛的入学考试上，他得心应手地做完了试题。

监考的老师惊奇地看着这个第一个交卷的考生，当他听说这是一个连学校都很少去的穷少年时，更加好奇地抽出他的试卷来察看，然后对西奥多说："祝贺你，小伙子，你很快会接到录取通知的。"

那天深夜，西奥多拖着疲惫的身体回到了家里，父亲还在院子里等他回家。

"好样的，孩子！"当父亲听到他通过考试的消息，高兴地赞扬道，"但是，西奥多，我没有钱供你到哈佛读书啊！"

西奥多说："没有关系，爸爸，我不会住到学校里去，我只在家里抽空自学，只要通过了考试，就可以获得学位证书。"

后来，他真的成功地做到了这一点。当他长大成人以后，自己积攒了一笔学费，又在哈佛学习了两年，最终以优异的成绩毕业。

岁月流逝，时光推移，这个当年读不起书的小男孩，终于成为了一代风云人物。

这个贫困的少年利用干农活的闲暇时间学习，最终考入了哈佛学院，又是利用业余时间自学，顺利从哈佛学院毕业，以优异的成绩拿到了学位证书，最终成为一代风云人物。

革命先烈李大钊曾经说过："我以为世间最可贵的就是'今'，最容易丧失的也是'今'。"他又引用了一位哲学家的话："昨日不能唤回来，明日还不确实，尔能确有把握的就是今日。今日当明日两日。"他在生活中就是利用这些思想指导自己珍惜时间的，充分利用时间。

我们都知道东西丢了，可以再买；学要什么可以设法制造，惟独时间稍纵即逝，用不从返，它是无价之宝。节省时间就是延长生命；爱惜时间就是十倍的爱惜财富。不爱惜花瓣，就看不到花木的美丽，不珍惜时间就得不到生命的价值。

时间就是金子，时间就是知识，时间就是生命！我们要同日月同行，我们要和时间赛跑，我们要一刻也不停歇地去追求梦想，这样我们才不会虚度人生。

珍惜现在

一个年轻的女孩患了干燥综合症,这是一种很罕见的病。患了这种病,身体分泌的汗液、胃液和唾液会越来越少,导致人消化困难,必须借助专门的导管将类似胃酸的物质输入体内,才能稍稍缓解。

这种病最残忍的,是病人不能见阳光。阳光就像一台榨汁机,会很快耗完病人的体液,就像在榨取一个鲜嫩的苹果,导致病人呼吸衰竭。现在的医术还无法彻底治疗这种病症,在医生谨慎地反复会诊之后,他们诊断,这个女孩最多还能再活 10 个月。

女孩的病房,窗帘是日夜拉上的,只有镍灯发出淡淡的冷光,只有月光很暗淡的夜晚,病人才可以在护士的陪同下到院子里散步。

医生说,他从没见过那么苍白的脸,却也从没见过那样明亮的眼神。每次他进去的时候,都看见那个女孩在专心致志地涂指甲油,鲜艳通红的那种,和她的苍白正好形成鲜明的对比。

后来,女孩决定不再将剩下的生命浪费在病房里,她坚持要去天山旅行,谁都劝不住。但最终,她根本没爬上去,只是在天山脚下的草原骑骑马,病情当场发作,救治无效,就这样在花一样的年纪去世了。

阳光和生命相比,当然生命重要。

身患绝症的年轻女孩,让自己的生命提前在明媚阳光下凋谢,该有着怎样的勇气和决心?

家人在整理女孩遗物的时候,整理出来一大堆各种颜色的指甲油,每种颜色外面都贴了张小纸条,是她自己给那些指甲油起的名字。其中,淡兰色的,叫做"豆蔻",银色的,叫做"妖精",而大红的那支,她起了一个很古典的名字,叫做"与子偕老"。

她鲜红的指甲油,也许一直是她心底下鲜红的太阳,可是,她不能舍弃的,不仅仅是一种可以检测生命的硬度和质量的阳光,还有尘世每日升起的太阳。

在某些关键时刻,阳光显得那样不可缺少不可代替,甚至用生命去换取也心甘情愿。

如果女孩在愿意生活在避免阳光直射的环境里，她或许能活得更长久一些，但那样的岁月于她而言是没有意义的，与活得更久相比，她宁愿拥有虽短暂却是自己热爱的生活。

我们健康人每天都能看到触摸到阳光，就像看到触摸很多其他美好的事物一样。只是在通常情况下，我们选择了疏忽，而非珍视。

林茜考入大学后，并不是很开心。因为高考失利，她进了一所自己不喜欢的大学，学了一门自己不感兴趣的专业。眼前的大学与她心里的预期差距太大，但她又无法再承受复读的巨大压力，只好不情愿地走进了这所大学。

"高考失利，进不了好的大学；不能在好的大学学习，毕业后就不能进入好的公司上班，自己的一辈子恐怕就要这样平庸下去了吧？"这个念头每时每刻都盘旋在林茜的脑海，让她对现在的生活更加提不起兴趣，整天萎靡不振。

一次偶然的机会，林茜在一个卖书的地摊上淘到一本书，书中的主人公都是白手起家，从一无所有，经过千辛万苦的努力，克服种种苦难，最终取得了成功。

林茜读着书中的故事，感觉自己心中压抑已久的激情被点燃了，她重又对自己的未来产生了希望。这本书好像是上帝特意丢下来让她在最合适的时间捡到的，里面每句话每个故事仿佛都是专门说给她的一样。

那时的我，和今天很多同学一样。不管去哪儿，都觉得学校不好，对未来4年的专业毫无期待。但无论如何，这也是自己高考得来的啊，抱怨又有什么用呢？

"成功不成功不在于去哪所学校上学，而在于对自己未来的看法，保持怎样的心态和追求精神。"

"我觉得首先应该勇于接受命运的安排。只要不浪费时间，不断确立目标并努力实现这个目标，不断提高自己，在任何地方都是一样的。在不断提高自己的过程中，心中的某种失望也就消除了，关键是不要浪费时间。"

"如果环境不动，我自己走。"

……

读着这些字句，林茜仿佛发现了新大陆：原来普通人的平凡命运，是可以通过自己的努力得到再一次改变的,而且可以改变得多姿多彩应有尽有!

林茜决定不能再这样浪费自己的青春,要珍惜这大好的时光,不断充实自己,提升自己,这样才能让自己变得更加优秀。

林茜决定从自己最不擅长的英语开始提升自己,她强迫自己报了一个大学四级的社会辅导班。尽管那些课堂对于她这个连四级是什么都不知道的人来讲,简直生不如死,更何况六级、"TOEIC"的考试,但她还是坚持了下来。

她觉得她需要一个外教来练习听力,但是去哪儿找外教呢?她搜肠刮肚,终于想出来一个好主意,就是采访外教楼里的每一个外国人,看是否可以结成对子来互相学习语言。于是,她拟定了一个看上去很靠谱的采访提纲,准备好录音笔和采访说明书,发放到外教楼的每个小房间中去。很快,有七八个外国人答应了她的采访邀请,他们分别来自俄罗斯、美国、英国、日本、韩国等国家。采访的过程有各种曲折,她问了很多很幼稚的问题,也遇到很多不同的外国人,他们请她听他们国家的音乐,跟她合影拍照,在小厨房给她做他们国家的美食。一时间,她成为外教楼的常客。很快,她和琳达就成为了互助学习伙伴。她们约定每天早晨6点见面,一起跑步去学校门口吃早餐;再一起去外教楼的天台上安静学习到7点半;再分别去上课。

在天台上,望着寒冬里虽是清晨但仍黑压压的天空和静谧的校园,她不知道她的未来会不会因为现在每一天的努力而有所改变。但她知道,自己现在不努力,未来肯定会一片黯淡。

一个学期后,琳达离开了学校,回到了自己的祖国。琳达走之前,给她写了一封信,告诉她自己很感谢她,说她让自己看到了一种少有的努力的样子,说她和外教楼里其他那些出出进进外教房间的女孩子多么不一样。

林茜的英文水平,在那个寒冬,得到了突飞猛进的质的飞跃,不仅顺利通过了英语四级考试,后来还顺利通过TOEIC和六级。英语老师跟我说:"所有的英语都是相通的。没有什么为了某个考试准备的内容,另一个考试用不上,关键是,你是否真的下到了工夫。我知道你在准备TOEIC,也知道那个考试对你更加重要。因此一直没有跟你说六级的事情。我知道你很担心这两个考试考不好,但是,一个人不要在乎别人是如何看你的。也不要在乎自己考试成绩的高低,而要看这件事本身你做得是不是足够好,是不是尽力了,是否能用这些努力让自己安心接受一切结果。"

老师的这段话,让她平和下来,懂得要珍惜现在,努力创造一个更好的未来，但更应该重视的是自己现在是否足够努力，而不是仅仅将目光放在结果上。

你所浪费的今天，正是别人渴求而得不到的明天。不要再浪费时间了，不要抱怨社会不公，不要埋怨没有机会，不要等青春流逝之后再追悔莫及，学会珍惜现在，努力让自己的人生没有遗憾吧！

第二章 没有谁的青春不迷茫

没有谁的青春不迷茫,迷茫现在,更迷茫未来。这个时期的我们会经常觉得明明自己心里有很多话要说,却不知道怎样表达;明明自己身边有很多朋友,却依然觉得孤单;明明有着自己的梦想,却是力不从心;明明拥有最好的年华,却觉得自己其实一无所有,仿佛被世界抛弃……越迷茫,越着急,越着急,情况反而会更糟糕。没有谁的青春不迷茫,这是我们人生中必须要经历的一个过程,不要着急,时光正好,且行且珍惜。

优等生也自卑

林志在高中时期是一名无可争议的优等生,当时每次大考全班甚至全校都要根据成绩排名次,然后把榜单贴在食堂门口的宣传栏里。三年的时间内,林志的名字都牢牢占据着同年级榜首的位置。

高中时期的林志真是风光无限,有一次在全市大赛上获得大奖以后,班上同学如众星拱月一般将他围在中间。平时,常常有同学送给他看自己订阅的杂志,耐心地等着他一块儿去食堂,只要他招呼一声,也总是有人很乐意跟他去打乒乓球或者去河边散步。当然,他也是老师眼里的红人。

在所有人眼里,他都是高高在上的优等生,是天之骄子,永远都可以趾高气扬地走在最前面。但只有他自己知道,他的心里埋着深深的自卑。林志一直觉得,自己除了会读书、考试成绩好之外一无所长。他羡慕有同学能下一手出色的围棋和象棋;他羡慕有同学在全校运动会上百米跑的那种风采,最后冲刺时在现场掀起的那种欢呼对他来说太陌生也太有诱惑力了;还有能轻松做二三十个腹部绕杠的同学、能写一手漂亮粉笔字的同学、能说几句话就逗得别人前仰后合的同学……他厌恨自己是一个平庸而且乏味的人。

他最嫉妒的是一个高个子的同学冯浩,此人身上有一股不羁的潇洒劲儿,每次班级活动中都是最活跃的,组织能力也超强,更难得的是,这么一个略微带点痞气的人,学习成绩也很不错。

大概也正因如此,林志一直觉得冯浩斜视自己的眼光里有一点点敌意。他记得有一个晚上,在二三十人一间的大寝室里,冯浩用一贯看不起人的口气在那儿对另一个同学说:"有什么了不起的?"

林志听了以后马上就心虚地以为冯浩是在讥讽他。因为就在那天傍晚,班主任直接任命他为校刊的副主编,他的心里满是战战兢兢,觉得像冯浩这样的人肯定不服气。但是他当时什么也没说,只是有点难受又有点不安地入睡了。

林志在别人艳羡的眼光和只有自己知道的自卑中毕业了,巧合的是,他和冯浩考入了同一所大学的不同专业。

身在异地,两名昔日的"对手"变成了无话不谈的好朋友。聊天时说起往事,冯浩怎么也不相信林志居然还会自卑。

"我才自卑呢,虽然我表面上表现得嘻嘻哈哈,但也曾暗中发力试图冲击你学习上的霸主地位,但每一次都失败,眼看你似乎在不经意之中斩获一个个奖项,我的心里也逐渐从嫉妒变成了佩服。我之所以不太跟你说话,就是因为你不太跟我说话啊。"冯浩叹息一声,接着说,"如果那些成绩不佳的同学知道你那么羡慕他们,恐怕也不至于自动把自己归入'差生'的阵营,觉得中学几年了无意趣了,因为他们能从优等生的自卑感里收获一点自信,在'分数至尊'的畸形校园环境里也多少能体验到一丝成就感。"

"原来,我们都曾自卑。"林志和冯浩对视一眼,还好,他们都不曾因为自卑放弃了自己。

相信在学生时代,没有人不羡慕优等生,甚至因为自己永远也达不到他们的水平而产生自卑,甚至自暴自弃。但,优等生也有不擅长的事情,他们一样也会自卑,而那些差等生,身上也有值得优等生羡慕的东西,这个世界上的尺度永远不会是单一的,野百合也有春天,任何人都无须自卑。

谢谢你陪我

张晓晓曾经在广州待了一年多的时间，那是她迄今为止生命中最为黯淡的时期，幸好，在这座陌生的城市，有一位好心人的陪伴，让她不那么孤单。

这位好心人叫白雪，是她的房东。

那时，张晓晓26岁，刚和相恋5年的男朋友分手，一气之下辞了工作来到广州，暂时借宿在朋友家。白雪是朋友的邻居，张晓晓和她并不熟稔，只是在电梯间门口碰到几回。那时，正值夏天，白雪穿各式吊带的连衣裙，淡妆，雅致，清爽，牵着一个漂亮的小小女孩，见到听，就笑着对女孩说，快叫阿姨好。

张晓晓的工作稳定下来，考虑到一直住在朋友家不太合适，于是开始寻找合适的房子搬出去。恰好白雪的房子要出租，于是她就去看看。

白雪家的房子是三室两厅的户型，布置得和张晓晓想象中差不多，和她的人一样，清爽，舒适。张晓晓还在犹豫，因为没有和房东一家住在一起的惯例，怕局限太多，尤其还有个小孩，也不知道会不会太吵。白雪仿佛看出了她的顾虑，告诉她说："我丈夫在小区隔壁的部队当兵，虽然离家很近，半月一月的才能回家一次。平时就我们娘俩儿，我在广州没有工作也没有朋友，很孤单，所以想自己留一间卧室，其他两间都租出去，彼此有个说话的伴。女儿也快上幼儿园了，在家的时间不会太多。"

张晓晓能看出来她的极力挽留，心想先试试吧，如果不行，再搬走也不迟。

白雪的另一间卧室迟迟没有租出去。来看的人不少，都不遂她的愿。她告诉张晓晓，她的房子不能租给情侣，情侣动静大，卿卿我我的，影响不好；不能租给素质低的人，他们不会爱惜家具，不懂维护公共卫生；不能租给长相丑的人，在一块儿吃饭，很容易影响胃口；最好是有大学文凭工作好的帅哥美女，像你这样的，养眼又养心。

张晓晓被她逗笑了，隐约有了一丝自豪感，因为失恋而阴霾已久的脸上终于浮现出一丝笑容。

张晓晓在家办公的时间多，可是一个人做饭是件费力又费神的事。她抱怨过一次后，白雪便邀请她搭餐。一天三顿，订了明确的就餐时间表，分秒不差。

刚开始张晓晓过意不去,她知道白雪也是不吃早餐的,宁愿睡懒觉,可是为了她,每天早上6点起来熬稀饭,做小凉菜,7点半准时叫她起床吃饭。

白雪看出了她的心思,说:"不吃早餐对人的危害可大了。要不是为你做饭,我还真起不来床。多好啊,托你的福,我们也能吃上营养丰富的早餐了。"

张晓晓的心湿润了一下,说:"你让我想到了妈妈,除了我妈,还没有人对我这么好过。"

白雪说:"当我是你的亲姐姐吧。"

虽然新的城市新的工作让张晓晓暂时摆脱了失恋的阴影,但她还是会时常感到难过,觉得自己的人生实在是太过悲惨。自怨自艾的张晓晓在逐渐熟悉了白雪的生活后,才明白,原来并不是看起来一直微笑的人生活就一定比自己号多少。

白雪的生活并不像表面那么风光。张晓晓第一次听到她和她丈夫在客厅里吵架,是因为钱。女儿要上幼儿园了,可因为不是本地户口,念私立幼儿园每个月要很多钱。也是那一次,张晓晓才知道,她丈夫的工资每月大约三千元。她不敢想象,在这个物欲横流的大都市,对于一个家庭,这些钱能干什么。

白雪坐最早的班车去超市,排在一堆老爷爷老奶奶中争夺那些新鲜的特价品,满心喜悦。

可是,她始终融入不了这个城市。那天,她因为两块钱,在公交车上和售票员发生了争执。场面有些失控,她抱着女儿,拖着一堆东西,被中途赶下车。站在微凉的晚风里,她泪流满面。她说,房子是丈夫家贷款买的,她丈夫兵役还有一年就满了,到时把房子卖掉,回温州老家。广州,不适合他们。

白雪对张晓晓说这些的时候,张晓晓知道她已经把自己当成家人。

白雪的女儿吵着要去肯德基的时候,每次她都只敢买一个汉堡包,因为汉堡包能填饱肚子。

张晓晓拖着她们去吃肯德基,说:"我请,我伤心的时候狂吃一顿,就没事了。"那天张晓晓点了很多吃的,几乎所有的种类。可是付钱时,白雪几乎和她打起来,抢着把钱付了。她依旧只给她女儿一个汉堡包,然后说:"其他的我们要留给阿姨吃,知道吗?"

张晓晓突然很想哭,那150块钱够她给女儿买一个月的零食了。

不久,白雪和张晓晓解除了搭餐的协议。因为她找到一份工作,是钟点工,打扫卫生,每天给雇主做两顿饭。

她很抱歉地对张晓晓说："不能给你做饭了。"

张晓晓回报给她一个善意的微笑。

白雪每天很早起来，梳洗，化妆，和她女儿穿上最漂亮的裙子，出门去。

每每看到这个场景，张晓晓都在想：比我还悲惨的人都能如此微笑着面对生活，没有悲伤，我还有什么理由每天都郁郁寡欢呢？

这个只比张晓晓大两岁的女人，用自己的乐观和坚强感染着张晓晓，让她重新拾起了对生活的希望，不再迷茫，不再抱怨。

但，白雪也并不是坚强和乐观的，当张晓晓半年后要离开广州时，白雪泣不成声，说："我再也碰不到像你一样的人了。"

张晓晓静静地听着她哭诉，也掉下泪来，原来，不只是自己需要别人的陪伴，那个在自己看来坚强的人也会脆弱，也会迷茫，也需要陪伴。

但她知道，广州不是她最终的归宿，迟早要走。

"谢谢姐姐这段时间给我的温暖。"

"应该是我谢谢你这段日子的陪伴，让我觉得时间不那么难熬。有更好的前途就去追逐吧！"

每个人，都要学着自己长大。

不过，我们要谢谢那个在最无助最迷茫的时候陪伴自己的人，谢谢对方让自己更坚强。

是不是，该放弃

王钰瑶原名叫王翠翠，上了初中之后，她觉得这个名字实在是太俗，硬是缠着母亲陪她到户籍中心把名字改了。

从这一点来说，她像极了她的母亲，虚荣又要强。

她考入北京的一所大学时，她母亲脸上的笑始终没有停过，逢人便说："我们家瑶瑶要到首都上大学啦！"

她极度讨厌母亲脸上那份过度的虚荣，那所大学在北京的众多名校面前显得是那么寒碜，但只要这学校在北京，就足够她母亲炫耀的了。

大学毕业的那一年，她的母亲更是四处朝人炫耀，说："我们家瑶瑶终于可以去外企，做白领挣高薪了。"亲朋好友们听了皆羡慕，说："是啊，你的后半生，总算有了依靠。"

她的父亲在她刚上小学时便去世了，她是母亲唯一的希望和依靠。所以，不管母亲怎样虚荣、怎样炫耀，她都尽可能地选择理解，尽管那时的她正在北京经历着艰难的抉择。

她周围的同学，皆通过这样那样的关系，留在了北京，或者回到老家，在家人的安排下获得一份不错的工作。而她，拿着厚厚的简历，却始终寻不到合适的工作。

两个月后，她收到一笔两千元的稿费，这张稿费单让她终于下定决心，将写作的梦想，义无反顾地坚持下去。

她很快地在北京租了一间地下室，日间读书，晚上写作。稿费来得并不是那么及时，很多时候，付完房租和水电费，就只剩下几张勉强吃饭的钞票。这样的窘困，她当然不会给母亲寄额外的钱。尽管，她知道母亲需要的，不是钱，而是收到钱时，可以一路喜滋滋地去邮局的虚荣。

面对母亲常常打来的电话，擅长虚构故事的她会详细地向母亲描述她的办公室，烤漆讲究的红木办公桌，价值一万元的台式液晶屏幕电脑，累的时候，可以去摆满小雏菊的阳台上，站立片刻，从 20 层上俯视大气的北京城；而她的老板，对她则格外地器重，或许过不了多久，就能将她重用提拔……

她知道，她的母亲会在挂了电话的第一时间，假装出去串门，然后向街坊邻居炫耀一番。

她撇撇嘴，对母亲这种行为稍微有些不屑，然后继续埋头写作。

她的写作，渐渐有了起色，收到的稿费，甚至有了节余。她给母亲买了一件仿名牌的针织衫。她想都不用想就知道，这件针织衫母亲平时肯定不得穿，每次出门，必像一项仪式，隆重地站在镜子前面，弄到从头至脚都和毛衫搭配了，才放心地出去见人。即使到了暮秋时节，天气渐冷，母亲也一定要穿着这件薄薄的毛衫，在风里，故意绕远路，走上许久，都不觉得冷。

她的日子虽然比刚毕业时好了些，但依旧有些艰难，看着之前的朋友同学一个比一个过得好，她也会动摇。她知道，回到老家她可以找到一份还算不错的工作，不用再为房租水电费发愁，但她和母亲一样的虚荣心让她不管多难都想坚持下来。她不想听到别人对母亲说出"你家瑶瑶在北京过得那么好怎么还回咱们这小地方"之类的话，这种话，会让她比母亲的心更疼。

她在母亲的电话围追中，将谎撒得越来越大，大到最后她粗鄙的衣衫遮不住了，开始露出层层的破绽。

她的堂弟高考失利，不愿再读，婶婶找到她的母亲说让瑶瑶帮她堂弟找个工作。她的母亲用一贯夸张炫耀的语气说："有瑶瑶在，尽管放一百个心，她肯定有本事，给她弟弟在公司里找份轻松体面的活做。"

等婶婶高高兴兴地走了，她的母亲才打电话给她，她几乎是立刻朝他们去尖叫："你怎么不问我就随便答应别人？北京卧虎藏龙，就他刚刚高中毕业的一个毛孩子，能在北京做什么?! 你以为我们公司是随便什么人都能进来的吗?! 况且我马上要被公司派往外地，他来了我如何走得开？"

她母亲显然没有料到这个在她看来顺理成章的决定，会让女儿反应如此激烈，嗫嚅着说："瑶瑶，你如果暂时不在北京，找个人去接小弟也可以，他可以自己照顾自己的，等你回来，再给他安排工作也不晚……"

她终于没有耐心听完母亲的话，几乎是歇斯底里地冲她嚷："你知不知道我还在为下个月的房租发愁，你就喜欢在别人面前充大头，你为什么问都不问我的意见就答应别人？"

"你住的房子不是单位提供的吗？怎么还会为了房租发愁？"她母亲惊诧地问。

她确实是在为房租发愁，杂志社答应月底给她的稿费迟迟不能兑现，她正着急得如热锅上的蚂蚁一般团团转。

意识到自己撒的谎被自己戳破，她的内心兵荒马乱，不知道是怎样挂了电话，然后在阴暗的地下室里痛哭失声。

她知道，电话的那一端，母亲的心底也是撕心裂肺的疼痛。

哭累了，她收拾好心情，在脑海里编织出又一个谎言，准备打电话安慰母亲。不料，电话刚接通，就传来母亲喑哑的声音："瑶瑶，如果不喜欢在北京，回来吧，你在身边，我心里踏实……"

她刚刚平静的心情，立刻又变得波涛汹涌，她一直讨厌母亲的虚荣，万万没想到母亲会说出这样的话。良久，她哽咽着说："妈，你放心，我一定会闯出个名堂来，迟早有一天会把你接出来和我一起过。"

"是不是，该放弃？"年轻的我们谁没有问过自己这样的问题？离开了父母的庇护，独自在外闯荡的我们难免会遇到挫折，难免会有觉得过不下去的时候，但只要我们坚强地扛过去那段迷茫的日子，一定会看到未来的曙光。

青春期的叛逆和迷茫

立军刚读了一年高中就不想再读了，而且成绩也很不理想。不是因为他笨，而是因为他不够努力，他对学习提不起一点兴趣。所以，他决定退学，决定去打工，决定去学一技之长来养活自己。

"不行。"

当他把想法说出来的时候，爸爸硬梆梆地扔给他这样两个字。

没有任何商量的余地，爸爸的话，斩钉截铁，像冬日的冰凌。立军依靠在墙上，泪水"哗哗"地流。

立军流着泪，瞪着眼，怒视着爸爸的背影——这个40多岁的男人，鬓角已经有了白发。但这丝毫不能让立军感觉到什么，他在心里怒吼："你不就是我爸吗？有什么了不起？不会走路的时候，你管我，让我照你的意愿干这做那的；好不容易上小学、上初中了，你也管我，说我分辨能力差，不知道好坏，必须得听你的。可现在，我长大了，我也有自己的思想了，我可以去奋斗了，去拼搏了，干吗还要这么凶？"

他已经16岁了，1.75米的个头，浑圆的臂膀，细细的胡须，突出的喉结，无一不在昭示着他已经是一个响当当的男子汉了。为什么还不能自己说了算？

立军决定，这个暑假拿出一个样子给他看。

他找来许多招聘广告，一点一点地研究，一个一个地比较。烈日下，他穿梭在一个又一个工地或小店之间，和人家讨好地说着自己的要求，但他看到的都是人家善意的摇头。站在大街上，准备去下一个目的地的时候，他忽然闪念：自己什么时候对爸爸妈妈这样柔和过？但这念头仅仅是一闪而过，他就是不服输。

当然，他不敢去那些好一点的公司，因为人家明明白白地写着：本科以上学历。他没有。即使没有这样的要求，人家也写着：要有一技之长。而现在，他还什么都不会！

立军自言自语："所有的奔波都不能让爸爸知道，他是让我在假期里好好复习功课的。"当偷偷摸摸寻找工作的行动以失败告终的时候，他觉得自己的日子过得好漫长，漫长得怎么也看不到太阳落山，漫长到不知道自己究竟什么时候才会被那些人平视，而不是说："还是一个孩子嘛！"漫长到什么时候自己才能说了算一回！

开学了，立军还是回到了学校。他是在爸爸那句"就是混，你也给我混到毕业"的怒吼声中回到学校的。其实，除此之外，还有另外一个重要原因，就是他受不了妈妈的哀求。

她说："小军啊，你爸爸现在给人家打工，多辛苦啊。他总是怪自己没文化，他恨不得让你多学点东西呢……"

立军觉得自己无法"逃离"学校了，只能硬着头皮上学。虽然成绩不好，虽然对那些东西不感兴趣，但既然来了，就安下心来。他想起自己在烈日下的奔波，真的是不如坐在教室里幸福啊！

他开始做作业、听课，偶尔也会问老师几个稍显幼稚的问题。但在老师的眉宇之间，他能感受到来自老师内心的丝丝兴奋。

落叶黄，寒冬至。做题，考试。没有人注意到日子有什么不同，它还是这么漫长地过着。

转眼又是炎夏，立军想和同学去西湖。长这么大，他从来没有单独和同学出去过。当他对爸爸说起这事的时候，爸爸忽然眉开眼笑，表现出从没有过的温柔，拍拍立军的头说："你自己做主吧！"

立军一下子呆住了：这是对自己说的吗？

老爸笑眯眯地说："军啊，你长大了，该自己做主了！爸爸支持你！"

立军的眼睛潮湿了，那热热的液体有喷薄而出的感觉："我长大了吗？我可以自己做主了吗？而这……难道仅仅因为他会和老爸老妈开玩笑了？会帮邻居提点东西上楼？还是因为取得全班第5名的成绩？"

立军低头笑了。是那烈日下的炙烤和寒冬里的拼搏吧，也许，那才是长大的"催化剂"。

他终于明白，即使遇到再糟糕的事情，也要对自己说："不要紧，吸取教训，一定会做得更好，因为你还没有长大。哪怕此刻自己的心里觉得好难过，没有人拿自己当大人，什么事情都不能做主，终有一天，当一切都可以任由自己来做决定的时候，才会发现，日子过得这么快。而长大就是如此漫长，这漫长其实是多么的美好。"

谁的青春没有叛逆过？那种渴望长大、渴望自己做主的心情谁没有过？

我们因为叛逆做过很多在大人眼里看来很幼稚可笑的事情，可是不经过这个阶段，我们如何长大？青春期的叛逆和迷茫是我们每个人都要经历的，青春不是无处安放，它就在那里，看着我们渐渐成长。

一心朝你的目标走去

如果想要的太多，什么都想做，最后往往什么都得不到；如果在做一件事的过程中想的太多，往往反而不容易成功。如果确定了目标，就不要东张西望，不要想得太多，要一心朝目标走去。

小林刚参加工作不久，一次，他陪一位领导到一个地方去执行公务。那个地方条件十分恶劣，又处在深山之中，还不通公路，他们只好徒步前往。

一条足有十米宽的河流从山涧流出，挡住了去路。还好，河上有两根小木头，算是桥。

作为新员工，小林一马当先向小木桥赶去，好去给领导探路。

不料，木桥因受力而晃动起来，他慌乱之中想稳住身体，可除了脚下的两根木头和河流外，皆无一物，心躁性乱，扑通一声，跌进河中。好在河虽宽却流水不急，不至于把他冲向下游。但他还是浑身湿透，狼狈不堪。

他的领导把这一切看在眼里，然后有些顽皮地吹起口哨，然后信步走过了一晃一颠的木桥。

"年轻人，你从桥上掉下来的原因是你把注意力分散了，木桥一晃你就停下来，停下来就感到害怕，这样过小木桥不跌入河中才怪呢？"领导来到河对岸，拍拍刚刚涉水来到岸边的他说，"走路时要忘记许多事情的。目的之外的事情，别去理它。"

人生就如同过独木桥，若不往前看也不往后看，只是活在当下，就什么烦恼也没有，做事情反而容易成功。有时候我们觉得活得太累，事事不顺心，只是因为想得太多。

目标是我们内心真正想要的东西或想达到的一种状态，有了目标之后将伴随着计划和行动。如果一个人没有明确的目标，就像是在大海里恣意漂荡的一只船。因为没有目标港，即使它有很好的现代化设备、强大的发动机，有训练有素的船长和船员，可不管漂了多久，经历多少风浪，它始终不会到达目的地。人也一样，不论多么的聪明，也不管多么的有经验，如果缺乏人生目标，他一生也难成大事。

人生就像在海洋中行驶的船。当我们要离开这个世界时，那就是我们最后的港湾。每个人的船要驶向什么样的港湾，设定什么样的人生目标，就是这只船确定航行的目的地。

1952年7月4日清晨，浓雾笼罩着加利福尼亚海岸。卡塔林纳岛在海岸以西21英里，居住在岛上的一个34岁的女人涉水下到太平洋中，开始向加州海岸游过去。弗罗伦斯·查德威克是这个妇女的名字，要是她获得了成功，她就是第一个游过这个海峡的妇女。在此之前，她已经成功游过了英吉利海峡，成为第一个从英法两边海岸游过英吉利海峡的妇女。

那天早晨的雾很大，她的身体被海水冻得发麻，她几乎都看不到护送她的船。时间一分一秒地过去，通过电视，千万人都在关注着她的壮举。鲨鱼有几次靠近了她，都被护送的人开枪吓跑了，她仍然在继续往前游。她以往在这类渡海游泳中遇到的最大问题是刺骨的水温，而不是疲劳。

15个小时过去了，她冻得发麻，而且非常累。她叫人拉她上船，因为她觉得自己不能再游了。她的母亲和教练在另一条船上，他们都叫她不要放弃，因为离海岸已经很近了。但朝加州海岸望去，除了浓雾，她什么也看不到。

几十分钟之后——也就是距离她出发15个小时零55分钟之后，她被人们拉上了船。几个小时过去之后，她渐渐觉得暖和多了，这个时候，她开始为失败感到沮丧。面对记者，她不假思索地说："说实在的，当时如果看见了陆地，我也许能坚持游完。我这么说并不是为自己找借口。"

但是，她被人们拉上船的地点，离加州海岸只有半英里！后来她说，她半途而废，是因为她在浓雾中看不到目标，而不是因为疲劳，也不是因为寒冷。在查德威克的一生中，她只有这一次没有坚持到底。两个月之后，她终于成功地游过了同一个海峡。更不可思议的是，她不但是第一位游过卡塔林纳海峡的女性，而且所花费的时间比男子纪录还快了大约两个小时。

虽然查德威克是个游泳好手，但是她要鼓足干劲完成她有能力完成的任务，也需要看见目标才行。所以，在你规划自己的成功蓝图的时候，千万别低估了制订可测目标的重要性。

我们有时候坚定不移地想要去做一件事，最后却常常失败，不是因为心灵不够强大，只是太容易被突发之事左右，变得迷失掉初衷所愿的方向。所以，如果我们能选定自己的目标，并且坚定不移地朝着目标走去，那么成功，迟早会向我们招手。

在一个七月的黄昏，一位年轻的即将从一所师范学院毕业的小伙子正苦苦地沉思着：

"是毕业后当一名平凡的教师呢？还是发展自己的嗓音潜能，从事喜爱的歌唱事业？抑或二者兼顾？思想的斗争毫无结果之后，他只得请教自己做面包师的父亲。"

"哦，孩子，记着———如果你想同时坐在两把椅子上的话，那你也许会从椅子间的空隙里掉到地上。生活要求你只能选一把椅子坐上去。"

只选一把椅子。

小伙子终于下定决心，从此在歌唱艺术的道路上艰难而不屈地跋涉着，直到成为一颗光芒四射的世界巨星。

小伙子就是意大利的世界超级男高音歌唱家卢卡诺·帕瓦罗蒂。

有了目标，我们工作起来才会有用不完的动力，不断向着目标前进，而如果没有目标，我们就只能浑浑噩噩的过日子。

美国五大湖区上的运输大王卡尔比最初也是一无所有，非常穷困。他当初一步一步地走到克利夫兰，通过自己的努力在一个铁路公司谋得了一个小职位。如果另一个穷困的人获得了这个职位，肯定会很珍惜，也会安于现状，但是卡尔比并不这样想。工作了一段时间后，他就觉得这份工作对于他来说过于简单了，如果安于这份工作，就不会有什么发展前途。

他当时说过一句话："我从楼梯的第一阶尽力朝上看，看看自己能够看到多高。"他在那时就已经树立了远大的理想。在他看来，矮的阶梯并不一定安稳。他并不想坐在矮阶梯的顶点，而是想找个更高的阶梯继续往上爬，这样才安全。

于是他辞掉了这个铁路公司的工作，在后来成为国务卿兼美国驻英国大使的约翰·海那里找到了一份工作。这就是卡尔比的眼光——如果继续留在以前的那个铁路公司，他不会得到任何的发展，也没有任何前途。的确，一个人要有眼光才有进步，而且要不断地给自己树立新的目标。连卡尔比自己也说，他初到克利夫兰时，只是想做一个普通水手，实现儿时追求冒险和浪漫的目标。他运气好，虽然他没有当上水手，却每日每时与美国最完美的一个理想人物——约翰·海大使接触。

卡尔比之所以能成为运输大王，获得成功，是因为他选择了一个大人物，并把这个大人物作为自己的目标，树立远大的理想。当然，更重要的是，卡尔没有被自己树立的大目标蒙蔽了双眼，不知该如何实现这一目标，而是将大目标拆分成一个个小目标，有实实在在的成功计划，然后一心朝着自己的目标走去，所以最后他成功了。

我们要树立目标，更需要在树立目标后不要瞻前顾后，而是一心一意朝着目标走去，这样才能实现我们的梦想。

选择自己喜欢的方式

某节目录制现场，一位年轻的大学生正机智敏捷地回答着主持人的问题，前两个问题他回答得很巧妙，顺利过关。面对第三个问题，这个年轻人皱起了眉头。

问题是这样的：海豚常会成群跟在远洋轮船后面，这是因为什么？

问题的答案有四个，这位年轻人犹豫片刻，摇摇头，然后说："我就猜一个吧，反正可能是错，干脆就选一个自己喜欢的答案好了。"

于是他选了"海豚是想跟船员嬉戏"这一条。

这时主持人的表情由惋惜转为欣慰，说："你回答错了，但我要谢谢你这个有人情味的选择。人生中有一些问题，并没有标准答案，也没有唯一答案，有时，你选择自己喜欢的比选择对的更容易赢得别人的喝彩。"

这位主持人说的很对，人生也是如此，有时选择自己的喜欢的方式生活比选择在别人看起来对的方式生活更容易获得幸福。

而在我们的生活中，一些我们喜欢的做事方式可能看起来不起眼，甚至在别人看起来会有些不可思议，但往往某些关键时刻，恰恰是这样的方式帮我们赢得了机遇。

小王中专毕业后在一家服装店跑业务，一次，他想去市进出口大厦一家专搞西欧工作服出口业务的公司碰碰运气。

进了公司的大门，很多人在等电梯。他想也没想就开始爬楼梯。虽然那家公司在七层，但他仍一如既往地保持着爬楼梯的习惯，因为他喜欢———爬楼梯可以促进周身血液循环，让人感觉精力充沛。他总是用这种笨笨的方式来给自己加油。

敲开经理办公室的门后，一切顺利得让他不敢相信。

这家公司手头刚好有一批工作服的业务，还没有合适的合作伙伴，小王的工厂又是有着多年加工世界各国工作服经验的老牌工厂，两家一拍即合。

就在小王刚走出经理办公室的门时，又一个年轻人走了进来，他也是一家服装厂的业务员。这位经理告诉他这项业务已经委托给刚才过来的那位业务员的公司了。

那个年轻人只得悻悻地离开了经理办公室，跟小王前后脚来到楼道电梯口。年轻人在电梯口等电梯，小王则迈着轻快的步子转身要去走楼梯。

那个年轻人喊住小王，"我在楼下等电梯时看见你上楼，我失败就失败在等电梯这件小事上。"接着奇怪地问他，"你现在拉到订单了，为什么还要费劲走楼梯呢？"

小王说："我只是喜欢，你并不是输在等电梯这点小事上。"

尽管有时我们喜欢的方式得不到别人的认同，甚至会遭到来自亲朋好友的反对，但只有选择自己喜欢的方式，才能精力充沛地应战，才能让自己的幸福感更加强烈，为什么不坚持呢？

小洛大学毕业后不久，就放弃了一份别人看来不错的工作，只身踏上北上的列车。

从此，她开始了自己的漫漫北漂生活。但她一点也不害怕，她相信，有许许多多的女孩和她一样，来到北京，身无分文，或者仅有够一两个月的生活费。她想，别人能活下来自己也一定能活下来。

当时她寄住在朋友家里，一边投简历，一边找工作，一边找房子。北京的秋天很美，她对未来也充满了无限遐想，以至于她很乐观地在没有安顿好之前就刷了信用卡买了一个分期免息的佳能相机，那是她人生的第一个数码相机。朋友当时看到她拿回来的相机，简直震惊地说不出话来，不知道是什么让她这样花钱没有计划，想买什么买什么。但她完全没有意识到自己这样做有什么不对。

后来迫于经济压力和严峻的就业形势，她勉强在一家小小的广告公司做了文案和翻译，并且找到了高中的同学一起合租，最多是八个人合租两房一厅，一个双人床上要挤三个人，沙发上也要挤两个人。大家一起买菜做饭，算下来一个月房租水电网费和伙食大概 600 块/人，她的工资在试用期只有1200，一个月以后涨到 1500，然后是 2000，公司也不给员工买保险和公积金。她从来就没有理财的习惯，加之自己的兴趣爱好广泛，也喜欢买些衣服、书籍，所以根本没存钱，有时甚至要负债。

但很久之后，她回想起来，觉得那段青葱岁月虽然拮据，但是也有别样的乐趣，和朋友们去吃烤串肉饼，在三环的天桥上看滚滚车流，和中介斗智斗勇，午夜在无人的马路上奔跑……

那样的生活她想这辈子是再无机会体验了，而当年合租的伙伴们也已踏上了各自的生活道路。她庆幸，在年轻气盛的时候，她有勇气给了自己一种别样的生活。

人是不可能一直满足于现状的，小洛希望做语言或者对外汉语的工作，可无奈她的本科学位是旅游管理，管理学学士，想找到心仪的工作非常困难。在那段灰暗间杂青葱的岁月里，理想之火还在隐隐燃烧，可是对于职业现状的不满又使她郁郁不得志，她常常感觉迷惘和惆怅。

后来她在网上查到了一些课程信息，决定几千块钱去某校报一个对外汉语的班。对于学术的渴望使她不顾财务状况，也不顾上班的辛苦，每周二、四下班后挤车去学校上课，周六也去。半年下来，她顺利通过了结业考试并且获得了证书，最重要的是在这半年里，她对于语言学习的兴趣越来越浓厚。

小洛记得那一年的夏天闷热无比，她对部门总监的愤怒也到了极点。在一个闷热的午后，她在与部门总监意见不合的情况下愤然辞职。当时她并没有想好后路，一边给人做英语家教，一边查了语言学研究生考试书目。她买下了那些书，并且做出了人生最重要的决定——考研！

这将近一年的时间，她几乎没有攒下什么钱，仅在辞职时拿了一点工资加上家教的3000块，一共6000来块钱。

但是她不后悔，辞职伴着那场大雨将她心头的阴霾全部冲散了。她觉得无论接下来做什么事情都比继续待在那个公司里更有前途。

不过，现实往往和我们预想的不一样。

辞职后，另一件残酷的事实向她"袭来"。由于合租的室友们都有了自己新的打算，她必须要重新找房子了。

在网上搜了无数条租房信息，又实际看了无数套房子之后，她终于在某高校的附近找到了合适的房子。

从此以后，她每天早上七八点起床去学校图书馆，晚上十点回房间睡觉。北京的冬天非常冷，夜里从学校到住处的半小时的路程让她痛苦不堪。而白天为了省钱，她常常吃白菜豆腐，并且舍不得买保温杯，只好把塑料杯子放在暖气片上。

小洛用破釜沉舟、背水一战的姿态来迎接考研，终于，到了检验结果的时刻。

她永远记得，在考完走出校门那一刻，她突然就流泪了。

考研结束之后是漫长而煎熬的等待，那段时间对她来说简直生不如死，在等待分数和复试的日子里，她又一次濒临崩溃，但她坚强地挺过来了。因为这是她自己选的路，她无路可退，必须自己昂首挺胸走完。

由于她报考的那所学校的分数线是自己学校划线，她不敢保证自己一定能过线，所以又开始了艰辛的调剂之路。

她把北京所有的大学网站翻了个底朝天，把所有的相关信息写在本子上。她只是一个普通到不能再普通的考研生，一切都只能靠她自己。她跑了很多学校，打了很多电话，甚至还找到被保送到某校的大学室友帮她打听消息，去那里听音韵学的课,想让老教授对她有点印象。

最后她抱着一点点希望去了自己高中时期梦寐以求的那所大学,去交了调剂申请表。招生老师很温和,但是并没有看她,只看了一眼她的申请表,问她:"你本科不是这儿的?你也不是应届毕业生?你的希望很渺茫,你确定你还要申请吗?"

她坚定地点了点头。

接下来会发生什么样的事情呢?会有什么样的结果呢?

小洛不再去想了,她已经通过自己十足的意志,一步步走到这里来了,那么后面的事就交给上天吧。

已经累到筋疲力尽的小洛在房间足足睡了两天两夜,当周五的下午她爬起来去买吃的时,接到了那所高校的招生办打来的电话,问她还愿不愿意来参加复试。

"说愿意啊!当然愿意啊!"她拿在手里的煎饼果子不知道怎么就掉在了地上,挂了电话,她嚎啕大哭,完全不顾街上行人的目光。

那天她所报考的那所高校的分数线也出来了,她刚刚过线,而且这两所学校的复试是同一天。但哭完之后的她已经冷静下来,权衡之后,她还是决定全力准备调剂之后的那所高校,因为那所高校的复试通过率相对来说会大一些。

然后,她成功了。

她的家庭并不富裕,而且考研已经花光了她自己的积蓄,还跟家里要了一部分。读研期间,专业学费是一年 10000 元,她不想再跟家里要钱,于是申请了助学贷款,每年可以贷 6000 元,然后报了一个汉办的语言项目,一个月还能领 500 元生活费。

这一年是她人生中学得最多最充实的一年,她用一年的时间学习了德语和专业课,虽然每天六节德语课的强度非常大,但她一点都不觉得辛苦,反而认为这是一段非常珍贵的学习经历。出于对语言的喜欢加上自身的努力,小洛差不多一直是班里最好的学生,最后也顺利拿到了四级证和优秀学员的称号。

这一年,小洛依旧没有存下什么钱。她的钱本身就很少,而且她在买衣服和化妆品方面一向大手,她不像宿舍的其他女孩子那么省钱。她觉得作为一个大龄剩女,不用考虑结婚和房子的事,把钱省下来还不如投资在自己身上,毕竟良好的外在形象可以为自己赢来更多机会。

青春就该肆无忌惮地张扬，青春不会因为一无所有而被人指指点点，青春不需要为了省钱而错失一些机会。在我们年轻的时候，最好的投资就是投资自己，让自己更爱美更有学识更有见识也更沉稳。

后来，因为扎实的专业知识和良好的形象，小洛如愿以偿地通过了一个澳洲项目的考核，并通过这个项目获得了人生的第一小桶金。在出国之前，她就得到了七个月的报酬，她揣着10000澳币，登上了飞机。

小洛没有像其他同学那样拿到钱之后先去还助学贷款，因为助学贷款是免利息的，而且她还要用这笔钱在澳洲旅游。

到澳洲后，小洛被分在一所很穷的公立学校，而且学校无法提供住宿，她只能寄人篱下。但再糟糕的状况也无法影响她的旅行计划，她可以在吃住行方面精打细算，但必须要去旅行。她拿着自己的钱，和项目的同学们去了塔斯马尼亚，又和学生们去了悉尼，在歌剧院花大价钱看了《蝴蝶夫人》，在海滩晒太阳……后来她觉得这样的旅行没有刺激性，于是自己设计了一条从墨尔本出发，途径阿德莱德、爱丽丝泉、达尔文、阿德莱德袋鼠岛，最后到达墨尔本的自助线路，但这条纵贯澳洲的路线没有人响应，她坚持要自己走，后来在网上找到一个志同道合的女孩。两人开始了这场终生难忘的旅行，她们坐上了世界上最长的火车线路，见到了"世界的中心"——乌鲁鲁，了解了土著人的生活，在沙漠的星空下露营，去帝王谷攀登，在达尔文看海，在阿德莱德见到最美的春色，在袋鼠岛遇到海豚海狮海豹……这一切都是她人生最宝贵的记忆。

如果她把钱还贷款，或者害怕浪费，那么着永生难忘的体验也许永远都不会有。她很庆幸，自己选择了将钱花在自己不会后悔的事物上。

从澳洲回来后，小洛继续完成学业，然后经过层层面试，找到了一份解决户口又专业对口的工作。当别人向她投来羡慕的目光时，她淡淡地回报以微笑，别人只看到了她成功时的模样，没人看到她顶着病痛复习笔试，为面试买衣服，买皮鞋，做讲课准备，自己一遍又一遍投简历，更没有人会像她一样能顶住外界的压力和质疑而坚持用自己喜欢的方式来生活。

很多人在年轻时也幻想过用自己喜欢的方式来生活，却因为一些外在的压力和质疑而选择放弃，最终抱憾终身。

我们的未来都是由一个个现在组成的，现在的每一个行为每一次思考每一段经历造就未来的我们。我们现在所做的每一件事都是在投资未来，但投资并不是投机，最开始，我们需要一步一步慢慢走，去找到自己真正想做的事，也许这路会曲折，但是谁的青春又不是呢？

尽管我们的青春满是迷茫，尽管我们的青春一无所有，但只要坚持自己所喜欢的生活方式，最终会获得自己憧憬的未来。

无法省略的时光

多年来修炼已经到了仙术的道士吕翁，于奔波途中，来到了邯郸道上的一家旅舍里。时当春末，气候已很暖和，路上又走得累了些，所以，一进旅舍，吕翁什么也不顾，把行囊往地上一放，摘下帽子，松松腰带，坐在大门下就歇息起来。

他刚坐下，便见有一位穿着褐色短衣，骑着青色马驹的青年书生，从远处直朝这个旅舍奔来。

这青年书生，原也是住店的，他名叫卢生。没用了多长时间，吕翁与卢生便熟悉起来。两人共席而坐，谈天说地，言笑不止。言笑中，卢生忽然低下头去看看自己陈旧的衣袋，同时长长地叹息道：

"哎！"卢生的叹息，引起了吕翁的好奇，问道："卢生，你身体健壮，且很健谈，我以为你很快活，可是为什么叹息呢？"卢生说："人生在世，应该建树功名，享受荣华富贵。可我……"显然，卢生是不安于其碌碌无为而又清清贫贫的生活。吕翁觉得好笑，又说道："年轻人，你不是想建树功名享受荣华富贵吗？我倒有一个妙法：我这里带着一个青瓷枕头。你只要枕着它睡一会儿，人世间的一切功名富贵，你就都能得到。"

"那我来试一试。"

说着，卢生便从吕翁手中接过青瓷枕头，枕着去睡。说也怪，他的头一挨那枕头，便昏昏沉沉了……这时候，在院中一角造饭的店主人，正往锅里下米。

卢生马上进入梦中。他觉得枕在头下的青瓷枕头渐渐大了起来。他好生奇怪，便直起身子低下头去瞅。只见青瓷枕头一端，又渐渐变成了一扇很大的门。他小心翼翼地走进去。不知怎的，青瓷枕头的里边，竟也是一个有着天和地的朗朗世界。而且，他的家，就在里边。他高兴地向家里走去。从此，他过上了安闲的日子。日月如梭。他娶了妻子。娶的是清河县崔氏之女。崔氏女，不仅长得十分娇艳，而且家中非常富有，给他带来很厚的一份嫁妆。卢生的日子幸福美满。后来，卢生去应试，竟中了进士。

他先任渭南都尉，继任监察御史、河南采访使、史部侍郎，迁户部尚书兼御史大夫……在任期间，他开河修渠，镇边杀敌，走到哪里就把功业建到哪里，被人称为贤相。然而，荣贵未尽，灾祸已来。这一日，他突然遭到了奸臣的忌恨，无中生有地给他捏造了许多罪名，要下他大狱。当狱吏带人前来捉拿他时，他颤抖着对妻子说："我老家在山东，有良田五顷，足可以糊口渡日。可放着安稳日子不过，我却外出求荣觅禄，只落了这样个下场。我不如死去……"说着，他抄起一把刀来就要自刎，多亏妻子相阻，方免遭一死。

后来，皇帝明察，给他平了反，并复封为燕国公。但这时他对功名已不感兴趣，一心一意为家庭忙碌了。他要使自己成为名门望族。于是，他有了五个儿子。他的五个儿子又都做了官，娶了从望门来的五房闺秀，继而生下了十余个孩子。他的愿望实现了，果真成了名门望族。而且，厩中名马，数不胜数；后庭美人，个个艳丽。老了老了，卢生又奢荡与风流起来了。但是，岁月不饶人。年渐迈，体渐衰，皮宽骨瘦，卢生的终年到了。

将死的时候，他给皇上写了封信。信中叙述他一生的功名与对帝王的忠诚。帝王看过他的信后很感动，就复信给他，并希望他好好治病。可是，就在接到帝王信的当天晚上，他与世长辞了。梦中的死，惊醒了卢生。他睁开眼睛一看，自己仍在旅舍，吕翁仍在身旁。回味着刚才的梦，他对吕翁说道：

"适才的梦，真算得是一个美梦。人一生的荣与辱，穷与富，得与失，生与死，都让我领略到了。谢谢你了！谢谢你了！"说着，卢生站起来深深地向吕翁鞠了一躬。

这时候，店主人造饭下进锅里的米，还未熟呢。

这便是历史上著名的"黄粱美梦"，它告诉我们，自己想要的荣华富贵，就要靠自己的双手去争取。抛开不切实际的幻想，脚踏实地走好每一步。

在任何领域里，要想有所成就，都要潜心投入与付出。不愿吃苦、不能吃苦、不敢吃苦的人，往往要苦一辈子。只有那些不畏艰苦、勇于登攀的人，才能与成功结缘。尤其对于涉世未深的年轻人来说，心中有理想、有目标固然是对的,但踏实、坚韧地走好每一步更为重要。这个过程谁都无法省略。

一家著名的国际贸易公司高薪招聘业务人员,应征者不暇。

在众多的应聘者中,有一位年轻人条件最好,毕业于名牌大学,又有在市外贸公司工作三年的经验,所以他坐在主考官面前时,非常自信。

"你在外贸公司具体做什么?"主考官开始发问。

"做山野菜。"

"哦,做山野菜。那你说说,对业务人员来说,是产品重要,还是客户重要?"年轻人想了想,说:

"客户重要。"

主考官看了看他,又问:"你做山野菜应该知道,山野菜中,蕨菜出口主要是对日本,以前销路非常好,有多少收多少,可是最近几年,日本却不要了。你说说为什么?"

"因为菜不好。"

"那你说说,为什么不好?"

"嗯,"年轻人停顿了一下,"就是质量不好。"

主考官看了看他,说:"我敢断定,你没有去过产地。"

年轻人看着主考官,沉默了30秒,没有说是,也没有说不是,却反问:"你说说怎么能看出我去没去过?"

"如果你去过,就应该知道为什么菜不好。蕨菜采集的最佳时间只有10天左右,在这期间非常鲜嫩好吃,早了不成,晚了就老了。采好后,要摊开放在地里晾晒一天,第二天翻个个儿,再晾晒一天,把水分蒸发干,然后再成把捆好,装箱。等食用时放在凉水里浸泡一下就可以了。可是当地农民为了多采多卖,把蕨菜采到家,来不及放在地上用阳光晾晒,而是放在炕上,点火加热,这样只用两个小时就烘干了。这样加工处理的蕨菜,从外表上看哪都一样,可是食用时,不管放在水里怎么泡,都像老树根一样,又老又硬,根本咬不动。日方发现后,对此提出警告,一次,两次,还是如此。结果,人家干脆封杀,再不从我国进口了!"

年轻人听了,不好意思地低下头:"我是没有去过产地。所以也不知道你说的这些事。"年轻人带着遗憾走出外贸公司的大楼。

这位最有希望入选的年轻人,最终没有被录取,这样的结局,从他离开主考官的那一刻，就已经知道了。

　　他非常清楚：像这样著名的国际大公司，是不会录取他这样一个在外贸公司工作三年、整天陪客户吃饭，却没有去过一次产地的业务人员的！他就像那些一心想加工速成蕨菜的农民一样，省略了两天的阳光，但是最终被烘干的却是自己！

　　人生亦是如此，有些过程必须我们亲自去经历，有些时光无法省略，如果有人想投机取巧，最终害的人只会是自己。

第三章 梅花香自苦寒来

泰戈尔曾经说："世界以痛吻我，要我报之以歌。只有经历过地狱般的磨砺，才能练就创造天堂的力量；只有流过血的手指，才能弹奏出世间的绝响。终有一天，你的负担将变成礼物，你受的苦将照亮你的路。"宝剑锋从磨砺出，梅花香自苦寒来，我们只有经过苦难的磨砺，才能赢得成功的人生。

享受青春，感恩磨难

有个小和尚从小在寺中长大，每天早上，他都五点起床去山下挑水，挑完水后把寺院上上下下全部打扫一遍，然后等做过早课后去寺庙后的市镇上购买寺中一天所需的日常用品。回来后，还要干一些杂活，晚上还要读经到深夜。就这样，年复一年，一晃十年过去了，小和尚长大了。

有一天，小和尚干完活与其他和尚在一块儿聊天，聊天中发现别人过得都很悠闲，只有他一个人从早到晚忙忙碌碌。他还发现，虽然别的小和尚偶尔也会被分派下山购物，但方丈让他们去的市镇，路途平坦距离也近，买的东西也不多。而十年来方丈一直让他去寺后的市镇，道路崎岖难行，距离也很远，要翻越两座山才能到，方丈让他买的东西多而且很重，回来时要连拖带拽才能拿回来。方丈为什么要这样对我呢？于是，小和尚带着诸多不解去找方丈，问："为什么别人都比我清闲呢？没有人强迫他们干活读经，而我却要干个不停？"方丈微笑不语，没有回答。

第二天，小和尚依旧得五点起床、挑水、扫地，忙完这些之后，方丈让他去寺庙后的镇上买一袋大米回来。中午时分，当小和尚扛着一袋大米从后山走来时，发现方丈正站在寺门旁等着他，方丈让他放下大米，和他一块坐在寺门旁等其他小和尚买东西回来。太阳快要落山了，前面山路上方才出现几个小和尚的身影，他们说说笑笑、打打闹闹，一会儿跑去摘花，一会儿跑去捉鱼，短短的一段山路，他们走了很长时间，来到寺门前天已经黑了。当他们看到方丈时，一下愣住了。方丈平静地问那几个小和尚："我一大早让你们去买盐，路这么近，又这么平坦，怎么回来得这么晚呢？"几个小和尚面面相觑，说："方丈，我们说说笑笑，看看风景，就到这个时候了。十年了，每天都是这样的啊！"

方丈又问坐在身旁的小和尚："寺后的市镇那么远，翻山越岭，山路崎岖，你又扛了一大袋米，为什么回来得还那么早呢？"小和尚说："我每天在路上都想着早去早回，由于肩上的东西重，我才更小心去走，所以反而走得稳走得快，十年了，我已养成了习惯，心里只有目标，没有道路了！"

方丈闻言大笑，说："道路平坦了，心反而不在目标上了。只有在坎坷的路上行走，才能磨炼一个人的心志啊！"

后来，寺里要从众多僧人当中挑选一位去西天取经，路途遥远，困难、诱惑重重，一般人是无法担当如此大任的，所以选拔时非常严格。小和尚经历了十年的磨炼，无论从体力、毅力、悟性还是诵经讲学方面都胜过其他人，他理所当然成了最佳人选。

这个小和尚就是玄奘法师。

年轻时不经历一些磨炼，是无法为将来的成功打下基础的。青春应该是一段坎坷的路程，青春应该是一幅伴着坎坷无怨无悔的画卷。青春的路上总是要经历一些坎坷，它考验着一个人的灵魂，磨炼着一个人的意志。

动物学家曾做过这样的实验：把两只羚羊放在不同的环境下，一只羚羊放在有狼出没的地方，一只放在没有狼的地方。狼的存在使其中一只变得很强健，反应敏捷，奔跑速度快；而另一只弱不禁风，完全失掉了野外生存的能力，如果遭遇狼群，只有被吃掉。

人也是一样，经历生活的击打、磨炼才能有所成就、才能使内心越来越强大。遇到逆境就一味消沉的人，是肤浅的；一有不顺心的事就惶惶不可终日的人，是脆弱的。一个人不懂得人生的艰辛，就容易散漫和骄纵。未尝过人生苦难的人，也往往难当重任。

1983 年的一天，在美国亚利桑那州图森市的一家医院，一个女婴呱呱坠地，令她的父母异常惊愕的是，女婴居然一出生就没有双臂，连见多识广的医生也无法解释这个奇怪的现象。

在父母的疼爱下，女婴一天天地长大，成为一个可爱的小女孩儿。

那天，站在阳台上的女孩儿，看到与自己同龄的一群孩子正张开天使般的双臂，在阳光下欢快地奔跑着追逐翩翩起舞的蝴蝶，女孩儿十分伤感地向母亲哭诉命运的不公，竟然不肯馈赠她拥抱世界的双臂。

母亲平静地安慰她："孩子，上帝的确有些偏心，但上帝是要送给你更多的梦想，要让你用行动去告诉人们——即使没有翅膀，也可以高高地飞翔，就像没有修长的十指，你同样可以弹出美妙的琴声，可以写出漂亮的文章……"

"我真的能做到那些吗？"女孩儿仰起头来。

"只要你肯努力，就能做得到，只要你的梦想没有折断翅膀，你就一定能飞得很高很高。"母亲温柔的目光里充满了不容置疑的坚定。

女孩儿相信了慈爱的母亲的话，目光一遍遍地抚摸着自己那双看似普通的脚，心中暗暗地告诉自己：我有一双非凡的脚，不只是用来奔走的，还是用来飞翔的。

此后，在父母的指导帮助下，女孩儿开始有计划地锻炼自己双脚的柔韧性、灵活度和力量。怀揣梦想的她，克服了人们难以想象的困难，经历了谁都无法数清的失败，终于在人们的惊讶中，练出了一双异常自由灵活的脚——她不仅可以用双脚吃饭、穿衣，轻松地实现生活的自理，还学会了用脚弹琴、写字、操作电脑……她用双脚做到了几乎是常人所能做到的一切。

女孩儿开始在人们面前自豪地展示自己非同寻常的"脚功"，起初遇到的那些异样的眼光里，渐渐地充满了钦佩。在她14岁那年，女孩儿彻底地扔掉了那副装饰性的假肢，一脸阳光地穿着无袖的上衣，走进校园、商场、街区……仿佛自己根本就不缺少什么，除了常人那样的一双臂膀。

女孩儿在继续着创造奇迹的脚步，她读书刻苦，作业写得总是一丝不苟，从小学到中学，她的学习成绩始终名列前茅，老师和同学们都十分敬佩她的坚毅和自强。当她拿到亚利桑那大学的心理学专业的学士学位证书时，一家人幸福地拥抱在一起。父亲自豪地鼓励她："孩子，你还可以做得更棒！"

"是的，我还可以做得更棒！"女孩儿自信地笑着。

为了增强腿部肌肉的力量，保持腿部的灵活性与韧性，女孩儿不仅坚持经常性的跑步，还成为碧波荡漾的泳池里的一条自由穿梭的美人鱼，还成了一家跆拳道馆里小有名气的高手……一位医生曾指着给她拍的X光照片，惊奇地喟叹："经过锻炼，她的双脚已变得异常敏捷，她的脚趾关节已像手指关节一样灵活自如。"

女孩儿的梦想还在不停地放飞着,她又走进了汽车驾驶学校。在教练员惊讶的关注中,她很快便掌握了驾车的各项技术,通过了近乎苛刻的各项考试,顺利地拿到了驾照,开始用双脚娴熟地驾车御风而行……

接下来,女孩儿要去圆自己心中埋藏已久的梦想了——她要亲自驾驶飞机,拥抱苍穹。

曾经培养出许多飞行员的著名教练帕里什·特拉威克一看到亲自驾车来报名的女孩儿,就知道她一定会飞上蓝天的,就像一只矫健的雄鹰那样,不仅仅因为她那娴熟的驾车技术,还因为她目光中流露出的从容、淡定与果敢。

果然,女孩儿在学习飞机驾驶的时候,丝毫不逊色于那些身体健全的飞行员,她一只脚操纵着控制板,另一只脚操纵着驾驶杆,滑行、拉起、升空……她冷静、沉着,每一个动作都十分准确、到位,比不少学员表现得都出色。教练帕里什·特拉威克后来回忆说:"事实证明,她是一个优秀的飞行员,她驾驶飞机时非常冷静和稳定。一旦你和她在一起呆上20分钟,你甚至就会忘掉她没有双臂的事实。她向人们展示,人可以克服所有的限制,她真是太令人难以置信了。"

25岁的女孩儿如愿地拿到了轻型运动飞机的私人驾照,成为美国历史上第一个只用双脚驾驶飞机的合法飞行员,开创了飞行史的先例。女孩儿的名字叫做杰西卡·考克斯。

如今,杰西卡·考克斯已是美国家喻户晓的英雄,她靠双脚生活和奋斗的感人故事,给世人带来了巨大的心灵震撼和精神鼓舞。

磨难、坎坷可以磨炼一个人的心志,孟子云:生于忧患,死于安乐。忧患和安逸同样是生活方式,但一个可以培育强者、能人、伟人,一个只能播种平庸、平凡、懦弱。

如果你觉得你的青春不那么一帆风顺,那么就请享受它给你的磨难吧!总有一天,当你回头看看自己曾经走过的路时,你会感恩这些挫折、坎坷与磨难,如果不是它们,你是无论如何也达不到现在的高度的。

年轻就该多经历些苦难

古人说,"天将降大任于斯人也,必先苦其心志,劳其筋骨,饿其体肤,以空乏其身,行佛乱其所为。"如果你想在未来获得成功,那么年轻时就该多经历些苦难。

他刚从部队退伍时,只有高中学历,无一技之长,只好到一家印刷厂担任送货员。一天,这年轻人将一整车四五十捆的书送到某大学的七楼办公室。当他先把两三捆的书扛到电梯口等候时,一位中年保安走过来,说:"这电梯是给教授、老师搭乘的,其他人一律都不准搭。你必须走楼梯!"

年轻人向保安解释:"我不是学生,我是要送一整车的书到七楼办公室,这是你们学校订的书啊!"可是保安一脸无情的说:"不行就是不行,你不是教授,不是老师,不准搭电梯!"

两人在电梯口吵半天,但保安依然不予放行,年轻人心想,这一车的书要搬完,至少要来回走七层楼梯二十多趟,会累死人的!后来,年轻人无法忍受这无理的刁难,心一横,把四五十捆书搬放在大厅角落,不顾一切地走人。

后来,年轻人向印刷厂老板解释事情原委,获得谅解,但也向老板辞职,并且立刻到书局买整套高中教材和参考书,含泪发誓,一定要奋发图强,考上大学,绝不再让别人"瞧不起"。

这年轻人在联考前半年,天天闭门苦读十四个小时,因为他知道,他的时间不多了,他已无退路可走,每当他偷懒、懈怠时,脑中就想起保安不准他搭电梯,被羞辱、歧视的一幕,也就打起精神,加倍努力用功。

后来,这年轻人终于考上某大学。毕业后留校任教,如今,二十多年过去了,他也成为了一名教授。然而,他静心一想,当时,要不是保安无理刁难和歧视,他怎能从屈辱中擦干眼泪,勇敢站起来,而那位被他痛恨的保安,不也是他一生中的恩人吗?

苦难,对于那些渴望成功的人来说是一种财富,在苦难中人才能挖掘自己的所有潜力。苦难是一所大学，凡成大事业者都是从这所学校合格毕业的学生，经历了苦难的磨炼，才能够更加强壮。

苦难成就人生。罗曼罗兰笔下的约翰·克利斯朵夫也是一个苦难的宠儿，从出生到死亡，这个坚强的行者从未因磨难或是诱惑而改变自己心中坚强的信仰。

时下很多年轻人，看到成功人士的耀眼光环时，便常常埋怨人生和命运不公。但实际上，我们看到的只是他们风光的一面，却没有看到他们在风雨中蹒跚前行的脚步。

一个乐观的年轻人，往往会成为一个大无畏的人，他们愈为困境所迫，反而愈加奋勇，胸膛直挺，意志坚定，敢于对付任何困难，轻视任何厄运，嘲笑任何阻碍。因为忧患、困苦不足以损他毫发，反而锤炼了他的意志、力量与品格，使他成为了不起的人物。

谁也不能选择自己的出身，赖东进也是如此。他的父亲是个盲人，母亲是个盲人且弱智，除了姐姐和他，几个弟弟妹妹也都是盲人。他们甚至没有一个像样的家，只能住在乱葬岗的墓穴里。

他能有幸读书，源于9岁时别人对他父亲说的一句话："如果不让你的儿子去读书，将来他长大了还是要跟你一样做乞丐。"

于是，父亲再苦再累也要送他去读书，但毕竟经济能力有限，才13岁的姐姐为了能让弟弟有出头之日，自愿到青楼里卖身。姐姐走了，照顾一家人的重任就落在他的身上，他既要读书，又要照顾失明的父母弟妹，甚至还不得不忍受同学们歧视的目光。但是他从来没有缺过一天课。每天一放学就去讨饭，讨饭回来就跪着喂父母，甚至失明且弱智的母亲每次来月经，都是他给换草纸。后来，他上了一所中专学校。也许是他的优良品德和命运对他的垂青，他竟然获得了一份纯真的爱情。但从一开始就受到未来丈母娘的阻拦："天底下找不出他家那样的一窝窝人"，为了阻止自己的女儿跟赖东进交往，她甚至不惜动用暴力，把女儿锁在家里，然后用扁担一次次把来找她女儿的赖东进打回去……

但这些都没有击退赖东进对生活的热情。相反，经过一次次的磨难，他开始感恩生活，甚至感谢苦难的命运。在他看来，正是苦难的命运给了他磨炼，给了他这样一份与众不同的人生。他甚至感谢他的丈母娘，正是她的扁担，让他知道要想得到爱情,必须奋斗、必须有出息……

经过不懈的努力和勤奋的学习、工作,他成为了一家专门生产消防器材的大公司的厂长,一家人的生活得到改善,并与当初的女同学结了婚。他自强不屈、努力拼搏的故事激励了无数人。

许多伟大人物的成功都是在极度困难的情况下取得的。如贝多芬是在两耳失聪、生活最悲惨的时候,写出了他最伟大的乐曲;席勒为病魔困扰15年,而他的最有价值的作品,也就是在这个时期写成的;弥尔顿在双目失明、贫病交迫的时候,写下了他的名著。所以有诗人说:"假如那是正当的话,为了要得到更多的幸福,我宁愿祈祷更多的忧患到来。"

火石不经摩擦,火花不会发出;同样,人们不遇挫折的打磨,他们的生命火焰不会燃烧!因为挫折可以使他的身心更坚毅、更强固。在人生的航道中,遭遇挫折并不可怕,只要你愿意用一种积极的心态去应对,变换一种角度去看待它。

精良的斧头,其锋利的斧刃是从炉匠的锤炼与磨砺中得来的。森林中的大树,要不是同狂风暴雨搏斗过千百回,树干就不能长得十分结实。苦难并不是我们的仇敌,而是我们的恩人。因为没有充分的苦难磨砺,就难以激发起奋进的动力。所以,年轻时我们就该多经历些苦难,这样才能为日后的成功打下坚实的基础。

挫折是青春的考验

挫折是一种有力度的人生考验,也是一种有价值的人生境界,没有这种考验和境界,日子只会过得平庸,人也轻飘飘没有力量。有人认为青春就是亮丽、明快的,其实不然,青春中也有阴晦的一面,那就是挫折难免。纷呈人生需要有阴晦的一面才叫五彩人生,青春需要有挫折才叫精彩的青春。

若青春无风无雨,没有任何波折,太过温和,又有何鉴赏价值呢?又谈何精彩呢?面对挫折,如果因此而放弃,便前功尽弃;如果继续坚持不懈,便有可能反败为胜。

我们先来读读金利来的掌门人曾宪梓的故事。

曾宪梓是金利来公司的掌门人,别看他现在风光无限,他在年轻的时候可没少经历挫折。

当时的他还是一个籍籍无名、在社会底层混生活的人。但由于自己一直不懈地努力,很快他就发现领带这个市场存在着广阔的发展空间,于是,就按照当时的审美观设计出了一种新样式的领带。

但新事物的成长总要经历众多的波折。领带被开发出来之后,由于自己的品牌没有名气,一段时间以来,新式领带并没有像他预期那样打进广阔的市场。于是,他决定亲自出马去推销自己的领带。

一天,在街上观察了很长之间之后,他将目标锁定在一家西装品牌店。

一进门,他直接找到这家店的老板,开门见山地自我介绍道:

"你好,我是来推销领带的,我仔细观察了很久,我们公司的领带正好能够……"

"出去,出去,我们这里不需要!"还没等他说完,西装店的老板就不耐烦地将他赶了出去,甚至还骂了他好几句。

遇到这样的情况,曾宪梓感觉十分尴尬,脸上好像被人吐了一口唾沫那样难堪,他恨不得在地上找个洞钻进去。

出来之后,他懊恼地在街边蹲了很久,忽然想到父亲曾经跟自己说过的一段话:

"孩子,如果你也遇到了这样的情况,先不要计较别人为什么会骂你,而是先想想看,自己做错了什么,自己有没有做得不好的地方!"

父亲的这句话一下子提醒了他:是不是自己用的方法不对,才导致了人家的拒绝?想到这一点之后,曾宪梓立刻改变了策略,他走到街边的一个咖啡馆买了一杯咖啡之后,再次走进了那家西装店。

"你怎么又来了?你这个人的脸皮怎么那么厚!"看到刚才那个不懂事的毛头小伙子再次走进来,那个老板立刻气不打一处来地问道。

但这次,曾宪梓丝毫也没有觉得难过,反而诚恳地对那个老板说道:

"先生,真是很对不起。我这次过来不是跟您推销领带的,我特意买了咖啡来跟您道歉!我想,我让您那么生气,一定是因为我做错了什么事,您能告诉我我究竟做错了什么吗?"

听曾宪梓这么诚恳,本来还火气十足的老板觉得再责备他面子上也过不去，于是就微笑着请他坐下来，告诉他："小伙子，推销领带哪有你这么推销的！你知道我刚才在做什么吗？"

看曾宪梓一副难以理解的样子，他哈哈大笑道：

"看来你也是个初出茅庐的小伙子，我刚才正在和一个大客户交谈。谈成了，我的西装店就能赚很大一笔钱，但偏偏就在我们谈得热火朝天时，你这个小伙子插进来了，你说我生气不生气？你差点让我失去一笔大生意呢！"

"原来如此！"听到这里，曾宪梓才如梦初醒，脸一下子羞得通红，局促不安地站在那里。

"小伙子，这样吧，我看你的态度这么诚恳，就留下你的领带样本，我看过之后会给你答复的！"

后来，这个西装店的老板在比较之后，觉得曾宪梓的领带不错，就从他那里买下了很多领带，曾宪梓也第一次推销出了自己的领带。

但此时，曾宪梓并没有沉浸在成功的喜悦里，相反，他将那天那个老板对自己所说的道理谨记在心，在下次上门推销时充分考虑对方当时当地的处境，依实际情况而推销。

曾宪梓的这个招数果然见效，为金利来领带打开了市场，并使"金利来"这个品牌迅速跃居许多大名牌之列。

试想，如果当时曾宪梓吃了闭门羹之后就一蹶不振，很可能他就会从此失去再次推销领带的勇气。"金利来"领带之所以会有今天的名气，与当年曾宪梓经受挫折的考验是分不开的。

巴尔扎克说："挫折就像一块石头，对于弱者来说是绊脚石，让你却步不前，而对强者来说是垫脚石，使你站得更高。"大浪淘沙，优胜劣汰。成功总是属于那些备尝艰辛、异常顽强的人，属于那些在挫折中愈挫愈勇、勇敢站起来的人。

生活在英国一座小城市里的云蒂·贝尔，天生就患有一种奇怪的病，从她出生的那天起，她就没有皮肤，从此，她只能待在无菌的病房里，她的妈妈从未抱过她一次，她甚至不能哭泣，因为那咸咸的泪水也会腐蚀她的肌肤。那么小的孩子，从出生的那一刻起就面临着上帝给她的莫大考验，可是，面对此挫折，她并不憎恨上帝，因为她看到在窗外还有着鸟儿在为她歌唱，她还能够倾听到鸟儿们告诉她的悄悄话。后来，通过医学家们的共同努力，她终于成为了一个"完人",她终于通过了考验,战胜了挫折,这对她来说莫不是一笔巨大的财富,她凭着顽强的毅力战胜了挫折。

奥地利音乐神童莫扎特,在他15岁那年,他为了抓紧时间创作一首曲子,连续三晚他都在寒冬中伏案创作,手冻僵了,呵一口热气暖暖。但后来,他的曲子被淘汰了,他的希望瞬间变成了泡影。但他并没有在挫折面前低头,还是一如既往地在音乐事业下苦功。最终,他终于在世人的敬仰与羡慕中成就了他一生的辉煌,在历史的篇章熠熠生辉。

"这是第一千次。"一位助手对着一位正苦苦思索的科学家说。"不,我不能放弃,即使是一万次,我也要找到合适的灯丝。"一遍又一遍,一个又一个,他经历了无数次挫折,饭不思,夜不寐,终于他找到了,找到了适合做灯丝的金属——钨,由此发明了给予无数人光明的电灯,他就是爱迪生。

这些人的青春年华可以说是在挫折和失败中渡过的,但挫折是青春的考验,他们经受住了考验,最终让自己的生命无比耀眼!

每个人都有属于自己的青春,人生中青春是最美好、最精彩的阶段,经历了青春的酸甜苦辣,我们才会成长为一个真正有意义的人。在青春的道路上,有了挫折,这段路程才会更加精彩。挫折就等于是一次考验,只有顺利战胜了这场考验,我们才能走向成功的人生道路。

挫折后面是花香

有一位穷困潦倒的年轻人,身上全部的钱加起来也不够买一件像样的西服。但他仍全心全意地坚持着自己心中的梦想——他想做演员,当电影明星。

好莱坞当时共有500家电影公司,他根据自己仔细划定的路线与排列好的名单顺序,带着为自己量身定做的剧本一一前去拜访。但第一遍拜访下来,500家电影公司没有一家愿意聘用他。

面对无情的拒绝,他没有灰心,从最后一家电影公司出来之后不久,他就又从第一家开始了他的第二轮拜访与自我推荐。

第二轮拜访也以失败而告终。第三轮的拜访结果仍与第二轮相同。但这位年轻人没有放弃，不久后又咬牙开始了他的第四轮拜访。当拜访第 350 家电影公司时，这里的老板竟破天荒地答应让他留下剧本先看一看。他欣喜若狂。

几天后，他获得通知，请他前去详细商谈。就在这次商谈中，这家公司决定投资开拍这部电影，并请他担任自己所写剧本中的男主角。

不久这部电影问世了，名叫《洛奇》。这个年轻人就是好莱坞著名演员史泰龙。

面对 1850 次的拒绝，需要的勇气是我们难以想象的。但正是这种勇敢，这种不轻言放弃的精神，这种对自己理想的执著追求，让故事中的年轻人的梦想得到了实现。

在生活中，挫折是不可避免的。但是，只要我们正确地看待挫折，敢于面对挫折，在挫折面前无所谓惧，克服自身的缺点，在困难面前不低头，那么，顽强的精神力量就可以征服一切。

挫折是可怕的，但却是成长不可缺少的基石。挫折是会给人带来伤害，但它还给我们带来了成长的经验。被开水烫过的小孩子是绝不会再将稚嫩的小手伸进开水里的。即使他再顽皮，他也会记得开水带来的伤痛。被刀子割破了手指的小孩子是绝不会再肆无忌惮地拿着刀子玩耍的，因为他知道刀子很危险。孩子们经历了挫折，但他们换来了成长的经验。这不正是我们所说的"坏事变好事"吗？

城里的儿子回农村老家，发现自家玉米地里玉米长得很矮，地已干旱，可周围其他地里的苗子已长得很高。当儿子买了化肥、挑起粪桶准备浇地时，却被父亲阻止了。父亲说，这叫控苗。玉米才发芽的时候，要旱上一段时间，让它深扎根，以后才能长得旺，才能抵御大风大雨。过了个把月，一个狂风骤雨的日子，儿子果然看到除了自家地里的玉米安然无恙外，别人都在地里扶刮倒了的玉米。

这个故事，告诉我们这样一个人生道理：年轻时苦一点，受一点挫折，没关系，它只会让人多一点阅历，长一点见识，并因此而坚强起来，因此而获取成功。

一位屡屡失意的年轻人面对人生的困惑不知如何解答，便千里迢迢来到普济寺，慕名寻到老僧释圆，沮丧地说："像我这样屡屡失意的人，活着也是苟且，有什么用呢？"

老僧释圆静静听这位年轻人叹息和絮叨，什么也没说，只是吩咐小和尚："施主远道而来，烧一壶温水送过来。"少顷，小和尚送来一壶温水，释圆老僧把一撮茶叶放进杯子里，然后用温水沏好，放在年轻人面前，笑着说："施主，请用茶！"年轻人俯身看看杯子，只见杯子里微微地飘出几缕水气，那些茶叶静静地浮着。年轻人不解地询问释圆："贵寺怎么用温水冲茶？"释圆微笑不语，只是示意年轻人说："施主，请用茶吧。"年轻人只好端起杯子，喝了两口。释圆说："请问施主，这茶可香？"年轻人摇摇头说："一点茶香也没有呀。"释圆笑笑说："这是福建的名茶铁观音啊，怎么会没有茶香？"年轻人听说是上乘的铁观音，又忙端起杯子喝了两口，再细细品味，然后放下杯子说："真的没有一丝茶香。"老僧释圆微微一笑，吩咐门外的小和尚："再烧一壶沸水送过来。"

少顷，小和尚便送来一壶刚烧好的沸水，水吱吱吐着浓浓的白汽，释圆起身，又沏了一杯茶，年轻人俯身去看杯子里的茶，只见那些茶叶在杯子里上上下下地沉浮，随着茶叶的沉浮，一丝清香便从杯里飘了出来。闻着那清清的茶香，年轻人禁不住去端那杯子，释圆忙微微一笑说："施主稍候。"说着便提起水壶朝杯子里又注了一缕沸水。年轻人见那些茶叶上上下下，浮浮沉沉得更厉害了，同时，一缕更醇更醉人的茶香升腾出杯子，在禅房里弥漫。释圆笑着问道："施主可知道同是铁观音，却为什么茶味迥异吗？"年轻人说："一杯用温水冲沏，一杯用沸水冲沏，用水不同吧。"

释圆笑笑说："用水不同，则茶叶的沉浮就不同。用温水沏的茶，茶叶就轻轻地浮在水之上，没有沉浮，茶叶怎么会散逸它的清香呢？而用沸水冲沏的茶，冲沏了一次又一次，浮了又沉，沉了又浮，沉沉浮浮，茶叶就释出了它春雨般的清幽、夏阳似的炽烈、秋风一样的醇厚、冬霜似的清冽。世间芸芸众生，又何尝不是茶呢？那些没有经受过苦难，没有吃过苦头的人，每天平平静静的生活，就像温水沏的淡茶平静地悬浮着，弥漫不出他们生命和智慧的清香。而能吃得苦中苦的人，他们就像被沸水沏了一次又一次的酽茶，在风风雨雨的岁月中沉沉浮浮，溢出了他们生命的一脉脉清香。"

在我们实现梦想的路途中，也会不可避免地遭遇到种种挫折，让我们用执著为自己导航，坚定地树起乘风破浪的风帆，坚信终有一天成功的海岸线会在我们眼里出现。挫折是一座大山，想看到大海就得爬过它；挫折是一片沙漠，想见到绿洲就得走出它；挫折还是一道海峡，想见到大陆就得游过它。

温室中培养不出参天大树，这是很简单的常识；成长过程，需要挫折的锻造，这是被无数事实证明的真理。没有经过苦难的人生，很难品味历久的迷香。人的一生，特别是青春时光，除了享受阳光和雨露之外，更要学会接受很感恩生活给予的苦难。

"亲爱的，我的视线越来越模糊。也许，等不到明天，就什么都看不到了，我将永远生活在茫茫黑夜……"清晨，70岁的郡乔·鲁滨逊，站在自己家的花园里望着天空，贪婪地捕捉黎明的第一缕阳光，而他和妻子希瑟说话的语气，却充满了无奈的伤感。

早在半年前，医生就已经断言，由于多种疾病的侵蚀，鲁滨逊将会慢慢失明。刚开始，鲁滨逊没有办法接受这样的坏消息，他甚至拒绝再治疗，说是如果什么都看不到了，不如趁早离开这个世界。

是啊，鲁滨逊怎能不难过？身为一名退休的园艺工人，在过去几十年的光阴里，他每天最主要的工作，就是为花草们施肥浇水，修剪枝叶，认真观察它们点滴的变化，力争将花儿们最完美的一面呈现在人们面前。可是，这位痴爱着花卉的老人，将再也没有办法欣赏自己亲手打造出来的缤纷世界，那该是怎样的疼痛和难过呢？

希瑟非常担心丈夫的状况。一天晚上，希瑟打开窗户，指着窗外的一株玫瑰，仿佛自言自语一般说："真好呀，又长出来了好几个花苞！"鲁滨逊默默地在窗前站了一会儿，什么话也没说。

第二天清早，鲁滨逊刚刚起床，就听到妻子在院子里喊道："亲爱的，昨天晚上我们看到的那些花苞，都已经绽放了！多漂亮呀！"他走过去，小心翼翼靠近花儿，深深地嗅着花香，又用手轻轻触摸着花朵。

"你看，总有一些花朵儿，会在夜里慢慢开放，"希瑟小心翼翼地对丈夫说："这就好像你就算失去了视力，还可以用鼻子和手来亲吻花朵一样，世界还是那样美丽，而你只不过是换了一种方式和它亲密接触！"

妻子煞费苦心的一番话，驱散了多日来盘踞在鲁滨逊心中的阴霾，他忽然明白了自己应该怎么做。接下来的日子，鲁滨逊趁着眼睛还能看得见，读了不少花卉种植方面的书，又以做卡片的办法做下笔记。他还闭着眼睛在花园里来回走动，努力记住每一盆花的位置。

不久，鲁滨逊真的完全失明了。他仿佛早就准备好了接受这样的挑战，每天早早起床，摸索着走过花园的每一个角落，手里拿出工具，时不时停下脚步，为这株花松松土，又为另一株花浇浇水。

所谓天道酬勤，在鲁滨逊的精心照料下，他们家的花园，不但没有因为他的失明而凋零，各种花卉反而比从前开得更加缤纷。一次，有家电视台准备举办家庭花艺比赛，一位记者无意中看到了鲁滨逊的花园，赞叹之余，还拍摄了长长的一段视频。

最终，鲁滨逊的花园从几百个参赛者中脱颖而出，令观众们难以置信的是，如此美丽的花卉，居然是一位双目失明老人亲手打造出来的！从此，鲁滨逊的花园变得家喻户晓，每天总有人慕名前来拜访，更有人愿意向鲁滨逊请教花卉管理办法。对于来访的客人，鲁滨逊总是热情接待，除了耐心讲解，还会送他们一些花籽。

一天，有位叫丽莎的6岁女孩，在父母的陪伴下来到鲁滨逊家。就在半年前，因为一次车祸，小女孩失去了左脚，她一度对生活无比绝望，直到在电视中看到盲人鲁滨逊打造的花园，她被惊呆了，一定要亲自来拜访这位了不起的园艺师。

"爷爷，你的眼睛什么也看不到，会不会很伤心？"面对丽莎天真的提问，她的父母有些尴尬，鲁滨逊却低头嗅了嗅花朵，微笑着说："亲爱的，我曾经因为失明而非常伤心，直到有一天，夜晚的风，从窗外吹来了花朵的芳香，我终于不再绝望。因为，总有一些花朵，会在夜里悄悄开放……"

当挫折来临时，不要被它吓倒，要知道，挺过去，挫折后面可能就是花香。

再丑陋的蛹也能变成美丽的蝴蝶

一个小孩，相貌丑陋，说话口吃，而且因为疾病导致左脸局部麻痹，嘴角畸形，讲话时嘴巴总是歪向一边，还有一只耳朵失聪。他的母亲陷入深深的痛苦之中："一个来到世界上没几年的孩子，就要开始伴随不幸命运的折磨，他以后怎样生活啊？"但她除了对孩子倍加爱护之外，还能做些什么呢？

然而，也许这孩子注定是个生活的强者。他比一般的孩子更快地走向成熟，面对别的孩子嘲笑、讥讽的话语和目光，他默默地忍受着。他有自卑，但更有奋发图强的意志。当别的孩子在玩具中打发时间时，他则沉浸在书本中，其中有很大一部分书是成人读物，他却读得津津有味，因为他从中学到了坚强，学到了一种永不放弃的品质。

为了矫正自己的口吃，他模仿古代一位有名的演说家，嘴里含着小石子讲话。看着嘴巴和舌头被石子磨烂的儿子，母亲心疼地抱着他流着眼泪说："不要练了，妈妈一辈子陪着你。"懂事的他替妈妈擦着眼泪说："妈妈，书上说，每一只漂亮的蝴蝶，都是自己冲破束缚它的茧之后才变成的，如果别人把茧剪开一道口，由茧变成的蝴蝶是不美丽的。我要做一只美丽的蝴蝶。"

后来，他能流利地讲话了。因为他的勤奋和善良，他中学毕业时，不仅取得了优异成绩，还获得了良好的人缘，他周围的人，没有谁会嘲笑他，有的只是对他的敬佩和尊重。这时，他母亲为他找到了一份不错的工作，她希望自己的儿子尽量顺利些。但他同样对母亲说："妈妈，我要做一只美丽的蝴蝶。"

1993年10月，博学多才，颇有建树的他参加全国总理大选。他的对手，居心叵测地利用电视广告夸张他的脸部缺陷，然后写上这样的广告词："你要这样的人来当你的总理吗？"但是，这种极不道德的、带有人格侮辱的攻击招致大部分选民的愤怒和谴责。当他那成长的经历被人们知道后，赢得了极大的同情和尊敬，他说的"我要带领国家和人民成为一只美丽的蝴蝶"的竞选口号，使他高票当选为总理，并在1997年再次获胜，连任总理，他的"我要成为一只美丽的蝴蝶"也成为名言被人们广为传诵，人们亲切地称他是"蝴蝶总理"。他就是加拿大第一位连任两届跨世纪的总理让·克雷蒂安。

丑陋的相貌、低微的门第等外在因素是我们无法选择也无法改变的，但我们可以通过自己的努力改变那些能改变的，让自己的人生不再晦暗，而是充满阳光。

我们总是羡慕那些看似不经意间便在理想之路上走了很远的人们，但总有一天我们会明白，这些人也是背负着人生苦难的重荷在一步步慢慢向前。无论再漂亮的蝴蝶，在展翅飞翔之前，它也只是一只丑陋的蛹。也许现在的我们就像一只蛹，但只要我们努力，终有一天会破茧成蝶，展翅高飞。

1822 年的冬天,庄严肃穆的音乐大厅里正在演出歌剧《费德里奥》,许多名门贵族观看了这场演出。但在歌剧进行到一半的时候,观众发现乐队、歌手无法协调,而指挥却毫无察觉,仍在台上竭力指挥着。

观众终于忍无可忍了,他们在台下窃窃私语。指挥发现了,他让乐队、歌手重来,但情况更糟。

有人在喊:"让指挥下台。"

指挥已听不到观众在说什么,但是从他们的神情中,他读懂了所有。

他从台上下来,流泪了。

在世界音乐史上,这是一个值得纪念的日子,伟大的音乐天才贝多芬在这一天完全失聪了。

所有人都预感到他不会再在音乐上有所发展了,但是两年后,也就是 1824 年,贝多芬的《第九交响曲》在维也纳上演。这首曲子是他在失聪的情况下写成的,继而在厄运不断的打击下,贝多芬完成了世界音乐史上辉煌的篇章。

贝多芬的苦难与成就是成正比的,苦难给予他多几分,他的音乐才华就增长几分;苦难逼近他的灵魂几分,他灵魂的光彩就会绽放几分。著名指挥家卡拉扬说:"是苦难成就了他。没有苦难,谁知道会发生什么?"

法国哲学家狄德罗曾经说过:"经历磨难是人生最必要的力量泉源之一,也是成功的利器之一。"

英国生物学家达尔文研究进化论,呕心沥血,花了 22 年时间,写出了《物种起源》;徐霞客一生野外考察 30 年如一日,曾三次遇险、四次断粮,他战胜各种艰难险阻,写成了驰名中外的《徐霞客游记》;王洛宾,一生历经坎坷,他却以"胜似闲庭信步"的态度,栖身于大西北的沙漠孤烟之中,收集创作了近千首西部民歌,赢得了"西部歌王"的美誉和荣耀……

这些杰出人物如真金遇烈火,似红梅披风雪,饱经磨难志愈坚,最终使平凡的生命放出了夺目的色彩。

人生之路,难免有曲折坎坷,然而,只要我们不放弃,都有可能将不利条件转化为有利条件,因为所有的磨难都藏匿着成长和发展的种子。

再丑陋的蛹也能变成美丽的蝴蝶,不管我们的先天条件有多么不好,不管我们遇到了多少磨难,只要我们不放弃,终有一天会为自己赢得精彩的人生。

奇迹，宠爱坚强的人

丹麦的一名大学生，有一次到美国旅游。他先到华盛顿，下榻威勒饭店，住宿费已经预付。上衣的口袋放着到芝加哥的机票，裤袋里的钱包放着护照和现金；准备就寝时，他发现钱包不翼而飞，立刻下楼告诉旅馆的经理。

"我们会尽力寻找。"经理说。

第二天早上，皮包仍然不见踪影。他只身在异乡，手足无措。打电话向芝加哥的朋友求援？到使馆报告遗失护照？呆坐在警察局等待消息？

突然，他告诉自己："我要看看华盛顿。我可能没有机会再来，今天非常宝贵。毕竟，我还有今天晚上到芝加哥的机票，还有很多时间处理钱和护照的问题；我可以散步，现在是愉快的时刻，我还是我，和昨天丢掉钱包之前并没有两样。来到美国，我应快乐，享受大都市的一天。不要把时间浪费在丢掉钱包的不愉快之中。"

他开始徒步旅游，参观白宫和博物馆，爬上华盛顿纪念碑。虽然许多想看的地方，他没有看到，但所到之处，他都尽情畅游了一番。

回到丹麦之后，他说美国之行最难忘的回忆，是徒步畅游华盛顿。

五天之后，华盛顿警局找到他的皮包和护照，寄给了他。

奇迹总会眷顾那些心态乐观、意志坚强的人。遇到困境，为什么要悲观绝望？要知道，希望是无处不在的，如果你觉得绝望，那是因为你自己放弃了自己，而不是被这个世界抛弃了。

曾经，因为潦倒，他将自己的诗仅卖了 10 块钱，而被人嘲笑为"弱智"，而这首诗花了他整整 10 年的时间；曾经，"穷鬼"一词变成了他的代名词，生活的一连串打击一度让他几近崩溃，走投无路。

他出生在美国的波士顿，是个苦命的孩子，3 岁时就失去了双亲，成了可怜的孤儿。后来，当地一位做烟草生意的商人收养了他，并送他上学读书。经商的养父始终不理解爱写诗的他，更不喜欢他，经常骂他是个"白痴"。长大后，他的浪漫不羁与养父的循规蹈矩形成了鲜明的反差，两人不可避免地发生激烈的冲突，最终他被赶出家门。

后来，他进了美国西点军校就读，酷爱写诗的他竟然无视校规，不参加操练，被军校开除。从此，他用写诗来打发自己的时光。

在他26岁时，他遇见了生命中最重要的女人——表妹唯琴妮亚，并不顾世俗的眼光与阻挠，两人相爱并很快结婚。这是一段令他刻骨铭心的时光，也是他一生中最难以忘怀的美好记忆。

婚后，因为贫困潦倒，他们甚至连每月3美元的房租都无法支付，经常饿着肚子。体弱的妻子不堪重负病倒了，他只能眼睁睁地看着，无能为力。很多人嘲笑他、讥讽他，说他是个十足的"穷鬼"，连自己的妻子都保护不了，而她的妻子面对人们的讥笑，始终对他不离不弃。他们用真爱诠释了世间最牢固的爱情。

在这样艰难的环境中，酷爱写诗的他始终没有放弃手中的笔，每天都在疯狂地写诗，将自己对妻子的爱深深融入文字中。他渴望有朝一日能改变现状，让妻子过上好的生活。就是这种愿望强烈地支撑着他，让他忘记痛苦，忘记世间所有的不快，一心只想着要"成功"，要"奋斗"。

然而，尽管他从未放弃努力，深爱他的妻子还是带着眷恋与不舍离开了他。几近崩溃的他忍着悲伤的泪水，将对妻子所有的爱恋付诸笔端，写出了闻名于世、感人肺腑的经典诗作《爱的称颂》，最终获得了巨大成功。

"每次月儿含笑，就使我重温美丽的'安娜白拉李'的旧梦；每次星儿升空，就像是我那美丽的'安娜白拉李'的眼睛，因此啊！整个日夜我要躺在——我爱，我爱，我生命，我新娘的身旁，凭吊那海边她的坟墓……"如此深情的文字，让人读后唏嘘动容，我想他的爱妻泉下有知，也该欣慰了。

他就是美国著名的作家和诗人爱伦坡，被称为世界文坛上最著名最浪漫的文学天才之一。

爱伦坡的经历告诉我们，逆境中不要沉沦，唯有奋起，方能成就辉煌人生。面对苦难与失败，高人的选择是站起而庸人的选择是逃避。看看那些成功的人，他们有一个共同的特点就是在不利和艰难的遭遇里百折不挠。

境由心生，心想事成。生命有时候就是这样不可思议。其实我们每个人都可以创造这样的奇迹，只要你执著于一个信念，总有一天会梦想成真。

妮可跟在自己的两个女儿身后，从一家鞋店逛到另一家鞋店，几乎把整个纽约都逛遍了。她们一双接一双地试着漂亮的鞋，在镜子前不断地变换着姿势，研究着自己的脚。而她和她们一样大的时候，想的是"一辈子也不要走进鞋店"，因为她患有小儿麻痹症。

妮可是带着钢支架、穿牛津矫形鞋开始学走路的，棕色的牛津布又沉又硬，和当时其他小伙伴穿的别致的玛丽珍牌阿强鞋实在没办法比。为了这个，她的母亲比她还要难过。

她7岁的时候，母亲在她的牛津矫形鞋外面套上了一双橡胶雨靴，开始教她打网球；当班上大多数同学还不知道交谊舞是什么东西的时候，母亲已经在客厅的留声机上放起小步舞曲，开始教她跳交谊舞了。

后来，经过一系列的手术，12岁时的妮可基本上可以自己行走了。15岁那年，母亲又为她报名参加了一个男女混合的舞蹈班，特意为她选了一条V型领口的无吊带缎子舞裙。但买鞋的时候她们遇到一个难题，她穿两个号码：一只脚5号半，另一只脚是3号。

"妈妈，我不能穿矫形鞋上舞蹈班！""当然不，我们得找一双漂亮的高跟鞋。"妈妈语气坚定地说。于是，她们去了摩菲的鞋店买了双5号半的鞋，妈妈在其中一只鞋里塞上棉花，这样她的小号脚就可以穿5号半的鞋了。

穿着华丽的缎子舞裙，妮可有生以来第一次去参加了舞会。在舞会上，她特意选了一个高个子男孩做舞伴，但没想到不久后她鞋里的棉花在舞厅里撒了一地。她非常尴尬，逃跑一样离开了舞会现场，躲到了洗手间里，直到舞会结束才敢离开。

"我们一定可以找到适合的鞋！"当天晚上母亲坚定地对她说。"妈妈，我不想再参加什么舞会了。"妮可说。

"也许会这样，"母亲回答说，"但你还是需要有一双高跟鞋，万一你改变主意了呢？"

母亲不知在哪本杂志上看到鞋子设计师费洛加蒙也有一个患小儿麻痹症的孩子；于是她开始给这位设计师写信，告诉他妮可的情况，并讲了那次舞会上所发生的事，问他是否可以为妮可设计一双高跟鞋。

当时的费洛加蒙已经是闻名欧洲的制鞋大师了，他的客户都是玛丽莲·梦露那样的名人，但妮可的母亲坚信这位制鞋大师会回信，而且他的确这么做了!费洛加蒙邀请她们到他在佛罗伦萨的总部去一趟,并答应为她免费做一对鞋模。

但不幸的是,等她们到了佛罗伦萨的时候,费洛加蒙先生已经去世了。

这时候她才知道,其实费洛加蒙先生并没有患小儿麻痹的孩子,但他是一个很有同情心的人。他的妻子和女儿也是富有同情心的人,她们坚持要履行他的诺言。

于是,尴尬、自卑的少女妮可,在妈妈的陪同下到费洛加蒙公司请设计师为她量"脚"订做了她第一双真正适合她的高跟鞋。那天下午,除了地板上匆匆走过的漂亮模特和试鞋的高雅女士们,给妮可印象最深的就是她的母亲;她以自己特有的方式不卑不亢地、无声地指挥着一切,好像她带到佛罗伦萨来的是一位高贵无比的公主。

那天下午,妈妈和费洛加蒙公司的设计师使她忘记了自己是一个小儿麻痹患者,并让她相信自己真的是一位公主。

自那以后。她只要从杂志上看到自己喜欢的鞋,就会把鞋的照片寄给费洛加蒙公司,他们就会根据她的鞋模为她手工制作,并以35美元一双的价格卖给她:带橘红叶子的橄榄绿磨砂皮鞋、灰色配黑色伞形高跟的皮鞋、婚礼上所穿的上面有珍珠编成的蝴蝶的鞋。对一个20世纪60年代的普通年轻人来说,它们真是太奢华、太美丽了。

母亲是一个安静、优雅的女人,她相信生命中任何事情都是可能的。而不平凡的费洛加蒙先生和他的家人同样印证了妈妈常对她说的一句话:奇迹会降临到每一个渴望它的人身上!

坚强意志是一个人可贵的品质,是一笔巨大的资产和财富,是一个人直立于世的强大支柱。一个人没有坚强的意志,不仅苦难、困境将会主宰一切,就连人的生命也将显得脆弱不堪,更不用说事业上会取得成功了。成长的路上,伤痛总是难免的。只有学会坚强,才能得到奇迹的宠爱。

第四章　青春拒绝蹉跎，只为那道美丽与绚烂

人生只有三天,迷惑的人活在昨天,奢望的人活在明天,只有清澈的人活在今天。昨天已经过去,是过了期的支票,明天还没有来到,是不可提取的支票,只有活在今天是最现实的。不要总以为青春的日子还很长,可以肆意挥霍,其实青春很短,没有一分一秒的时间来给我们浪费。青春美丽而绚烂,但青春拒绝蹉跎。

不幸不是蹉跎青春的理由

"当我们读小学的时候,读大学不要钱,当我们读大学的时候,读小学不要钱,我们还没能工作的时候,工作也是分配的,我们可以工作的时候,撞得头破血流才勉强找份饿不死人的工作做,当我们不能挣钱的时候,房子是分配的,当我们能挣钱的时候,却发现房子已经买不起了,当我们没有进入股市的时候,傻瓜都在赚钱,当我们兴冲冲地闯进去的时候,才发现自己成了傻瓜。"

这是在八零后中很流行的一段话,很多人因为这段话而对自己的生活失去了信心,认为自己是世界上最不幸的人,从而不思进取,更加堕落。但是,难道八零后就注定这样不幸吗,难道别人的生活就是那么一帆风顺吗?

有一个女孩,很小的时候就有一个梦想,成为一名出色的滑雪运动员。然而,不幸的是她竟患上了骨癌,为了保住生命,她被迫锯掉了右脚。后来,癌症蔓延,她先后又失去了乳房及子宫。

接二连三的厄运不断降临到她的头上,却从来没有使她放弃心中的梦想,她一直都告诫自己:"我要为自己的生命负责! 决不轻言放弃,我要向逆境挑战!"

她没有被病魔打倒。相反，她以顽强的生命斗志和无比的勇气，排除万难，终于为自己创下了多项世界纪录，其中包括夺取了1988年冬奥会的冠军，并在美国滑雪锦标赛中赢得了金牌。甚至在后来，她还成为了攀登险峰的高手。她就是美国运动史上极具传奇色彩的著名滑雪运动员————戴安娜·高登。

　　许多人常常把自己看作是最不幸的、最苦的，实际上许多人比你的苦难还要大，还要苦，大小苦难都是生活所必须经历的。苦难再大也不能丧失生活的信心、勇气。与许多伟大的人物所遭受的苦难相比，我们个人所遭到的困难又算得了什么。

　　高尔基早年生活十分艰难，3岁丧父，母亲早早改嫁。在外祖父家，他遭受了很大的折磨。外祖父是一个贪婪、残暴的老头儿。他把对女婿的仇恨统统发泄到高尔基身上，动不动就责骂毒打他。更可恶的是，他那两个舅舅经常变着法儿侮辱这个幼小的外甥，使高尔基在心灵上过早地领略了人间的丑恶。只有慈爱的外祖母是高尔基唯一的保护人，她真诚地爱着这个可怜的小外孙，每当他遭到毒打时，外祖母总是搂着他一起流泪。

　　高尔基在《童年》中叙述了他苦难的童年生活。在19岁那年，高尔基突然得到一个消息：他最为慈爱的、唯一的亲人外祖母，在乞讨时跌断了双腿，因无钱医治，伤口长满了蛆虫，最后惨死在荒郊野外。

　　外祖母是高尔基在人世间唯一的安慰。这位老人劳苦一辈子，受尽了屈辱和不幸，最后竟这样惨死。这个噩耗几乎把高尔基击懵了。他不由得放声痛哭，几天茶饭不进。每当夜晚，他独自坐在教堂的广场上呜咽流泪，为不幸的外祖母祈祷。1887年12月12日，高尔基觉得活在人间已没有什么意义。

　　这个悲伤到极点的青年，从市场上买了一支旧手枪，对着自己的胸膛开了一枪。但是，他还是被医生救活了。后来，他终于战胜了各种各样的灾难，再也没有觉得生活是悲哀不幸的，一直发奋努力，最后成为世界著名的大文豪。

　　人生中的不幸，谁也无法预料。只有你抬起头来正视它，才会雨过天晴——因为胜利永远属于强者。敢于面对人生中的大不幸，才能你变得更加坚强，更加勇敢。

　　我们都很熟悉卡莱尔在写作《法国革命史》时遭遇的不幸。他经过多年艰苦劳动完成了全部文稿，他把手稿交给最可靠的朋友米尔，希望得到一些中肯的意见。米尔在家里看稿子，中途有事离开，顺手把它放在了地板上。谁也没想到女仆把这当成废纸，用来生火了。这呕心沥血的作品，在即将交付印刷厂之前，几乎全部变成了灰烬。卡莱尔听说后异常沮丧，因为他根本没留底稿，连笔记和草稿都被他扔掉了，这几乎是一个毁灭性的打击。但他没有绝望，他说："就当我把作业交给老师，老师让我重做，让我做得更好。"然后他重新查资料、记笔记，把这个庞大的作业又做了一遍。

在我们的人生道路上，会面临各种各样的缺憾、遗憾乃至人生中的不幸。命运是我们每一个人无法选择的。印度诗人泰戈尔有过这样一句话："我不祈祷我的生活没有丝毫波折险恶，只祈祷我有一颗坚强的心去面对它们。"面对不幸，我们只能选择去坚强面对。

据说，世界上只有两种动物能到达金字塔顶。一种是老鹰，还有一种就是蜗牛。

老鹰和蜗牛，它们是如此的不同：鹰矫健凶狠，蜗牛弱小迟钝。鹰性情残忍，捕食猎物甚至吃掉同类从不迟疑。蜗牛善良，从不伤害任何生命。鹰有一对飞翔的翅膀，而蜗牛背着一个厚重的壳。它们从出生就注定了一个在天空翱翔，一个在地上爬行，是完全不同的动物，唯一相同的是它们都能到达金字塔顶。

鹰能到达金字塔顶，归功于它有一双善飞的翅膀。也因为这双翅膀，鹰成为最凶猛、生命力最强的动物之一。与鹰不同，蜗牛能到达金字塔顶，主观上是靠它永不停息的执著精神。虽然爬行极其缓慢，但是每天坚持不懈，蜗牛总能登上金字塔顶。

我们中间的大多数人都是蜗牛，只有一小部分能拥有优秀的先天条件，成为鹰。但是先天的不足，并不能成为自暴自弃的理由。因为，没有人注定命中不幸。要知道，在攀登的过程中，蜗牛的壳和鹰的翅膀，起的是同样的作用。可惜，生活中，大多数人只羡慕鹰的翅膀，很少在意蜗牛的壳。所以，我们处于社会下层时，无须心情浮躁，更不应该抱怨颓废，而应该静下心来，学习蜗牛，每天进步一点点，总有一天，我们也能登上成功的"金字塔"。

不幸不是蹉跎青春的理由，不要因为没有鞋子而哭泣，看看那些没有脚的人吧；不要因为一点病痛而抑郁颓废，想想那些生命将要失去生命的人吧；不要以为自己就是这个世界上最不幸的人，若你有过这样一个糟糕的想法，请把它丢掉，然后努力奋斗。

不幸或许是人生最好的老师。一个人的成长过程，其中必定注入了许多外人所不知的辛酸和血泪。然而这些，如果我们能乐观的去面对，这些辛酸血泪实在可以变成我们人生中的良师，我们能从中学到许多东西。

青春痛并快乐着

2005 年一个叫吴子尤的小男孩在做客"艺术人生"时，已经是一个一米八的大小伙了，留着软软的长发，脸上始终挂着孩子的天真笑容，一双有神的眼睛显得特别清澈。2004 年他得了罕见的癌症——纵隔非精原生殖细胞肿瘤。在长达几个月的治疗过程中，他始终笑对人生，苦中作乐。他说"疼痛是他炫耀的资本，疾病是他的人生财富。"他写了一本书，书名是《谁的青春有我狂》，这是他心理最好的印证。

打开吴子尤的 BLOG，读着他对生命的感悟："人活着是为了感受人生，明白人生的意义，怎样活比活本身更重要。"一种崇高的敬意在心底油然而生。这是一种怎样的淡定与超越生死的气度！化疗后的血液病纠缠着他，血小板为 0 的血象检查结果让他只能长期卧床。小小年纪的他承受了太多的苦难，但他依然是一个爱笑的孩子，他的乐观就像是与生俱来。他的那首《青春是属于我的》，字里行间，充满着对生活的热爱、对生命的激情："为什么我依然热爱考验，因为，别人让天空主宰自己的颜色，我用自己的颜色画天。"

青春的天空并不会时时都是蓝天白云，也可能是乌云密布；青春的时光不会时时美好快乐，也会有痛苦相随。然而，我们的青春我们自己做主，就像吴子尤一样，要用自己的颜色画天，让青春痛并快乐着！

穿过痛苦，快乐就会来临。病痛、疾病有时是一种财富，一种精神财富。当我们在痛苦的缝隙里找到阳光和快乐，我们就会长成挺立在天地间的一株参天大树，让生命的阳光、空气撒满和充溢在你整个生命的旅程，将一切磨难都看作是对有声有色的人生新的赐予。

生命是美好的,它对于任何人都是公平的,给予你的只有一次。病痛、疾病就像是生活的调味剂,让人最大程度地挖掘自身的毅力,成为生活的强者。只有经历了病痛的磨砺,才能更深刻地体会快乐生活的真谛。

没有痛苦,人就不会奋发向上;没有痛苦的经历,人就无法肯定自己、超越自己和珍惜自己。只有肯定、超越、珍惜自己,站在自身以外看痛苦,才知道痛苦是奇妙与美丽的。没有痛苦,人不知道世界的虚假,也就会被虚假的世界所腐蚀。痛苦是生命中的太阳,照亮前进的方向,起到净化人生的作用。

古印度灵性导师阿提沙曾有个教人放下伤痛的方法,美得让人感动到落泪。很多静心练习都叫你做深呼吸,幻想把喜乐吸入,将不快和痛苦呼出。可阿提沙刚好相反,幻想把世上一切的悲伤和忧愁吸进去,然后你将所有的幸福和喜乐呼出来。你会惊讶,当世上所有的悲哀在你里面时,你将不再痛苦,因为你的心将饮尽的苦难转化成无我,把爱倾出。

一位女诗人曾这样写道:我们的生命是歌曲,上帝写下歌词之后,由我们把它谱成乐曲,歌曲变得轻快,或甜美,或哀伤,都是我们自己的意愿。

冰心说:"在快乐时我们要感谢生命,在痛苦中我们也要感谢生命。快乐固然兴奋,苦痛又何尝不美丽?"

青春固然会有伤痛,但我们要勇敢而乐观地面对它,青春本就是个痛并快乐着的过程,让我们怀着愉悦的心拥抱青春吧!

你最闪亮

青春本应该是爱张扬的年纪,但很多年轻人却因为自己长得不漂亮、没有特长等原因而自卑,觉得自己一无是处。但诗仙李白曾经说过"天生我材必有用,千金散尽还复来",其实我们每个人身上都有优点,只是自己没有发现而已。

有个小男孩,10岁时在一次车祸中失去了左臂,但他很想学习柔道。最终,小男孩拜一位日本柔道大师为师,开始学习柔道。他学得不错,可是练习了三个月,师傅就只教了他一招。小男孩有点糊涂了。

一天,他终于忍不住问师傅:"我是不是应该再学些其他的招法呢?"师傅对他说:"不,你只需要会这一招就够了。"

小男孩还是不明白,但他很相信师傅,于是继续练习这一招。

几个月后,师傅带着小男孩去参加比赛。出乎意料的是,小男孩在比赛中轻轻松松地就赢了前两轮。第三轮稍微有点难度,但小男孩依然敏捷地施展出了自己的那一招,结果又赢了。就这样,小男孩迷迷糊糊地就进入了决赛。

决赛的对手比小男孩高大、强壮很多,也似乎更有经验。关键时刻,小男孩显得有些招架不住了。裁判担心小男孩会受伤,就叫了暂停,还打算就此终止比赛。但是师傅不答应,他坚持说:"继续下去!"

比赛又一次开始了,对手渐渐放松了警惕。小男孩立刻使出了他的那招,结果真的又一次制服了对手,最终获得了冠军。

在回去的路上,小男孩终于鼓起勇气道出了自己心中的疑问:"师傅,我怎么能仅凭一招就得了冠军?"

师傅告诉他:"有两个原因:第一,你几乎完全掌握了柔道之中最难的一招;第二,据我所知,对付这一招唯一的办法就是对手要抓住你的左臂。"

我们每个人都有自己的优势,爱默生也曾说过:"什么是野草?就是一种还没有发现其价值的植物。"生活中的不幸并不是都可憎的,有时,只要我们换一种角度看问题,从自己的身上找到闪光点,一切都会变得不同。

女孩一次又一次地否定自己,认为自己太丑,配不起那位英俊的男孩,尽管他很爱她。女孩在逃避男孩,不敢和他接近。

有一天,她来到智者面前,真诚地求教:"请问,我应该怎么办?"

智者说:"接受他,因为他爱你,因为他值得你爱。"

可是,女孩说:"我太丑了,而他又那么英俊,我怎么配得起他?"

"不,你配得起他!"智者说,"你知道他为什么会爱上你吗?因为你有一颗金子般的心,因为你的温柔与坚强。你是值得他爱的。"

"我,真的有这么好吗?"女孩怀疑地问。

"是的,你很好,只是你自己没有发现。不要再否定自己,不要只看到自己的缺点,你应该学会发现自己的优点。"说完智者便走了,留下女孩一个人在默默地思考。

后来,女孩接受了男孩,女孩变得自信快乐起来,因为她发现原来自己也有许许多多的优点。

其实我们每个人的身上都有闪光点,为了自己的进步,应该多去发现自己的优点,不要总是觉得自己不如别人。若一个人总是自怨自艾的活着,他的一生一定会是很黯淡无光。我们应接纳自己,欣赏自己,将所有的自卑抛到九霄云外。

美国著名黑人摄影师肯尼在出生时,只有半截身子。他在父母的精心照顾下,终于活了下来。渐渐长大的肯尼,不想成为父母永久的负担,他要自己照顾自己。

肯尼学着用双手走路,靠胳膊的力量支撑身体。他在家里的楼梯,房间的木板墙上,钉着许许多多的把手,用以作为支撑自己的着力点。

肯尼家的楼梯虽然只有短短的17级,但是每爬两三级楼梯,他就大汗淋漓,需要休息一下。爬完17级楼梯,肯尼常常累得瘫在地上,大口大口地喘气。但他从不放弃,天天用这种方法锻炼自己的毅力和肢体活动能力。就这样,肯尼不仅能照顾自己,还帮着爸爸做家务:他会洗车,修剪草坪等等。后来,肯尼迷上了摄影,他每天用两只胳膊代替双腿,行走在大自然中,把身边的一切美景拍下来,和世人一起分享。

坚强的肯尼说:"上帝虽然少给了我两条腿。但我从不放弃自己。千万别对自己说'不可能'。如果我可以做到,你一定也可以!"

即使面对先天的生理缺陷,肯尼也没有自暴自弃,而是努力学会各种事情,不但不用别人照顾自己,还可以帮助别人,甚至拥有了一项属于自己的特长,并取得了非常不错的成绩。可见,只要我们不放弃自己,只要我们善于发现,就一定能找到自己身上的闪光点,并将它发挥出来。

有一个叫米契尔的青年,一次偶然的车祸,使他全身三分之二的面积被烧伤,面目恐怖,手脚变成了肉球。面对镜子中难以辨认的自己,他痛苦迷茫。

他想到某位哲人曾经说的:"相信你能,你就能! 问题不是发生了什么,而是你如何面对它!"

他很快从痛苦中解脱出来,几经努力、奋斗,变成了一个成功的百万富翁。此时此刻,他不顾别人的规劝,非要用肉球似的双手去学习驾驶飞机。结果,他在助手的陪同下升上天空后,飞机突然发生故障,摔了下来。当人们找到米契尔时,发现他脊椎骨粉碎性骨折,他将面临终身瘫痪的现实。

家人、朋友悲伤至极,他却说:"我无法逃避现实,就必须乐观接受现实,这其中肯定隐藏着好的事情。我身体不能行动,但我的大脑是健全的,我还是可以帮助别人的。"他用自己的智慧,用自己的幽默去讲述能鼓励病友战胜疾病的故事。他走到哪里,笑声就荡漾在哪里。

一天,一位护士学院毕业的金发女郎来护理他,他一眼就断定这是他的梦中情人,他把他的想法告诉了家人和朋友,大家都劝他:"这是不可能的,万一人家拒绝你多难堪。"

他说:"不,你们错了,万一成功了怎么办? 万一答应了怎么办?"

抱着这样的心态,米契尔勇敢地向她约会、求爱。两年之后,这位金发女郎嫁给了他。米契尔经过不懈的努力,成为美国人心中的英雄,成为美国坐在轮椅上的国会议员。

客观地认识自己,找到自己的闪光点,找到自己的发展方向,走一条自己的路,这对于一个人未来的发展,一个人的成功,有着事半功倍的效果。

每天早上醒来,要先对自己微笑,告诉自己,自己是自己世界里最闪亮的明星,充满信心地去度过每一天吧!

贫穷不是堕落的借口

现代社会的生存压力越来越大,但很多人不是反省自己哪里做得不够好,而是将责任全部推在长辈的身上,认为是父母没有足够财富才导致自己的生活如此贫穷,从而自甘堕落,终日碌碌无为。但中国有句老话叫"穷人的孩子早当家",曾经贫穷而通过自己的努力成为富翁的人不乏少数。

一个只有七岁的男孩,因为战争失去了童年的快乐,贫困占满了他生活的全部。

幼小的他卖过冰棍,卖过萝卜,但依然难以维持最基本的温饱。于是,他又开始卖报纸。一年半后,他成了当地无人不知的报童,并且成了一名卖报的领班。他一方面向其他报童收取领班费,另一方面自己也卖报,这样就拥有了双份收入。

后来,他考取了延世大学商学院经济系,24岁时就以优异的成绩大学毕业。再后来他成了世界第46位拥有200亿资产的企业总裁。

在回忆起童年的困苦生活时,他是既有酸楚,又有自豪。他特别感谢童年的艰难困苦,因为正是苦难赋予了他坚韧和聪慧,帮助他创造了人生的伟业。

他就是韩国大宇集团董事长金宇中。

曾两度出任美国总统的格鲁夫·克利夫兰,年轻时候也不过是个穷苦的店员,每年仅能得到微薄的工资。然而当他经过奋斗获得成功后,他说:"我感谢曾经的贫困,因为极度的贫困可以使人全力地去奋斗。"

其实贫穷并不是一件坏事情,身在贫困之中,一定不要抱怨,不要气馁,而是要努力挑战贫穷,战胜贫穷。当有一天你将贫困踩在脚下时,你一定会感激贫困带给你的力量和勇气。

一位父亲带儿子去参观凡·高故居。在看过那张小木床及裂了口的皮鞋之后,儿子问父亲:"凡·高不是一位百万富翁吗?"父亲答:"凡·高是位连妻子都没娶上的穷人。"

第二年,这位父亲带儿子去丹麦,在安徒生的故居前,儿子又困惑地问:"爸爸,安徒生不是生活在皇宫里吗?"父亲答:"安徒生是位鞋匠的儿子,他就生活在这栋阁楼里。"

这位父亲是一个水手,他每年来往于大西洋各个港口。他的儿子便是伊尔·布拉格,是美国历史上第一位获普利策奖的黑人记者。

布拉格曾在回忆童年时说:"那时我们家很穷,父母都靠出卖苦力为生。有很长一段时间,我一直认为像我们这样地位卑微的黑人是不可能有什么出息的,好在父亲让我认识了凡·高和安徒生,这两个人告诉我,上帝没有这个意思。"

我们再来看华为公司总裁任正非,这个著名民营企业家,年轻时候的生活也是极为贫寒的。

任正非在家中排行老大,下面还有6个弟妹,一家九口人全靠在学校当教员的父母每月一点微薄薪水过活。有一年自然灾害留给任正非不可磨灭的印象:"本来生活就十分困难,儿女一天天在长大,衣服一天天在变短,而且都要读书,开支很大,每个学期每人交2~3元的学费,到交费时,妈妈每次都发愁。与勉强可以用工资来解决基本生活的家庭相比,我家的困难就更大。我经常看妈妈月底就到处向人借3~5元钱度饥荒,而且常常走了几家都未必借到。直到高中毕业我没有穿过衬衣。有同学看到很热的天,我穿着厚厚的外衣,说让我向妈要一件衬衣,我不敢,因为我知道做不到。我上大学时妈妈一次送我两件衬衣,我真想哭,因为我有了,弟妹们就会更难了。我家当时是2~3人合用一条被盖,而且破旧的被单下面铺的是稻草。'文革'造反派抄时,以为一个高级知识分子、专科学校的校长家,不知有多富,结果都惊住了。上大学我要拿走一条被子,就更困难了,因为那时还实行布票、棉花票管制,每人每年只发0.5米布票。没有被单,妈妈捡了毕业学生丢弃几床破被单缝缝补补,洗干净,这条被单就在重庆陪我度过了五年的大学生活。"

对这些成功的人而言,那些贫穷就是他们的老师,教会了他们生存。贫穷也给了他们压力,使他们的脊梁比一般人都硬些,坦然吃苦、不屈不挠。这些也是他们成功的"精神爆点"和凝聚力所在。

他出生在苏黎世郊外的一个贫穷的农家。儿时,给他最深记忆的只有两个字:一是穷,二是苦。那时,他的家庭异常贫苦,唯一的家产就是一盘石磨,全家人都要靠它来维持生活。贫穷,几乎吞噬了他所有童年的快乐,也剥夺了他少年时期求学的权利。还没有读完初中,他就被迫辍学了。从此,他就开始了艰难的打工生活。可是,他"折腾"了几年后,贫穷不但没有被赶走,反而更如蛇一般死死地缠住他。

为此,父亲曾无奈地对他说:"你别再折腾了,认命吧!"可他却说:"我绝不会像您那样,一辈子在磨道里转圈圈。"父亲听后,也只能悲哀地叹息:"唉,那你又能怎样?以前不都这样对付着过的吗?难道你还能从石磨里磨出金子来?"他反驳道:"以前是以前,以后,我要磨出一份属于我自己的生活!"说这话时,他的眼里闪出不屈的目光。

为了改变自己穷苦的命运,获得自己想要的生活,他绞尽脑汁地想了很多门路,但是结果都失败了。而这时,父亲也因病去世了,留给他的唯一遗产,就是那盘简陋的石磨。此后,他常常对着石磨发呆,思索着怎样才能磨出幸福的生活,转出一个圆满的人生。

在他20岁那年,朋友的一句话点醒了他,终于让他找到了那把打开财富之门的钥匙。这天,他与一位医生好友闲聊,当聊到蔬菜营养时,这位医生说:"干蔬菜不会损失营养成分。"就这句话,让他脑袋里灵光一闪,突然想到:如果将干蔬菜和豆类放到一起来磨,会是什么样呢?没准还能磨出一种营养丰富的汤料呢!

说干就干,他马上开始着手磨自己想象中的那种汤料,结果大获成功。这种速溶汤料刚被投向市场,就备受顾客欢迎。因为这种汤料方便快捷,只要5分钟就能做出一盆营养丰富的香汤来。

但是,这并没有让他满足,随后他又开发出数十种速溶汤料,继而又开发出万能调味粉、浓缩食品等高档产品,产品迅速畅销欧洲市场。为此,他也被誉为"汤料食品大王"。

他,就是尤利乌斯·马吉。

贫穷可以让一个人更加坚强,贫穷可以让一个人明白吃苦的韧劲。贫穷,就如同一台运动器械,可以锻炼人,使人体格强健。所以说,贫穷是我们成就事业最有利的基础。安德鲁·卡内基说:"一个年轻人最大的财富莫过于出生于贫穷之家。"贫穷本是困厄人生的东西,但经过奋斗而脱离贫穷,便是无上的快乐。

有过贫穷,便不会再丧失那些艰难岁月磨砺的性格;有过贫穷,便会踏踏实实地向目标前进。贫穷就像那冰山下的火种,冰冷的外表下,有一颗火一般热情的心。它不是万丈深渊,而是沙漠绿洲,是一种财富。

肥沃的土地可以培育出美丽的鲜花,但是枝拂天堂的大树却生长在岩缝中,因为艰苦贫困的环境磨炼了它们的意志。泡一泡苦水,方知万物来之不易,经历过贫穷,才能把自己锻造成一块久经考验的宝石。

生活对于我们来说,本来就是一种磨炼,而生活中的贫困对我们来说更是一种激励。虽然贫穷无法选择,我们却可以选择对待贫穷的态度。走出艰辛,走出困惑, 在与贫穷抗争的日子里, 我们才能更真切地感受到贫穷带给我们的历练与勇气, 那将是我们一生都无法用完的财富! 所以, 我们应该感谢贫穷,而不是把贫穷当成堕落的借口,因为它在使我们饥寒交迫的同时,也赋予我们乐观与坚强,而这正是迎接幸福与未来的希望。

第五章　压力是青春的翅膀

成长的过程中每个人都要面临不同的压力,没有人能例外。有些人讨厌压力,以为你压力会让我们的生活变得不再那么安逸。但没有一个人随随便便就能成功,成功的原动力也就是巨大的压力。在压力下,我们才会有前进的动力,而安逸的生活只会让我们变得平庸。压力是青春的翅膀,能让我们飞得更高更远。所以,让我们拥抱压力,感恩压力吧!

正确看待压力

在一个科学实验中,在很多同时生长的小南瓜上加砝码,不同的南瓜压不同的重量,只有一个南瓜压得最多,从一天几克到几十克、几千克,这个南瓜成熟的时候,上面已经压了几百斤的重量。最后,把所有的南瓜放在一起,大家试着一刀剖下去,看质地有什么不同,当别的南瓜都随着手起刀落噗噗地打开时,这个南瓜却把刀弹开了,把斧子也弹开了,最后,这个南瓜是被电锯吱吱嘎嘎锯开的,它的果肉强度已经相当于一株成年的树干。

这便是一个生命在面对压力时所生发出的巨大能量。和实验中的南瓜一样,成长的过程中每个人都面临着不同的压力,但是不同的人对压力有着不同的感触。成功的人将压力作为前进的动力,而失败者却将压力当成成功的"拦路虎",还没努力就放弃了。

压力是成长的动力,如果没有压力,可能连生存都会成了问题。

有位动物学家在对生活在非洲奥兰治河两岸的动物考察中,发现了一个奇怪的现象:河东岸的羚羊繁殖能力比河西岸的羚羊强,奔跑的速度也比西岸的羚羊快。这是为什么呢?经过试验,这个谜终于被揭开:东岸的羚羊之所以强健,是因为它们附近生活着一个狼群,它们天天生活在一种竞争气氛中。为了生存,反而越活越有战斗力。相反,西岸的羚羊之所以弱小,因为它们缺乏天敌,没有生存压力。

美国的一位教授曾对两只老鼠做过实验,他把一只老鼠的压力基因除掉,并将它与另一只正常的老鼠一同放在一个有500平方米的仿真自然环境中。那只正常老鼠走路觅食总是小心翼翼,一连生活了几天没有出现任何意外,它甚至为自己过冬储备食物。而另一只没有压力的老鼠从一开始便显得很兴奋,对任何东西都极为好奇,走路也无小心翼翼之状。

无压力基因的老鼠仅用一天时间,便大摇大摆把500平方米的全部空间参观了一遍,而那只正常老鼠用了近四天的时间才参观完毕。前者把高达13米的假山都攀登了,而后者最高只爬上盛有食物仅2米的吊篮。结果,那只身上已无压力基因的老鼠爬上假山后,在试验能不能通过一块小石头时摔了下来,死了。那只正常老鼠因有压力基因,仍鲜活地存在着。

有个小男孩刚好看到一只蝴蝶幼虫在茧中挣扎,准备破茧而出。他连续观察了好几个小时,发现茧上的口非常小,蝴蝶努力了很久,似乎已经筋疲力尽,却毫无进展。出于好心,这个小男孩拿出一把剪刀,小心翼翼地剪开茧的小口,让蝴蝶钻了出来。但是,很快,这个小男孩为自己所谓的好心懊悔不已:因为蝴蝶虽然很轻松地出来的,然而却是非常小,身体很萎缩,翅膀还紧紧地粘在身上,没办法飞翔。原来,蝴蝶要从茧的小口艰难地钻出,这是上天的安排。它要通过挤压,将体液从身体挤压到翅膀上,这样它才能展翅飞翔。

压力是生命的需要,是生存的需要,如果逃避压力,甚至可能会丧失生命。成长的过程中,若没有任何压力,即使不会像动物那样丢掉性命,但最终也将一事无成,亦得不到别人的认可,人生的价值得不到体现。压力是成长中必不可少的"元素",是进步的动力。有了压力,人才会有冲动;有了压力,人才会有目标;有了压力,人才有进步。人,不可无压力。

一位游客在山林中迷失了方向,一位挑山货的少女告诉他前面是鬼谷,是山林中最危险的路段,一不小心就会摔进深渊。于是当地居民就定了一条规矩,凡路过此地者都要挑点或者扛点东西。游客惊问:这么危险的地方,再负重前行,岂不是更危险?少女笑答:只有你意识到危险了,才会更加集中精力,那样反而会更安全。这儿曾经发生过几起坠谷事件,都是游客在毫无压力的情况下一不小心掉下去的。我们每天都挑点东西来来去去,却从来没有人出事。游客没办法,只好接过少女递过来的一根沉木条,扛在肩上。这位游客最后平安地走过了这段鬼谷路。沉木条在危险面前竟成了人们平平安安的"护身符"。

可见,压力感过轻,一方面可能会使人过于放松,忽略了防范风险,另一方面,可能会使人长期回避责任。责任是什么? 责任就是扛在肩头的这根沉木条。有责任才有压力,有压力才有动力。把责任扛在肩上,才能保持清醒的头脑,保持旺盛的斗志,在成功时不自满,失败时不气馁,努力奋斗直至成功。

年轻人在成长过程中如果是一帆风顺,没有经历过压力的锤炼,未必就是好事。很多历史名人所取得的成就,都与早年承受了很大的成长压力是有关系的,压力实际上会给年轻人创造更好的成长机会和挑战。

因为有压力,一个人才能够在闲适的生活中警醒人生的方向,正如古语说:"生于忧患,死于安乐。"平静安逸的生活会让一个人丧失斗志,磨平锐气。因为有压力,虽有痛苦与挣扎,但同时,一个人也得到了磨炼、反省、升华,会获得前所未有的能量,这种能量是一种把外界的困苦转化为自己生命的反张力。

研究发现,适度的压力水平可以使人集中注意力,提高忍耐力,增强身体活力,减少错误的发生。所以,承受压力可以说是机体对外界的一种调节的需要,而调节则往往意味着成长。也就是说,有一定程度的心理压力,可以调动内在潜力、增强自己的实力和自信心。

当然,我们在这里所说的压力,都是适度的。在一个人的成长过程中,背负适当的压力,才能有利于健康成长。当下,年轻人中,不堪忍受工作、学习、生活压力的人也是比比皆是。很多人还为此走上了不归路。人能承受的压力就好比是弹簧,在一定弹性系数内可以激发人的潜能,但若压力过大,就会像弹簧一样再也弹不回来。这里有一个标准,若是感觉下面10个问题中,有超过6个以上的症状和自己目前相似,那么就需要注意了,你目前的压力过大,需要学会减压。

(1)经常显得不耐烦、暴躁、易怒。

(2)睡眠的质量较差,经常失眠。

(3)食量突然大增或食欲不振。

(4)经常感到不舒服,容易生病。

(5)总是焦虑不安,总感到紧张,总担心会有不好的事情发生。

(6)总感到肌肉紧张,经常腰酸背痛。

(7)情绪容易沮丧低落,时常感到空虚。

(8)已有三个多月不曾参加自己喜爱的休闲活动。

(9)很容易和同学、家人等发生冲突。

(10)说话冷言冷语,对自己他人的评价以及对事情的描述都倾向于消极。

我们每个人每天都要承受很多压力,也许压力会让我们暂时感到困扰和痛苦,但只要我们能正确看待压力,以良好的心态应对压力,不抱怨不恐惧不逃避,而是能够化解压力,那么压力将不再是阻力,而会成为我们前进的动力!

青春不能无压力

安逸舒适的环境造就不出伟大的人物,我们看看那些伟人的经历就可知道,他们都是在巨大的压力之下才取得了令世人瞩目的成就。若想我们的人生与众不同,在青春这个我们人生成长非常重要的时期,就不能没有压力。

一枚草籽不幸地飘落在一条石缝里,被一块巨石紧紧地压着。这儿本来是它不应该到的地方,这里与阳光隔绝,石缝里仅有一点点泥土,下雨时雨水也不曾洒向这里,偶尔水会从石面渗透下来几滴。但是,面对这恶劣环境的考验,小草籽不曾放弃,它坚守着一生要绽放自身青绿的信念,顽强地活着,当阳光偶尔反射到这里时,它尽情地舒展;当雨水滴落下来时,它尽情地吮吸。就这样顽强地活了下来。最后,它终于从一瓣嫩芽长成了一棵翠绿的青草,颜色也比平常的小草青得可爱。就这样,小草终于从巨石下面钻出来,昂起了它高贵的头,实现了自己的梦想。

青春要成长就必须有压力,一颗小草尚能在巨大的压力之下不放弃自我,在极其艰苦的条件下存活,并茁壮成长,那我们又有什么理由惧怕压力呢?

1985年,当吴士宏还是个小护士时,就抱着一个半导体学了一年半《许国璋英语》,然后就壮着胆子到IBM应聘了。

站在长城饭店的玻璃转门外,吴士宏足足用了5分钟的时间来观察别人怎么从容地步入这扇神奇的大门。

经过两轮笔试和一次口试后,吴士宏顺利地通过了。面试也很顺利。最后,主考官问她会不会打字,她说会。主考官问:

"你一分钟能打多少字?"

吴士宏问:"您的要求是多少?"

主考官说了一个数,吴士宏马上承诺说可以。她环顾四周,发现现场并没有打字机,这样就不用马上考试了。果然,考官说下次再考打字。

实际上,吴士宏连打字机都没摸过。面试结束后,她飞也似的跑了出去,找亲友借了170元买了一台打字机,没日没夜地敲打了一个星期,双手累得连吃饭都拿不住筷子了。但是,她居然奇迹般地达到了考官要求的专业水准。过了好几个月,她才还清了那笔债务,但公司一直没有考她的打字功夫。

吴士宏的传奇从此开始。直到今天,她谈起那段故事,依旧感谢那逼迫自己的压力。

压力能让徘徊者迈出坚定的步伐,能让失败者鼓起再战的勇气,能让落后者奋起,能让成功者警惕,能激发出我们的潜能。

有位名不见经传的年轻运动员,第一次参加马拉松比赛就获得冠军,而且还打破了世界纪录。当他冲过终点时,许多记者蜂拥而上:"你怎么会有这样好的成绩?"

年轻人气喘吁吁地回答:"因为,我身后有一匹狼!"

听他这么一说,所有人全都惊恐地回头张望,但是,并没有发现什么可怕的野兽啊!

这时，年轻人开始娓娓道来："三年前，我在一座山林间，训练自己的长跑和耐力。每天凌晨，教练就叫我起床练习；但是，即使我使出全身力气，却也一直都没有进步。"年轻人这时停下脚步，坐在地上继续说："有一天清晨，在训练途中，我忽然听见身后传来狼的叫声，刚开始声音还很遥远，可没几分钟的时间，就已经来到我的身后。当时我吓得不敢回头，只知道逃命要紧。于是，我头也不回一直往前跑。那天我的速度居然突破了！"年轻人停下来，喝了一口水后，说："教练当时对我说：'原来不是你不行，而是你身后少了一只狼！'我这才知道，原来根本没有狼，那是教练伪装出来的。从那次之后，只要练习时，我都会想像背后有一只狼正在追赶，包括今天比赛的时候，那匹狼依然追赶着我！"

适当的压力，不仅是我们发挥潜能的刺激因素，更是让我们挑战自我的最佳助力。压力会让我们在不知不觉中得到历练和成长，终有一天，当我们回头看时，会感谢当时所承受的那些压力。

一位音乐系的学生走进练习室。在钢琴上，摆着一份全新的乐谱。

"超高难度……"他翻着乐谱，喃喃自语，感觉自己对弹奏钢琴的信心似乎跌到谷底，消靡殆尽。已经三个月了！自从跟了这位新的教导教授之后，不知道，为什么教授要以这种方式整人。勉强打起精神。他开始用自己的十指奋战、奋战、奋战……琴音盖住了教室外面教授走来的脚步声。

指导教授是个极其有名的音乐大师。授课的第一天，他给自己的新学生一份乐谱。"试试看吧！"他说。乐谱的难度颇高，学生弹得生涩僵滞、错误百出。"还不成熟，回去好好练习！"教授在下课时，如此叮嘱学生。

学生练习了一个星期，第二周上课时正准备让教授验收，没想到教授又给他一份难度更高的乐谱，"试试看吧！"上星期的课教授也没提。学生再次挣扎于更高难度的技巧挑战。

第三周。更难的乐谱又出现了。两样的情形持续着，学生每次在课堂上都被一份新的乐谱所困绕，然后把它带回去练习，接着再回到课堂上，重新面临两倍难度的乐谱，却怎么样都追不上进度，一点也没有因为上周练习而有驾轻就熟的感觉，学生感到越来越不安、沮丧和气馁。教授走进练习室。

学生再也忍不住了。他必须向钢琴大师提出这三个月来何以不断折磨自己的质疑。

教授没开口，他抽出最早的那份乐谱，交给了学生。"弹奏吧！"他以坚定的目光望着学生。不可思议的事情发生了，连学生自己都惊讶万分，他居然可以将这首曲子弹奏得如此美妙、如此精湛！教授又让学生试了第二堂课的乐谱学生依然呈现出超高水准的表现……演奏结束后，学生怔怔地望着老师，说不出话来。

"如果，我任由你表现最擅长的部分，可能你还在练习最早的那分乐谱，就不会有现在这样的程度……"钢琴大师缓缓地说。

人的潜能其实是无限的，关键是要被激发出来，而压力就是激发潜力的最好"武器"。压力能让有追求的人迸发出征服的欲望，引导着我们将精力和时间都集中投放到上面，从而会取得通常情况下无法取得的成绩。

压力让我们飞得更高

生存和压力，是紧密联系的，没有压力，生存无法持久，没有生存，压力无法实现。压力是现代生活很平常的一部分，我们每个人都无法回避。正是因为人们感受到了生存的压力，才会想到化解生存压力的方法，也正是因为压力的存在，才让我们的人生变得更加精彩。

当初上帝在创造各种各样鱼的时候，为了让它们具有生存本领，上帝把它们的身体做成流线型，而且十分光滑，这样游动起来可以大大减少水的阻力。

待上帝把这些鱼放到大海中的时候，忽然想起一个问题：鱼的身体比重大于水，这样，鱼一旦停下来，它就会向海底沉下去，沉到一定深度，就会被水的压力压死。于是，上帝又给了它们一个法宝，那就是鱼鳔。鱼鳔是一个可以自己控制的气囊，鱼可以用增大或缩小气囊的办法来调节沉浮。这样，鱼在海里就轻松多了——有了气囊，它不但可以随意沉浮，还可以停在某地休息。鱼鳔对鱼来讲，实在是太有用了。

出乎上帝意料的是，鲨鱼没有前来安装鱼鳔。鲨鱼是个调皮的家伙，它一入海,便消失得无影无踪,上帝费了好大的劲儿也没有找到它。上帝想,这也许是天意吧。既然找不到鲨鱼,那么只好由它去吧。这对鲨鱼来讲实在太不公平了,它会由于缺少鳔而很快沦为海洋中的弱者,最后被淘汰。为此,上帝感到很悲伤。

亿万年之后,上帝想起自己放到海中的那群鱼来,他忽然想看看鱼们现在到底怎样了。他尤其想知道,没有鱼鳔的鲨鱼如今到底怎么样了,是否已经被别的鱼吃光了。

当上帝将海里的鱼家族都找来的时候,他已经分不清哪些是当初的大鱼小鱼、白鱼黑鱼了。因为,经过亿万年的变化,所有的鱼都变了模样,连当初的影子都找不到了。面对千姿百态、大大小小的鱼,上帝问:"谁是当初的鲨鱼?"这时,一群威猛强壮、神气飞扬的鱼游上前来,它们就是海中的霸王——鲨鱼。

上帝十分惊讶,心想,这怎么可能呢?当初,只有鲨鱼没有鱼鳔,它要比别的鱼多承担多少压力和风险啊,可现在看来,鲨鱼无疑是鱼类中的佼佼者。

这到底是怎么回事呢?

鲨鱼说:"我们没有鱼鳔,就无时无刻不面对压力,因为没有鱼鳔,我们就一刻也不能停止游动,否则我们就会沉入海底,死无葬身之地。所以,亿万年来,我们从未停止过游动,没有停止过抗争,这就是我们的生存方式。"

试想,如果鲨鱼有鱼鳔的话,那么很可能鲨鱼也会变得和其他鱼一样平凡,绝对不可能称霸海洋。

没有压力就不会有紧迫感和危机感,我们都向往安逸的生活环境,但这种无压力的生活只会让我们丧失掉生存的能力。

把一只青蛙扔到盛满沸水的锅里,在顷刻的强烈刺激下,青蛙能够迅捷地跳出去,死里逃生。但是,当把青蛙放到常温水中,青蛙却在水里游得很自在。科学家于是点火慢慢煮,它竟丝毫也没有意识到潜在的危险。水越来越热,可青蛙已逐渐丧失了向外一跃的冲动,沉浸在惬意的游动中。等到真的发现危险来临时,已经无力逃脱了。

没有适当的压力和一种紧迫感,人就会丧失斗志,失去前进的动力。就像那只青蛙,危险已经临近,仍然浑然不知,最终坐以待毙。而有适当的压力则不同,不仅可以激发人的潜能,还可以求得更快的发展,可以让我们飞得更高更远。

若无法承受压力,无法将压力转化为动力,那么就会使我们丧失掉很多机会。

压力在一定程度上就是机会。当面临压力时,常常是我们面临困难或挑战的时候,此时若我们能方设法通过解决困难来缓解压力,那么我们不仅会解决眼前的困难,还会在这个过程中提升自己的能力,对我们来说是绝对是一举多得。

第六章　青春不惧竞争

在漫漫的人生旅途中，竞争是不可避免的，即使年少的青春时光里也充满竞争。竞争是残酷的，但又是昂扬澎湃的，青春充满力量，不惧竞争。我们要学会享受竞争的过程，不论成败都能体验快乐。

无残酷，不青春

青春是明媚的，也是残酷的。如果青春里只有明媚的阳光而没有狂风暴雨，那么，这样的青春是不完整的，青春需要竞争，有竞争的青春才完美。

张怡宁刚进国家队时，年龄是队里最小的。当时王楠是主力，也是张怡宁眼中训练最踏实的一个人。此外，大队员还有杨影、李菊、杨影、王晨等人，教练是李指，他经常给王楠喂多球，有时也捎带给张怡宁一块儿练多球，或者先给王楠练，完了之后再给张怡宁练。

进队那会儿，张怡宁的目标是争取一点一点赢大队员。等到她往上冲到主力层，王楠已经是绝对主力了。从那个时候开始，王楠就成为了她心中要超越的一个目标。那时候，一切的机遇看似对张怡宁很不公平。教练要花更多的时间和心思在王楠的身上，要先把王楠的成绩提高上去，然后才能培养她。

但是张怡宁没有退缩，虽然在一次又一次的比赛上，她并没有展露头角。张怡宁在这样一个竞争环境里疯狂汲取着营养。那时她最愿看王楠的打球，她不是要学习王楠的打法，这个聪明的北京小女孩，总是用心去琢磨王楠的每一个动作，而在自己下一次打球的时候，用心化用。

时间慢慢前进到 2002 年，张怡宁逐渐成长为一个可以与王楠相提并论的新星，但她却屡屡捅不破这层窗户纸。直到釜山亚运会，张怡宁笑着亲吻手中的球拍，人们才确信，张怡宁真的可以战胜王楠了！

张怡宁一直说,她很感谢王楠。的确,在她一步一步走上乒坛一姐位置上的时候,离不开从那个潇洒自信的王楠身上学到的一切。

生活中处处充满竞争,如果我们不想被这个社会淘汰,就必须具备良好的心理素质和在社会中独立生存的能力,要汲取足够的营养来壮大自己,而竞争就是成长所需的营养来源很重要的一条途径。

孟子说:"生于忧患,死于安乐。"现代社会是一个充满竞争的社会,国家之间,企业之间,个人之间,不论何时何地都存在着竞争。竞争是残酷的,意味着总有一方会被淘汰,所以在现实生活中,许多人把竞争对手看做是心腹大患,是眼中钉、肉中刺,恨不得马上除之而后快。但实际上,正因为有了残酷的竞争,我们才会有危机感,才会有竞争力,才会奋发图强,不得不革故鼎新,锐意进取。

法国化学家普鲁思特和贝索勒为探讨定必定律,从 1799 年至 1808 年,争吵了 9 年。最后普鲁思特证明了定必定律,成为胜利者。但是,他没有因此而趾高气扬,而是感谢对手的质难,才促使他深入地研究下去。他认为发现这条定律,应该有贝索勒一半的功劳。而贝索勒也为对方发现真理而高兴,写信向普鲁思特祝贺。

一个强劲的对手,会让我们时刻有种危机四伏感,会激发起我们更加旺盛的精神和斗志。不要厌恶我们的对手,千万别把对方当成"敌人",而应该把对方当作是我们的一剂强心针,一台推进器,一条警策鞭。

在这个一切都基于竞争和角逐的世界上,是没有童话般的幻想和多愁善感存在的余地的。要生存,就要竞争;有竞争,才会有发展。在生存中竞争,在竞争中汲取营养。一个人只有在竞争的环境里,才能汲取到养分,才能够茁壮成长。作为年轻人来说,更不要害怕竞争的环境。如果只一味追求安逸,追求舒服,人会变得退化,会不思进取,也就谈不上追求到成功。

非洲草原上曾生活着一种鹿,世代处于狼群的威胁之下,擅长奔跑,健壮无比。后来人们为了保护它,将狼清除出草原。始料不及的是,鹿从此懒散起来,在无忧无虑中患起富贵病,整个种群渐渐退化。

由此类推，人一旦没了对手，生活与工作将失去激情和动力，社会将失去生机。因此，现代社会流行一种豺狼哲学。说是没有了豺狼，老弱病残的动物会太多，以致形成流行疾病；没有了豺狼，吃草的动物会太多，以致动植物不均衡。正是有了豺狼这个强大的对手，动物界才能生机勃勃，不断地淘汰老弱病残，维持良好的生态平衡。豺狼使普通的动物树立了一定的危机意识，要想生存，要想不被豺狼吃掉，就要不断提高躲避豺狼的能力。

可见，竞争是残酷的，但若不想让自己的一生过得浑浑噩噩。就牢记住这句口号"无残酷，不青春"，勇敢地迎接竞争吧！

青春需要对手

社会需要竞争，没有竞争就没有发展；青春需要对手，没有对手就没有进步。

不思进取的人厌恶对手，因为对手的存在让他的生活过得不那么自在；而积极进取的人感谢对手，因为他把对手看作一面镜子，以便更加清楚的认识自己的长处与不足，然后扬己所长，补己之短。

日本任天堂公司是电子游戏产业的鼻祖。从最早最经典的"俄罗斯方块"、"超级马里奥"到如今最流行的"赛达尔传说"、"wiisports"，任天堂是游戏产业中绝对的"老大"，随着世嘉等一帮老对手的没落，任天堂在家用游戏机市场上的霸主地位似乎已经不可动摇。

现实中没有无敌，对手却永远存在。索尼在1994年凭借着一款名为PSP的游戏主机成功打进这一市场，并依靠第三方软件商的支持成功超越任天堂，颠覆了任天堂在业界的王者地位。

在同索尼的正面交锋中，任天堂节节败退。索尼在电子能源方面拥有的强大资源，使得PSP的主机性能远远超过了任天堂的主机。

在对于的打击下，任天堂只能独辟蹊径，在主机性能不及索尼的情况下，加强了对游戏玩法和游戏创意的研究。

事实证明了任天堂策略的正确性。在有"游戏业界的斯皮尔伯格"之称的创意大师宫本茂的带领下，任天堂成功开发出了Wii系列主机，打破了传统游戏运用手柄的单一操纵方式，将对人体体感的捕捉作为新的游戏方式，一举赢得了消费者的青睐。更重要的是，Wii系列主机适合各个阶层，实现了竞争对手索尼和微软一直以来未能实现的梦想，任天堂也凭借着Wii的出色销售业绩超越了三菱，成为全日本排名第二的实力企业。

任天堂的重生应该感谢索尼这面竞争对手的镜子，因为对手的打击使得任天堂开辟了新的市场。因为索尼的打击，使得任天堂认识到了自己的不足。而它的聪明之处并不是简单地弥补自己的不足，而是重新发挥了自己的优势资源。可以这么说，如果没有索尼的打击，任天堂不可能突破自我，或者这样的成功会推迟很多年。

对于任天堂来说，索尼这面镜子，清楚地照出了自己的不足。也许对手不会提醒你如何找到自己的优势，但是它会告诉你，你在哪里有缺点和不足。至于如何抗击对手，那是你自己应该思考的事情。

有这样一个男孩，他初中毕业后，选择了去省城一家技校学厨师。毕业后回来，开了一家小吃店。生意虽不算红火，但是也说得过去。他很自足，这样安安稳稳，细水长流，收入也是相当可观的。他唯一感到心满意足的就是，在这条街上，只有他一家小吃店，这为他的生存奠定了基础，风险也减轻了许多，比如竞争、排挤。

一年后的一天，街角的童装店突然关门了，紧接着开始转租、装修，开起了一家小吃店，但是新装修的店面更卫生、漂亮。

他所担心的危机来了，站在马路上，他不时地遥望对方，人家的食客满堂，而自己的店里冷冷清清。他的心态极不平衡，甚至他都想找人去砸对方的店，教训一下人家，不要来抢他的买卖。可最终，他还是控制了自己，因为那样的结果只能是两败俱伤。

和气才能生财。慢慢地，他有所转变了，开始分析彼此的优势：对方的店地理位置好，条件也好，这已是既定事实；而自己的优势在于，有一批老顾客，并且积累了一定的经验。所以，要想取长补短，就必须进行改革，打铁还要自身硬啊！

于是他把店内的布局进行了调整，更换了物品，这样也令人耳目一新了。他新招聘了一位厨师，带来了新的菜谱，饭店又增色不少。最关键的是，他开始经营早餐了。每天刚一放亮，员工齐上阵，油条、面包、豆浆等等，早点的花样繁多、实惠，又带来了新的客源。

每天早晨他的店独秀一枝，为上班的人们提供了便利，中午和晚上，对方店里的客人很多，而他的店也不含糊，回头客越来越多，还呈上升趋势。

一个月下来，盈利竟是以前的三倍。他开始感激对手了，正是他的出现，才刺激了他疲惫的神经，从而激发他的勤奋，创造了新的辉煌。

竞争对手的存在固然会促使我们不断努力，但并不是所有的对手都会采用光明正大的方式来参与竞争，有些人会用极其卑劣的手段来打击对方，面对这样的对手，我们一定要学会明智地处理，否则不但无法赢得竞争，还可能会帮了对手害了自己。

美国有一位名叫阿扎洛夫的作家，由于他的努力和勤奋，使他的年轻时候就有着辉煌的成就。然而，在后来，由于他在故乡小城里与一个名叫马利丁的文坛小丑较上了劲，并将其视为竞争对手，从而使他年轻时候的那一点辉煌淡然无存。马利丁为了抬升自己的身价，得到名利和地位上的双赢，以他卑鄙的钻营伎俩不断地在报刊上制造一些低劣的花边新闻，并向阿扎洛夫叫板。凭着阿扎洛夫的人品和地位，他本不该去理会这种"跳梁小丑"式的人物，但是，不幸的是，他被这个小丑激怒了，并丧失理智地与这个叫马利丁的人在小报上展开了长达数年的论战。结果，这个马利丁靠着他既得到了名又得到了利，而他，在无端地空耗青春与生命的同时，竟成了世人耻笑的对象，从此一蹶不振，郁郁而终。

威廉·詹姆斯说过："明智的人就是清醒地知道该忽略什么的人。"不要被不重要的人和事过多打搅，因为成功的秘诀就是抓住目标不放，而不是把时间浪费在无谓的牺牲上。一个人一辈子会有很多对手，对不值得付出精力应对的人，其实我们可以一笑而过，不予理会。这就是人们常说的：要正确选择对手，选对了，会促使你不断向上；选错了，也许就选错了人生的方向。

在一个森林里，一个自不量力的鼹鼠很是羡慕森林之王老虎的威风与地位，于是找到老虎向老虎挑战，要同它决一雌雄。它对老虎说，如果它胜了，就让老虎将自己森林之王的位置让给它，如果它输了，它就从此远离老虎统治的这片森林，迁移到别处生活。对于它提出挑战的建议，老虎想也没想就断然拒绝了。见老虎这样，鼹鼠说："人人都说你是大王，我看你是徒有虚名，你连我的挑战都不敢答应，你还能做什么？"听了它的话，老虎轻蔑地俯视着它说："如果我答应你，不管最终你向我挑战的结果如何，你都是最后的赢家，而我呢，以后所有的动物都会耻笑我竟和一只鼹鼠打架。同你比武的麻烦在于，即使赢了，也是赢了老鼠，赢了老鼠的老虎还算得上森林之王吗？所以，不是我不敢答应你，是不屑于选择你这样的鼠辈作为对手！"

其实，选择什么人做对手，取决于所选择之人的人品、学识、实力与为人处世的胸襟。选择一个德才兼备、光明磊落的人做对手，竞争中因为对手的出色可以带动自己提升自己的能力和素养，从而获得竞争的快感；反之同能力低下，各方面条件都比不上自己的低能儿甚至是跳梁小丑式的人物做对手，不仅白白消耗了自己的精力、浪费了自己的感情，而且即使在竞争中赢了对手，也不可能获得竞争的快感，相反还会令自己变得鄙俗和堕落。

选择一个好的竞争对手可以让我们不断提升自己，不过战胜对手并不是竞争的最高境界，竞争的最高境界是将对手变成朋友，实现双赢。

谈起永亮照明在新西兰地区发展的那段经历，李新鹏冥想了半分钟："在那几年，我用得最多的就是努力在竞争中找到真正的朋友，这样不仅少了敌人，还增加了胜算。"

在去新西兰之前，李新鹏只是永亮照明的亚太区市场部总监。一天，老板把他叫到办公室，倒了一杯水，双手递给他："李新鹏，我打算提拔你做新西兰地区的总经理。你也知道在那里我们已经亏了15年了，我们必须改变。"

李新鹏顿时感到很大的压力，老板便开玩笑地说："如果你去的话，再亏也亏不到哪里去啊。"

李新鹏听了也哈哈笑了起来，心想，那我就去那边感受一下日光浴和海滩吧。但是到了风光旖旎的新西兰，李新鹏却笑不出来了。那边公司的情况很糟糕，公司的账面亏损严重。他发现，并不是公司产品质量和价格的问题，而是渠道压根没有铺开。不仅仅因为这些，其他品牌竞争也十分激烈，竞争对手能根据当地住宅极其分散的特点全部撒网，这样，永亮要想发展真是难上加难。

经过一番考察，李新鹏想出了一个主意，他十分诚意地把当时的竞争伙伴邀请到自己的公司："我们要跟你们一起来做市场，把我们的货物放在你们的渠道上。而分销网络、物流系统等都由竞争者来搞，我们只完善自己的品牌建设。"

当时，有的人觉得李新鹏可能是一个傻瓜，这等于公开了自己公司的所有秘密，觉得这是一个阴谋。而只有一家表示愿意和他合作。

李新鹏首先拿出了自己的诚意，让对方消除了戒心。他想能在这个时候同意和自己合作的人如果可以把他变成自己的朋友，不仅可以在这个时期让永亮渡过难关，就是以后也可以彼此照应，应对各种商场变化。

就这样，经过几次的合作，李新鹏通过自己的努力博得了对方的信任，彼此成了真正的朋友，而双方的领导者各自也得到了一个不可多得的朋友。在他们的合作之下，永亮照明在新西兰有了更好的发展轨道，而对方也得到了更好的制作经验。双方的业绩也奇迹般地都得到了双赢。

把竞争与朋友结合起来，既竞争又合作，就能突破孤军奋战的局限，把自身优势与他人的优势结合起来，把双方的长处最大限度地发挥出来，从而让自己有一个最大限度的提高。

一个人在成长的路上，会随时随地遇到竞争对手。过去那种仅仅把对手看成是"冤家"，认为在竞争中把对手置于死地的人是强者的观点是片面的、有害的，它往往造成不必要的摩擦、内耗及浪费。而能把对手争取过来，成为自己的朋友显得比打败他更为重要。

不管是将对手当成一面镜子来发现自己的缺点和不足，从而不断提升自己，还是将对手争取过来变成自己的朋友，从而实现双赢，我们都要感谢对手，感谢对手激发了我们的潜能，让我们离成功更近了一步！

没有竞争的青春才可怕

很多人向往没有竞争的生活，因为那样的生活安逸舒适，但生活中若真的没有了竞争，我们会变成什么样子呢？

挪威人在海上捕得沙丁鱼后，如果能让其活着抵港，卖价就会比死鱼高好几倍。但只有一只渔船能成功地带活鱼回港。该船长严守成功秘密，直到他死后，人们打开他的鱼槽，才发现只不过是多了一条鲇鱼。原来当鲇鱼装入鱼槽后，由于环境陌生，就会四处游动，而沙丁鱼发现这一异己分子后，也会紧张起来，加速游动，如此一来，沙丁鱼便活着回到港口。这就是所谓的"鲇鱼效应"。

美洲虎是一种濒临灭绝的珍稀动物。在秘鲁的国家森林公园，生活着一只年轻的美洲虎，工作人员在公园中专门开辟了一块 20 平方英里的森林作为它的专有属地，还精心设计和修建了豪华的虎房，好让美洲虎自由自在地生活。

虎园里景色优美，森林茂密，沟壑纵横，流水潺潺，并有成群的牛、羊、鹿、兔供老虎尽情享用；凡是来这里参观的游人都说，如此美妙的环境真是美洲虎生活的天堂。

让人们意想不到的是，从没有人看见美洲虎去捕捉那些专门为它预备的"活食"；从没有人见它王者之气十足地纵横于雄山大川，啸傲于莽莽丛林，甚至从来没人见过它像模像样地吼上几嗓子。

人们常看到的是，美洲虎整天待在装有空调的虎房里，有时打盹儿，有时耷拉着脑袋，整日无精打采。有人说它大概是太孤独了，若是找个伴儿，或许会好些。

秘鲁政府又通过各种努力，从哥伦比亚租来了一只母虎与它做伴，但情况还是没有改变。有一天，一位动物行为学家来到森林公园，当他见到美洲虎那副懒洋洋的样儿，便对工作人员说，老虎是百兽之王，在它所生活的环境中，怎么能只有一群整天只知道吃草，不知道猎杀的动物呢？

是呀！这么大的一片虎园，即使不放进去几只狼，至少也应该放上两只猎狗，不然美洲虎怎么会提起精神呢！

管理员们听从了动物行为学家的意见，便从别的动物园引进了两只美洲狮投进了虎园。这个办法果然奏效，自从两只美洲狮搬进虎园的那天起，这只美洲虎就再也躺不住了。它每天不是站在高高的山顶愤怒地咆哮，就是犹如飓风般冲下山冈，或者在丛林的边缘地带警觉地巡视和游荡。百兽之王那种刚烈威猛、霸气十足的本性被重新唤醒。

如果生活中没有了竞争，我们就会像故事中没有对手的沙丁鱼和美洲虎一样，虽然不至于丢掉性命，但一辈子肯定会碌碌无为。

玄奘年轻时在法门寺修行，由于法门寺是座名寺，高僧济济，玄奘感到在这里很难出人头地，于是他打算离开法门寺，到偏远小寺中去修行。

老方丈觉察此事后，找到了玄奘。方丈以林为喻，告诉玄奘，树只有在林子中才能成为栋梁，而人也只能在一个充满竞争的群体中才能成才。老方丈接着说："为什么灌木丛中的树只能做薪柴，而莽莽苍苍的林子中的树就能成为栋梁呢？因为成群的树长在一起，就是一个群体，为了每一缕阳光，为了每一滴雨露，它们都在奋力的向上生长，于是它们都成了栋梁；而那些远离群体的零零星星的三两棵松树，在灌木丛中鹤立鸡群，不愁没有阳光、雨露，没有树和它们竞争，所以，它们就成了薪柴。"

玄奘在听了老方丈的这一番话后，顿悟，遂决定在法门寺这座大林子中潜心修行。果然，成为了一代名僧。

生活中最怕的是没有竞争，人最怕的是没有竞争对手，一个人如果害怕竞争，逃避竞争，那么最终毁掉的只能是自己的前程。

在新加坡的一家大酒店里，有一对师兄弟都学到了一手精湛的烹饪手艺。

几年后，他们离开师傅开始自立门户。在一座城市的北郊，有一条新开发出来的小街道，不仅人口密集，而且整条街没有一家饭店。于是，他们就在街道两边各自租下一个店面开起了小饭店，生意都不错。但是，师兄却并不开心，他想，如果这里只有自己一家饭店，那所有的生意不都是自己一个人的了？而现在，却要和师弟一起分享。想到这儿，师兄决定要离开这里，去一个没有竞争、没人分享的地方接着经营饭店。很快，师兄就把自己的饭店转让出去了，然后跑到附近的一条新街，独立开了一家他自认为没有竞争、没人分享的新饭店。从此，师兄弟两人就各自做各自的生意。

半年来，师弟那条街的饭店越来越多，师兄在暗暗庆幸自己明智的同时，也善意地劝师弟远离那里，和他一样去找一个没有竞争的地方。但师弟没有这样做,他依旧留在这条街道,和同行们展开了激烈的竞争。因为有了竞争,师弟的饭店不仅注重硬件设施的投入,还在软件服务上不断创新和提高质量。其他饭店也是如此,大家都把顾客当成上帝去拼抢,使得越来越多的顾客喜欢来此就餐。

时间久了,这条街成了著名的餐饮街。附近的人们要吃饭,首先就会想到这里,就连师兄那家饭店附近的居民也要跑到这条街来吃饭。就这样,师弟的饭店和其他所有的饭店一起得到了良好的发展,而师兄的饭店生意却十分冷清。因为经营得法并且善于利用竞争,师弟拥有了足够的财力,他增开了一家规模更大的酒店。在为新酒店选址的时候,他把目光停留在了竞争极为激烈的市中心,新酒店的经营同样获得成功。

转眼20年过去了,如今的师弟在新加坡拥有12家连锁餐饮企业,被人称为"餐饮王"。他就是华实连锁餐厅的创办人钱小华。而他的师兄却在那种无竞争的追求中,最终停业倒闭,成了师弟华实连锁餐厅的一名仓库保管员。

竞争不仅能提高自身价值,而且能形成一个共同的轰动效应,产生让所有参与竞争的人都享之不尽的共同资源,其中的价值无法估量。

竞争是一种胸襟,因为那意味着将要和别人分享你的利益;竞争又是一种资源,因为它能创造轰动效应;竞争又是一种比较,它能让你不断地提升和完善自己。竞争的价值无法估量,善待竞争是一种智慧,拥有这种智慧的人,往往能获得巨大的成功。

我们每个人都生活在充满竞争的环境中,而如何在激烈的竞争中脱颖而出,就要看我们是如何对待竞争的。

王永庆是将台湾塑胶集团推进到世界化工业前五十名的台湾首富,他的成功与他正确对待竞争的态度是分不开的。

1932年,16岁的王永庆从老家来到嘉义。在陌生的小城,王永庆决定开一家米店。当时,小小的嘉义已经有米店近30家,竞争非常激烈。当时仅有200元资金的王永庆,只能在一条偏僻的巷子里承租一个很小的铺面。他的米店开办最晚,规模最小,更谈不上知名度了,没有任何优势。在新开张的那段日子里,生意冷冷清清,门可罗雀。

当时,一些老字号的米店分别占据了周围大的市场,而王永庆的米店规模小，资金少，根本没法做大宗买卖；而专门搞零售呢？那些地点好的老字号米店在经营批发的同时，也兼做零售，没有人愿意到他这一地处偏僻的米店买货。

面对这样的情况，他便背着米挨家挨户去推销，一天下来，整个人累得都快散架了，但是米依旧没有卖出去多少，谁会相信一个上门推销的小商贩呢？

那一段时间，王永庆也感到很迷惘。他感觉到要想米店在市场上立足，自己就必须有一些别人没做到或做不到的优势才行。一天夜里他让自己冷静了下来，他想急是没有任何用的，要想让自己的米能卖出去，必须先让自己冷静下来，好好地思考怎样才能让自己的米在竞争中有一个好的销路。

仔细思考之后，王永庆决定从提高米的质量和服务上找突破口。

20世纪30年代的台湾，农村还处在手工作业状态，稻谷收割与加工的技术很落后，稻谷收割后都是铺放在马路上晒干，然后脱粒，沙子，小石头之类的杂物很容易掺杂在里面。用户在做米饭之前，都要经过一道淘米的程序，用起来很多不便，但买卖双方对此都见以为常，见怪不怪。

王永庆却从这一司空见惯的现象中找到了切入点。他带领两个徒弟一齐动手，不辞辛苦，不怕麻烦，一点一点地将夹杂在米里的秕糠，沙石之类的杂物拿走，然后再出售米。这样，王永庆米店卖的米质量就要高一个档次，因而深受顾客好评，米店的生意也日渐红火起来。

在提高米质见到效果的同时，王永庆在服务上也更进一步。当时，用户都是自己前来买米，自己运送回家。这对于年轻人来说不算什么，但对于一些上了年纪的老年人，就是一个大大的不便了；而当时的年轻人整天忙于生计，且工作时间很长，不方便前来买米，买米的任务只能由老年人来承担。王永庆注意到这一点，于是超出常规，主动送货上门。这一方便顾客的服务措施，大受顾客欢迎。

当时还没有送货上门一说，增加这一服务项目等于是一项创举。即使是今天，送货上门充其量是将货物送到客户家里并根据需要放到相应的位置，就算完事。那么，王永庆是怎样做的呢？

原来，每次给新顾客送米，王永庆就细心记下这户人家米缸的容量，并且问明这家有多少人吃饭，有多少大人，多少小孩，每人饭量如何，据此估计该户人家下次买米的大概时间，记在本子上。那时候，不等顾客上门，他就主动将相应数量的米送到客户家里。

王永庆为顾客送米，还要帮人家把米倒进米缸里。如果米缸里还有米，他就将旧米倒出来，将米缸擦干净，然后将新米倒进去，将旧米放在上层。这样，陈米就不至于因存放过久而变质。王永庆的这一精细的服务令不少顾客深受感动，赢得了很多顾客，在经营米店的竞争中也越来越处于上风。

在送米的过程中，王永庆还了解到，当地居民大多数家庭都以打工为生，生活并不富裕，许多家庭还未到发薪日，就已经囊中羞涩。由于王永庆是主动送货上门的，要货到收款，有时碰上顾客手头紧，一时拿不出钱的，会弄得大家都很不好意思。为解决这一问题，王永庆采取按时送米，不即时收钱，而是约定到发薪之日再上门收钱的方法，极大地方便了顾客。

没过多久，嘉义人都知道在米市马路尽头的巷子里，有一个卖好米并送货上门的王永庆。有了知名度后，王永庆的生意很快红火起来。这样，经过一年多的资金积累和客户积累，王永庆便自己办个辗米厂，在离最繁华热闹的街道不远的临街处租了一处比原来大好几倍的房子，临街的一面拿来做铺面，里间用做辗米厂。就这样，在激烈的竞争中，王永庆靠着一份沉着冷静、一份乐观、一份不懈的努力，一步步成就了日后辉煌的事业，从小小的米店生意开始了他后来问鼎台湾首富的事业。

竞争可以让我们更加努力，给我们坚持不懈的动力，拥有竞争的青春才会充满激情，没有竞争的青春才是最可怕的。

诚实让你更具竞争力

诚实即忠诚老实，一个人如果诚实有信，自然会获得大家的尊重和友谊，也会获得领导的青睐，让自己更加具有竞争力。

阿瑟·项帕拉托里是一家大型运输公司的董事长，在谈及他的成功经验时，他讲了自己小时候的一则故事：当时我刚10岁，正好遇上了经济大萧条，为了能有自己的零花钱，我在一家糖果店干活。这份工作得来并不容易，我跟店主恳求了好久，他才答应让我试试，因此，我干得十分卖力。一天扫地时，我在糖果桌下捡到了 1 美元，这可是笔大财产，它相当于我半个月的薪水。尽管我很希望自己能拥有它，但我清楚它不是我的，便把钱交给了店主。店主接过钱，显得十分高兴，他的话我现在都记得："阿瑟，干得很好！你是个诚实的孩子，知道吗，这是我故意丢在地上考验你的。恭喜你过关了，你可以在这儿一直干下去，直到你自己不愿意为止。"

当时他高兴极了，终于有了一份长期稳定的收人，但他没忘记，这一切都缘于自己的诚实。以后他又干过各种各样的工作，但诚实一直是他的信条，诚实使他赢得了良好的声誉，人们都乐于和他合作做生意，所以他才会有今天的成就。

诚实是做人的基本准则，但在这个竞争激烈的社会，这个准则已经被很多人抛弃，更多的人开始想方设法投机取巧，以便能快速获得自己想要的结果。但事实上，这些人是"聪明反被聪明误"，很可能因为自己的小聪明而丧失很多机会。

某国际公司要在中国招聘几名高级经理，由于该公司要招年轻人，应聘者趋之若鹜，最终有 10 位年轻人进入复试，其中一位年轻人刚毕业不久，与其他看起来就很精明的复试者相比，他有点呆头呆脑。

复试由该公司中国区的总经理汤姆先生主持。当那位年轻人走进面试厅时，汤姆先生从沙发上站了起来。

他先是迟疑："是你？你是……"转而一脸的惊喜，并紧紧握着他的手，用流利的中文说："原来是你！我找你找了很长时间了！"

接着他激动地转过身对在座的几位面试者嚷道："先生们，向你们介绍一下，这就是救我女儿的那位年轻人！"

年轻人的心狂跳起来。还没容得他说话，汤姆先生就把他拉到身旁的沙发上坐了下来，又一个劲地说道："我划船的技术太差了，把女儿掉进了湖中，要不是你这个年轻人就麻烦了。真抱歉，当时我只顾着女儿，没来得及向你道谢。"

青年感到很突然，他竭力抑制住自己，抿了抿发干的嘴唇说："很抱歉，我以前从未见过您，更没救过您的女儿。"

可汤姆先生依然一个劲地说："您忘记了？5 月 6 日，北海公园……肯定是你！"

　　汤姆先生一脸的得意。

　　年轻人很沉着,站起来说:"汤姆先生,我想您肯定是弄错了,我没有救过您女儿。"

　　年轻人说得很坚决,汤姆先生一时愣住了,忽然,他又笑了:"年轻人,我很欣赏你的诚实,我决定,你复试通过了！"

　　那位年轻人幸运地成了该公司的一名职员,也是唯一一位通过复试的应聘者。

　　由于关心,有一次他问经理的助手:"救汤姆先生女儿的年轻人找到没有?"

　　助手一时没反应过来,可很快就朗声大笑起来:"他女儿?有9名复试者就因为他女儿被淘汰了。其实,汤姆先生根本就没有女儿。"

　　诚实是寒冬里绽放的一枝腊梅,诚实是沙漠里的一片绿洲,诚实是黑暗中指引我们前进的灯塔……诚实,是每一个人都必不可少的品质。

第七章 失败，让青春更坚强

很多人将自己的失败归结于命运，但实际上命运不过是失败者无聊的自慰和懦怯者的解嘲。对于不屈不挠的人来说，根本就没有失败这回事。人们的前途只能靠自己的意志、自己的努力来决定，而失败不过是到达较佳境地的第一步。年轻人不要埋怨和惧怕失败，失败的存在只会让青春更加坚强。

成功没那么容易

人人都渴望成功，更加渴望快速成功，但没有谁的成功是一帆风顺的。在朝梦想前进的路上，谁都会遇到挫折，遇到失败，而若想成功，必须坚持自己的信念，跨过这些挫折和失败，不轻易放弃。否则，等待我们的只有失败，成功永远都不会来到我们面前。

公元前496年，越王允常去世，勾践继位。吴王阖闾乘越国丧乱之际发兵攻越，越国军民痛恨吴国乘人之危的行径，同仇敌忾，奋力抵抗，大败吴军，吴王阖闾负伤死在归途中。

吴王夫差继位，三年潜心备战，公元前494年，率复仇大军杀向越国。越国水军几乎全军覆没，越王勾践逃到会稽山，越王向吴国屈辱求和。

按着吴国的要求，越王勾践带着夫人和大臣范蠡去吴国服苦役。越王给阖闾看坟，给夫差喂马，还给夫差脱鞋，服侍夫差上厕所。夫差的几匹马被勾践喂得滚瓜溜圆，夫差出去游猎时，勾践要跪伏在马下，让夫差踩着他的脊梁上马。勾践三人受尽嘲笑和羞辱。为图复国大计，勾践顽强地忍耐着吴国对他的精神和肉体折磨，对吴王夫差表现得恭敬驯服。

夫差生病了，勾践每天都去看望，夫差怕死，自己总觉得病势不轻。有一天，勾践又去看望夫差，偏赶上夫差心情特别沮丧，见勾践进来，就拿他撒气说："出去出去！不用你假仁假义的来看我，你恨我快点儿死是不？盼我死了你好回国，休想！"吓得勾践站在那里不知如何是好。此时夫差要大便，挥着手让勾践出去。勾践却要观察夫差的粪便，并当着夫差的面，用手指沾了点儿粪便放在嘴里尝了尝，夫差急忙说："你这是干什么？"不料勾践却马上跪在地上说："恭喜大王贺喜大王，你的病就要好了。"夫差说："你怎么知道？"勾践说："不治之症粪便是苦的，可治之症粪便是甜的，适才我尝大王的粪便，就是为了察看病情，用不了几天大王的病就会好了。"

夫差将信将疑地说："你是从哪里知道的？"勾践说："当年，周武王患病卧床不起，把神医成仲子从高山上请下来，周武王问成仲子他的病是否很沉重，成仲子让武王把他的儿子们都叫来，为武王尝便，武王十几个儿子，没有一个愿意尝，只有幼子姬诵用鼻子闻了闻，成仲子问他什么味儿？姬诵说又腥又臭。王子们退出去了，武王问成仲子，尝便能知病情吗？成仲子对武王说，不治症便苦可治症便甜，大王幼子可立呀！"夫差真的相信了，十分感动地说："我的儿子也未必如此，你真比我的儿子还强啊！"没过几天，夫差的病真的好了。

三年苦役期满，吴王放勾践回国。勾践君臣相见，抱头痛哭，立志雪耻复仇。

勾践回国后，时刻不忘吴国受辱的情景。他睡觉时，躺在一堆乱柴草上，夜夜不得安眠，睁眼便是励精图治，早日报复！勾践在自己的屋里挂了一只苦胆，每顿饭都要先尝尝苦味，提醒自己时时不忘在吴国的苦难和耻辱经历。他穿着粗布的衣服，顿顿吃粗糙的饭食，连过年过节也不沾一点儿酒肉，平日就在四乡里跟百姓一起耕田播种。勾践夫人带领妇女养蚕织布，发展生产。勾践夫妇与百姓同甘共苦，激励了全国上下齐心努力，奋发图强，早日灭吴雪耻。

勾践又采用大臣文种建议，贿赂吴王，麻痹对方；收购吴国粮食，使之粮库空虚；赠送木材，耗费吴国人力物力兴建宫殿；散布谣言，离间吴国君臣，使夫差中计杀害了能征善战的伍子胥；从民间搜罗美女西施、郑旦等十几人，由范蠡教会她们弹唱歌舞，再把她们献给吴国，施用美人计，消磨夫差精力，使他不问正事，加速吴国的灭亡。

勾践施行的美人计最厉害。夫差在美人西施的美色迷惑下，按照越国的心愿和设想的步骤，一步步走向灭亡。公元前482年越王乘夫差去黄池会盟，偷袭吴国成功，吴国只好求和。后来越国再次起兵，灭掉吴国，夫差自杀身亡。

勾践卧薪尝胆最终打败了夫差，如果他在第一次失败之后就意志消沉、一蹶不振，那么他只能沦为夫差的阶下囚，永无翻身的可能。

　　厄运随时会降临在我们每个人的头上，我们要正视悲凉的现实。因为厄运受到打击，于是不堪一击，最终倒下，只会令我们的对手更开心。而如果我们能抛弃悲伤，牢记心中的信念，甚至忍辱负重，那么，总有一天，我们会得到比之前失去的更多的东西。

　　谈迁是我国明末清初史学家，他自幼家境清贫，靠当幕僚、替人办理文墨事物、代写应酬文字以赚取月俸钱为生。可是，谈迁贫而有志，喜读书，尤爱治史，特别是有关明朝的史事，最留心收集。

　　天启元年（1621年），谈迁28岁，谈迁母亲亡故，他守丧在家，读了不少明代史书，觉得其中错漏甚多，因此立下了编写一部真实可信符合明代历史事实的明史的志愿。在此后的二十六年中年中，他他长年背着行李，步行百里之外，到处访书借抄，饥梨渴枣，市阅户录，广搜资料，终于辛五年之功而完成初稿。以后陆续改订，积二十六年之不懈努力，六易其稿，撰成了百卷500万字的巨著《国榷》。

　　谈迁著的史书《国榷》，是明代的编年史，按年、按月、按日记载了自元天历元年至明弘光元年的大史事。为了编写《国榷》，他从公元1621年开始整整奋斗了二十多年。一部一百卷的编年史写成了，眼看就要问世了，不料全部书稿竟被人偷窃了去，数十年辛勤劳动成果，竟成了泡影。

　　但是，谈迁是个意志坚强的人，在痛哭了一场之后，又毅然决定重新搜集资料，再写一部更加臻于完备的《国榷》。1653年，谈迁受聘去北京给人做记室，在京期间，他广泛地拜访明朝的降官、故吏、太监，乃至皇亲国戚等各阶层人物，把新得到的种种传闻记录下来，同文献资料核对后，用以订正和充实《国榷》。就这样，从1647年起，又经过了十年的奋斗，一部内容更加翔实，体例更加完备的《国榷》终于问世了。

　　谈迁的《国榷》属当朝人写当朝事，资料比较容易收集；且编撰工作是在官府之外进行的，排除了官府的干预；谈迁又具备了作为一个正直的封建史学家应有的品质，因而使《国榷》较其他史书有独具的特点：一是敢于按照历史本来的面目，秉笔直书，尤其是《明实录》中故意讳而不说的很多重要史实，谈迁都毫不掩饰地记述下来。二是对史事的真实性问题最为严肃。《国榷》十分重视史料，但不盲目轻信，对每一条史料的引用，都本着实事求是的精神，细心地搜求，决不因作者的好恶，任意摘取。此外，《国榷》还非常注重明万历以后七十多年的历史，用了全书三分之一的篇幅，目的是为了总结明朝灭亡的经验教训。再有，《国榷》注意引用其他史学论著的评论，即使几家不尽相同也一并兼收，这样编排可以使读者从比较中得出正确的结论来。

如果我们遇到了像谈迁一样的情况，我们会怎么办？能不能像谈迁一样不抱怨，不绝望，而是重新振作起来，开始第二轮的工作？

很多人无法成功，就是因为经不起失败的打击。想要成功并不难，难得是坚持，坚持一下也不难，难的是一直坚持。如果一个人在经历了一次次失败之后还不放弃，无论怎样的厄运都打不垮他的信念，这样的人，总有一天会获得比最初想得到的更多的东西。

1832年，林肯失业了，这显然使他很伤心，但他下定决心要当政治家，当州议员。糟糕的是，他竞选失败了。在一年里遭受两次打击，这对他来说无疑是痛苦的。接着，林肯着手自己开办企业，可一年不到，这家企业又倒闭了。在以后的17年间，他不得不为偿还企业倒闭时所欠的债务而到处奔波，历经磨难。随后，林肯再一次决定参加竞选州议员，这次他成功了。他内心萌发了一丝希望。认为自己的生活有了转机："可能我可以成功了！"

1835年，他订婚了。但离结婚的日子还差几个月的时候，未婚妻不幸去世。这对他精神上的打击实在太大了，他心力交瘁，数月卧床不起。

1836年，他得了精神衰弱症。

1838年，林肯觉得身体良好，于是决定竞选州议会议长，可他失败了。

1843年，他又参加竞选美国国会议员，但这次仍然没有成功。

林肯虽然一次次地尝试，但却是一次次地遭受失败：企业倒闭、情人去世、竞选败北。要是你碰到这一切，你会不会放弃？放弃这些对你来说是重要的事情？

林肯没有放弃，他也没有说："要是失败会怎样？"1846年，他又一次参加竞选国会议员，他又一次参加竞选国会议员，最后终于当选了。两年任期很快过去了，他决定要争取连任。他认为自己作为国会议员表现是出色的，相信选民会继续选举他。但结果很遗憾,他落选了。

因为这次竞选他赔了一大笔钱,林肯申请当本州的土地官员。但州政府把他的申请退了回来,上面指出:"做本州的土地官员要求有卓越的才能和超常的智力,你的申请未能满足这些要求。"

接连又是两次失败。在这种情况下你会坚持继续努力吗?你会不会说"我失败了"?

然而,林肯没有服输。1854年,他竞选参议员败了;两年后他竞选美国总统果被对手击败;又过了两年,他再一次竞选参议员,还是失败了。林肯一直没有放弃自己的追求,他一直在做自己生活的主宰。1860年,他当选为美国总统。

人生路上,我们往往会遇到很多的失败,但不能因为一场厄运就郁郁寡欢,不要借口自己已经失败就倒地不起。成功没有那么容易,谁都不可能一步登天,成功是靠我们一步一个脚印走出来的,失败时不过是掉进了坑里,只要我们努力爬出来,继续向前走,最终会到达成功的彼岸。

希望在,奇迹就在

电影《肖申克的救赎》里面有一句非常经典的台词:不要忘了,这个世界穿透一切高墙的东西,它就在我们的内心深处,他们无法达到,也接触不到,那就是希望。

是的,只有心中还有希望在,那么就会出现奇迹;而如果我们自己放弃了希望,那么原本就属于我们的东西有一天也会失去。

6名矿工在很深的井下采煤,突然,矿井坍塌,出口被堵住。矿工们顿时与外界隔绝。

大家你看看我,我看看你,一言不发。他们一眼就能看出自己所处的状况。凭借经验,他们意识到自己面临的最大问题就是缺乏氧气,如果应对得当,井下的空气还能维持3小时,最多3个半小时。

外面的人一定知道他们被困了，但发生这么严重的坍塌就意味着必须重新打眼钻井才能找到他们。在空气用完之前他们能获救吗?这些有经验的矿工决定尽一切努力节省氧气。他们说好了要尽量减少体力消耗，关掉随身携带的照明灯，全部平躺在地上。

在大家都默不作声、周围一片漆黑的情况下，很难估算时间，而且他们当中只有一人有手表。所有的人都向他提问题:过了多长时间了?还有多少时间?现在几点了?然而，在他们看来,2分钟的时间就像1个小时一样，每听到一次回答，他们就感到更加绝望。

他们当中的负责人发现，如果再这样焦虑下去，他们的呼吸会更加急促，这样会要了他们的命的。所以他要求由戴表的人来掌握时间，每半小时通报一次，其他人一律不许再问。

大家遵守了命令，当第一个半小时过去的时候，这人就说:"过了半小时了。"大家都喃喃低语着，空气中弥漫着一股愁云惨雾。

戴表的人发现，随着时间慢慢过去，通知大家最后期限的临近也越来越艰难，于是他擅自决定不让大家死得那么痛苦，他在告诉大家第二个半小时到来的时候，其实已经过了45分钟。谁也没有注意到有什么问题，因为大家相信他。在第一次说谎成功后，第三次通报时间就延长到了1小时以后。他说:"又是半个小时过去了。"另外5个人各自都在心里计算着自己还有多少时间。每过1个小时大家都收到一次时间通报。

外面的人加快了营救工作,他们知道被困矿工所处的位置,他们很难在4个小时内救出他们。4个半小时到了。最可能发生的情况是找到6名矿工的尸体。但他们发现其中5人还活着，只有一个人窒息而死，他就是那个戴表的人。

戴表的人故意延长半小时的时间本来是为了大家不要死得太痛苦，然而却因此让不知情的大家生出了希望，看到前途的光明，终于获得了可能要早逝的生命，而他自己却因为心中不存希望而失去了生命。

很久很久以前，在波斯湾的小国里有一个钻石商，他的金子有3万两，牛羊有3万头，房屋有3万间。同行们因为嫉妒，决定除掉他，于是一合计，找到了当地最有名的一个杀手，并要求杀手让那钻石商自行死去，不能被人发现，由于赏额很大，杀手答应了。

　　不久，杀手拿着一张藏宝图找到了商人，约他一起去沙漠掘宝，贪心的商人高兴地答应了。

　　他们带着两骆驼的水和肉脯向沙漠深处行进。走到一半时，遭遇了风沙，迷了路，最后只剩下一壶淡水了。他们饥渴难忍，濒临死亡，为了生存，决定把那一壶水先留着，到最后时刻再喝。

　　他们走啊走，心中想的就是那一壶淡水在口渴时还可以喝。这样，他们竟然奇迹般地活到了第3天。眼看绿洲快到了，忽然听见那杀手一声惊呼："不好！"只见水从那只已破的水壶中涌出，瞬间都消失在干涸的大漠中。商人两眼一瞪，顿时气绝。

　　杀手很快到达了绿洲，他把商人的尸体运回了城中，并获得了千两黄金。

　　当人由希望的信念支持着时，能超越生命的大限；当信心丧失时，人生存的支柱也就轰然倒塌，杀手正是巧妙地利用了这一人性。

　　人最可悲的不是面临绝境，而是心中没有了希望。希望是沙漠里的那一片绿洲，希望是为我们指引道路的明灯，希望是支撑我们坚持下去的力量，有希望在，奇迹就会出现。

　　在一次因为战乱而产生的逃难人潮当中，有一位身体虚弱的母亲，带着她只有三岁的小孩一起逃难。

　　难民潮靠着步行，缓慢地向边境移动。酷热的太阳，恶毒地在每一个难民的头上肆虐，难民们拖着蹒跚的步伐，一步一步向前走，不知道自己什么时候会倒下。

　　那位虚弱的妈妈，终于支撑不下去了，她抱着她的小孩，找到了难民潮当中的一位神父。这位可怜的母亲，苦苦地哀求神父，帮她照顾她的小孩，因为她觉得自己绝对无法撑到边境。

　　神父看着这位可怜的母亲，由于他略懂医道，在简单地检查了这位妈妈的身体状况后，他发现她的体力尚可，便断然地拒绝了这位妈妈，神父说："你自己的孩子，当然要由你自己负责，我无法代劳！"虚弱的母亲，听到神父这般无情的拒绝，心中不由得十分愤怒，转身抱着自己的孩子，回到难民潮的队伍当中。

一天一天过去，这一群难民终于步行到了边境，通过国际红十字会的照顾，在难民营中，每个人至少有了最起码的安身之处。

这时候，神父再来探望这位身体已经恢复健康的母亲。神父看到她，欣慰地说："还好我没有接下你托孤的任务，今天才能看到你们母子都平安。"

充满智慧的神父，在最危急的时刻，让这一位可怜的母亲，激发出无穷的潜能。生命的能量，往往在我们下定决心的时候，可以全部被激发出来。

希望你能了解决心的力量，在每次遇到困难的时候，激发出自己的生命潜能，勇敢地去面对眼前看似不容易通过的挫折。

挫折孕育机会

人生在世，总难免遭遇到一些挫折，甚至灾难。挫折是一种不幸，但它孕育着机遇。如果我们能从挫折中总结经验，不断坚持，那么一定可以找到战胜挫折的方法。

大卫·贝克汉姆是英格兰著名的足球运动员，但在他小时候，却想做一名越野跑车队的选手。贝克汉姆的家人，倒是十分支持，全家人省吃俭用，给他交清了所有的费用。

贝克汉姆加入车队后不久，就迎来了一次机遇：著名的 Essex 越野跑大赛将在四个月后拉开序幕。但是遗憾的是，知道这个消息时，已经错过了报名的时间。尽管如此，车队的老板还是下定决心，无论如何也要借这个机会把车队的名气打出去。接下来，老板买了很多礼物，去拜访大赛的组织者亨特里先生。

结果，老板提着礼物垂头丧气地回来了。只是他仍然不死心，又派几个得力的助手去拜访，依然是无功而返。

在车队的内部会议上，不少选手沮丧地说："难道我们眼睁睁地看着与 Essex 越野跑大赛失之交臂。"

这时，年少的贝克汉姆自告奋勇地说："让我去试试吧，我相信我能拿到这个名额。"老板望着这个乳臭未干的孩子,有点嗤之以鼻地说:"凭你?连我去都被无情地拒绝了,你确信你能说服他,可是你凭什么呢?"

贝克汉姆拍拍胸脯说:"我敢立下军令状,不过我要是能顺利拿到的话,我希望我能代表车队出战。"见贝克汉姆如此自信,老板爽快地答应了他。

拿着老板给的地址,贝克汉姆顺利找到了亨特里的别墅,却被保姆拦在了门外。

"你好。"贝克汉姆客气地拿出车队的名片说,"请转告亨特里先生,我想和他聊聊赛车。"

几分钟后,保姆走了出来说:"对不起,先生说,你们已经来过几次了,没有必要再联系了。"

贝克汉姆依然微笑着说:"没关系的,请转告亨特里先生,我明天还会来的。"

第二天晚上,贝克汉姆早早来到了亨特里的别墅前,他选择在八点的时候准时敲门,依然是保姆接待的。贝克汉姆微笑着说:"请转告亨特里先生,我想和他聊聊赛车。"

保姆不忍心拂他好意,进去汇报了,片刻后,保姆出来说:"孩子,你还是走吧。先生不愿意见你。"

贝克汉姆信心百倍地说:"我明天还是会来的。"

此后的三个月内,贝克汉姆天天都过来。周末的时候,贝克汉姆还坚持一天过来拜见两次,尽管他一次都没见到亨特里先生。但贝克汉姆仍然没有放弃。

一个下雨的晚上,他再一次过来了。依然是保姆开的门,保姆说:"孩子,我给你算过了,加上这次,你已经来过整整一百次了。我们先生正在看球。他应该不会见你。"

当知道亨特里还是名铁杆球迷时,贝克汉姆的眼睛顿时一亮,他走到大厅里说:"亨特里先生,我今天不跟你谈车,我们谈谈足球吧。"当听到亨特里房间里的电视声音弱了很多时,贝克汉姆开始大谈英格兰足球现今的局势和自己的雄心壮志。

过了一会儿,门开了,亨特里走了出来:"你是个对足球有深刻见解的人,对于这么执著的人,我相信你的未来是一片璀璨。所以,我愿意与你谈谈这次比赛的细节。"接下来,两个人在书房里谈了两个小时,谈妥了贝克汉姆车队参加 Essex 越野跑大赛的所有细节。

一个月后，Essex 越野跑大赛如期进行，凭着出色的表现，贝克汉姆摘得了 Essex 越野跑大赛的冠军。

千万不要被挫折吓倒，因为挫折本身就孕育着机遇，如果我们能像贝克汉姆那样细心观察，仔细分析，那么也一定能像他那样找到战胜挫折的方法。

在漫长的人生道路上，谁都会遇到挫折，而之所以有人成功，有人失败，那是因为成功的人从挫折中找到了机遇，而失败的人则被挫折吓软了腿。

1955 年秋天在济南出生。5 岁患脊髓病，胸以下全部瘫痪。从那时起，张海迪开始了她独到的人生。她无法上学，便在在家自学完中学课程。15 岁时，海迪跟随父母，下放(山东)聊城农村，给孩子当起教书先生。她还自学针灸医术，为乡亲们无偿治疗。后来，张海迪自学多门外语，还当过无线电修理工。

在残酷的命运挑战面前，张海迪没有沮丧和沉沦，她以顽强的毅力和恒心与疾病做斗争，经受了严峻的考验，对人生充满了信心。她虽然没有机会走进校门，却发愤学习，学完了小学、中学全部课程，自学了大学英语、日语、德语和世界语，并攻读了大学和硕士研究生的课程。

1983 年张海迪开始从事文学创作，先后翻译了《海边诊所》等数十万字的英语小说，编著了《向天空敞开的窗口》、《生命的追问》、《轮椅上的梦》等书籍。其中《轮椅上的梦》在日本和韩国出版，而《生命的追问》出版不到半年，已重印 3 次，获得了全国"五个一工程"图书奖。在《生命的追问》之前，这个奖项还从没颁发给散文作品。最近，一部长达 30 万字的长篇小说《绝顶》，即将问世。从 1983 年开始，张海迪创作和翻译的作品超过 100 万字。

为了对社会作出更大的贡献，她先后自学了十几种医学专著，同时向有经验的医生请教，学会了针灸等医术，为群众无偿治疗达 1 万多人次。

1983 年，《中国青年报》发表《是颗流星，就要把光留给人间》，张海迪名噪中华，获得两个美誉，一个是"八十年代新雷锋"，一个是"当代保尔"。

张海迪怀着"活着就要做个对社会有益的人"的信念，以保尔为榜样，勇于把自己的光和热献给人民。她以自己的言行，回答了亿万青年非常关心的人生观、价值观问题。邓小平亲笔题词："学习张海迪，做有理想、有道德、有文化、守纪律的共产主义新人！"

挫折是再认识的新起点,张海迪就是这样对待挫折的。在她看来,既然上天没有给她健康的身体,导致她无法像正常人那样生活,那么她完全不必做正常人要做的事,而是一门心思将时间和精力都用在学习和写作上,最终取得了很多正常人都无法取得的成绩。

挫折能教会我们理智,让我们冷静的思考,重新认识和审视过去,正视今天,规划未来。挫折是成功的契机,挫折教我们选择,让我们勇敢地放弃,重新选择。放弃过时的或不适合的,选择适时的、适合的,重新确定自己的方向、目标和道路,争取成功或新的成功。

5岁时,他的父亲突然病逝,没有留下任何财产。母亲外出做工。年幼的他在家照顾弟妹,并学会自己做饭。

12岁时,母亲改嫁,继父对他十分严厉,常在母亲外出时痛打他。

14岁时,他辍学离校,开始了流浪生活。

16岁时,他谎报年龄参加了远征军。因航行途中晕船厉害,被提前遣送回乡。

18岁时,他娶了个媳妇。但只过了几个月,媳妇就变卖了他所有的财产逃回娘家。

20岁时,他当电工、开轮渡,后来又当铁路工人,没有一样工作顺利。

30岁时,他在保险公司从事推销工作,后因奖金问题与老板闹翻而辞职。

31岁时,他自学法律,并在朋友的鼓动下干起了律师行当。一次审案时,竟在法庭上与当事人大打出手。

32岁时,他失业了,生活非常艰难。

35岁时,不幸又一次降临到他的头上。当他开车路过一座大桥时,大桥钢绳断裂。他连人带车跌到河中,身受重伤,无法再干轮胎推销员工作。

40岁时,他在一个镇上开了一家加油站,因挂广告牌把竞争对手打伤,引来一场纠纷。

47岁时,他与第二任妻子离婚,三个孩子深受打击。

61岁时,他竞选参议员,但最后落败。

65岁时,政府修路拆了他刚刚红火的快餐馆,他不得不低价出售了所有设备。

66岁时，为了维持生活，他到各地的小餐馆推销自己掌握的炸鸡技术。

75岁时，他感到力不从心，因此转让了自己创立的品牌和专利。新主人提议给他1万股，作为购买价的一部分，他拒绝了。后来公司股票大涨，他因此失去了成为亿万富翁的机会。

83岁时，他又开了一家快餐店，却因商标专利与人打起了官司。

88岁时，他终于大获成功，全世界都知道了他的名字。

他就是肯德基创始人哈兰·山德士。可以说，他为肯德基付出了毕生的心血和努力，就在他以90岁高龄辞世前不久，每年还要做长达25万英里的旅行，四处推销肯德基炸鸡。他的年龄及财富并没有影响到他对工作的热诚，他仍然孜孜不倦地经营他的事业。

大概没有人能比哈兰·山德士的人生所遇到的挫折更多了，但也正是他所遇到的那些挫折最终孕育出了他最后的成功。

机会就隐藏在挫折中，只要我们不放弃，就一定能够找到它。

成功在失败中绽放

失败当然让人觉得沮丧，但聪明的人却有"起死回生"的能力，能在失败中找到成功的方法。

有一家电台，在激烈的媒体大战中一直是不死不活的，台长用了很多办法还是无济于事，广告收入每况愈下，员工工资都发不出来了。

一天，台长一边听着自己广播的节目，一边思考着对策。这时，新闻节目开始了，这是台长精心策划的一个栏目，为了表现电台迅速反应的特长，他要求记者采访的新闻要现场直播，而不是事先录制后再播放。可听着听着，忽然一个不和谐的声音传了出来，竟然是记者和主持人用方言说闲话的声音！原来主持人在联系外派记者的时候，竟然忘了关掉直播的按钮，他们说的几句闲话就通过电波传了出来。

台长气得大骂，为了电台的生存和发展，他倾注了大量的心血，没想到他们工作还是掉以轻心！这样的失误太严重了，他决定开除那两个人。他忍气吞声地等到节目结束，正要给办公室打电话，忽然电话铃响了。

他抓起话筒，电话是一个听众打来的。那听众激动地说，他原来一直都以为节目是事先录制好的，没想到他们电台的新闻都是现场报道，这样太好了。台长忙说："我们一直都是现场直播，您没有发觉吗？"

那听众说："我是刚才才发觉——听到主持人和记者的闲话之后，我才知道的。"

后来，台长又接到很多听众反馈来的信息，都是称赞电台的直播好的，却没有一个人埋怨主持人和记者的失误。台长很纳闷，因为他搞直播已经搞了两年多了，一直没有一点反应，没想到一个小小的失误才使人们认识到了他的苦心。

经过几天的思索和与听众的交流，台长决定有意地制造一些失误，不但表现了他们的工作，而且还让主持人和记者都以普通人的面目呈现在听众的面前，拉近跟听众的距离。没想到这样一来，听众迅速增多，商家又开始投放广告了，收入也开始蒸蒸日上。

这家电台的台长在刚开始时也是用旧有的眼光来看待员工的这次失误，但幸运的是，他迅速抓住了失误所带来的好处，没有让这次机遇白白溜掉。

我们常说失败是成功之母，就是因为我们可以在失败中学会反思，学会总结经验，这样就会离成功更进一步。

在浙江省鄞县的一个小村里，童第周度过了他的童年。由于家里贫穷，没钱进学校，他只能在家里边做农活，边跟父亲学点文化。但是此时的童第周，心里已经有了一个高远的志向——他立志要考进当时在省内名望极高的宁波效实中学读书。

经过自己的努力，他终于考入了效实中学，成为一个高三插班生。但是他的成绩却是全班倒数第一。看到成绩单，他什么也没说，只是下定决心，一定要把成绩赶上去。他相信，现在的失败没什么，这只能告诉他还有很多地方需要学习，从此他开始了不懈的努力。

有一天夜里，办完事情回学校的陈老师走进校园时，发现昏黄的路灯下有个瘦小的身影，走过去一看，原来是童第周借着路灯在演算习题。

陈老师的心被震了一下，他走上前关切地问："这么晚了，你怎么还没休息？"

童第周看到是陈老师，马上站起来说："我还有好多功课没有赶上，得抓紧时间，我一定不做倒数第一。"

听到童第周这样说，陈老师心里有一种莫名的感动，但他还是让童第周回去休息。童第周听完后收起了课本，但陈老师走了不远发现他又在路灯下看书了。

经过努力，童第周终于在期中考试中考出了令人出乎意料的成绩：他几何得了满分，而各科成绩也达到了 70 分。期末考试他更是考出了全校第一的好成绩。

童第周的进步之快在学校引起了极大的轰动。

就连他的校长也不无感慨地说："我当了这么多年校长，从未见过进步这么快的学生！"用童第周的话说："在效实中学的两个第一，影响了我的一生。从那以后，我相信自己不比别人笨，别人能做到的，我也一定能做到。世上没有天才，天才是用劳动换来的。"

功夫不负有心人，童第周在 1924 年，考入了复旦大学生物系，经过他的努力，临毕业时他已经成为生物系有名的高材生。

1930 年，他到达比利时的首都布鲁塞尔，在欧洲著名的生物学家勃朗歇尔教授的指导下，研究胚胎学。这项研究要做卵细胞膜的剥除手术，是一项难度很大的手术。它要求人在显微镜下把青蛙的卵细胞剥开，由于其卵小膜薄很多人都失败了。

童第周在期间也是遇到很多困难，也经历了很多次失败。但是他每次失败后都会详细地记录下试验的经过，从中找出失败的原因，从而总结出怎样才能更好地剥除。他告诉自己，失败没什么可怕的，每一次的失败都是在告诉自己那种剥除方式不行。

就这样，在经历一个个的失败之后他终于完成了这项实验任务，而他也成为当时唯一能成功完成剥除手术的人，并因此震动了欧洲生物界。就连勃朗歇尔教授也连声称赞他道："童第周真行！中国人真行！"

在失败面前，我们不必自惭形秽，不必觉得低人一等，更不能自暴自弃，我们唯一需要做的，就是要分析自己失败的原因，及时地做出调整，以找对应对的方法。

几乎所有成功人士都有一个共同特点：曾经经历过惨痛的失败，而且后来的成功大多建立在先前失败的经历之上。失败并不可怕，可怕的是不能正确地对待失败。对待失败一般有两种态度：一种是正视失败，从自身找出失败的真正原因，并着力解决这些问题；另一种是强调外部因素，掩盖自身的错误，一辈子不能从失败中走出来。我们要做的，当然是第一种。

有一天，农夫的驴子掉到了枯井里。那可怜的驴子在井里凄惨地叫了好几个小时，农夫在井口急得团团转，就是没办法把它救起来。最后，他断然认定：驴子已经老了，这口枯井也该填起来了，不值得花这么大的精力去救驴子。

农夫把所有的邻居都请来帮他填井。大家抓起铁锹，开始往井里填土。

驴子很快就意识到发生了什么事，起初，它只是在井里恐慌地大声哭叫。不一会儿，令大家都很不解的是，它居然安静下来。几锹土过后，农夫终于忍不住朝井下看，眼前的情景让他惊呆了。

每一铲砸到驴子背上的土，它都作出人意料的处理：迅速地抖落下来，然后狠狠地用脚踩紧。

就这样，没过多久，驴子竟把自己升到了井口。它纵身跳了出来，快步跑开了。在场的每一个人都惊诧不已。

连驴子都知道将埋葬它的土踩着脚下，让其成为自己跃出枯井的垫脚石，我们难道不应该将失败当成成功的垫脚石吗？

永不放弃，青春才能更精彩

"我绝不考虑失败，我的字典里没有放弃、不可能、办不到、没法子、成问题、失败、行不通、没希望、退缩……这类愚蠢的字眼。我要尽量避免绝望，一旦受到它的威胁，立即想方设法向它挑战。我辛勤耕耘，忍受苦楚。我放眼未来，勇往直前，不再理会脚下的障碍。我坚信，沙漠尽头必是绿洲。"这是《羊皮卷》中的一段话，这段话告诉我们，只要我们永不放弃，一定可以到达生命的绿洲！

我们每个人都要有这种永不放弃的精神，失败和挫折从不会让人高兴，但一旦我们学会利用、超越它，它就会为我们做出积极的贡献。

当年，克里斯朵夫·李维因为成功地主演了大片《超人》而蜚声国际影坛，可是正当他在好莱坞红极一时、风光无限之时，一次意外却让他的演艺道路戛然而止。

1995年5月，在一场激烈的马术比赛中，他意外地摔了个"倒栽葱"，从此成了一个永远只能坐在轮椅上的高位截瘫者。当他从昏迷中苏醒过来时，对家人说出的第一句话便是："让我早日解脱吧！"

出院后，家人为了让他散散心，便推着轮椅上的他外出旅行。

有一次，小车穿行在落基山脉蜿蜒曲折的盘山公路上。他静静地望着窗外，发现山路弯弯、峰回路转，"前方转弯"几个大字一次次地冲击着眼球，渐渐叩醒了他的心扉：原来，不是路已到了尽头，而是该转弯了。他恍然大悟，冲着妻子大喊一声："我要回去，我还有路要走！"

从此，他以轮椅代步，当起了导演。他首次执导的影片就荣获了金球奖；他还用牙咬笔，开始了艰难的写作，他的第一部书《依然是我》一问世，就进入了畅销书排行榜，并且获得了文学奖；与此同时，他创立了一所瘫痪病人教育资源中心，并当选为全身瘫痪协会理事长；他还四处奔走，举办演讲会，为残障人的福利事业筹募善款，成了一个著名的社会活动家。

比起重复过去的成功来，失败是个更好的老师。只要我们动脑解剖失败，从失败中挖掘教益，拥有积极的心态，那么我们就能更快地从失败中走出来。

面对挫折和失败，唯有乐观积极的心态，才是正确的选择。当我们始终都保持着乐观的心态时，会发现不管面对多么糟糕的状况，我们都能坚持下来，而不会感到烦恼和绝望。

在美国颇负盛名、人称传奇教练的伍登，在全美12年的篮球年赛当中，替加州大学洛杉矶分校赢得10次全国总冠军。如此辉煌的成绩，使伍登成为大家公认有史以来最称职的篮球教练之一。

曾经有记者问他："伍登教练，请问你是如何保持这种积极的心态？"

伍登很愉快地回答:"每天我在睡觉以前,都会提起精神告诉自己:我今天的表现非常好,而且明天的表现会更好。"

"就只有这么简短的一句话吗?"记者有些不敢相信。

伍登坚定地回答:"简短的一句话?这句话我可是坚持了20年!重点和简短与否没关系,关键是在于你有没有持续去做,如果无法持之以恒,就算是长篇大论也没有帮助。"

伍登的积极超乎常人,不单只是对篮球的执著,对于其他的生活细节也保持这种精神。例如有一次他与朋友开车到市中心,面对拥挤的车潮,朋友感到不满,继而频频抱怨,但伍登却欣喜地说:"这里真是个热闹的城市。"

朋友好奇地问:"为什么你的想法总是异于常人?"

伍登回答说:"一点都不奇怪,我是用心里所想的事情来看待,不管是悲是喜,我的生活中永远都充满机会,这些机会的出现不会因为我的悲或喜而改变,只要不断地让自己保持积极的心态,我就可以掌握机会,激发更多的潜在力量。"

一个人想干成任何大事,乐观的心态和永不放弃的精神是必不可少的。一个人克服一点儿困难也许并不难,难得是能够持之以恒地做下去,直到最后成功。

王军原是某珍珠养殖场副场长,但天有不测风云,养殖场由于经营不善而倒闭,他也因此失业了。失业后的他在大城市也做过很多不同的工作,但始终找不到自己的位置。为此,倔强的他决定回农村老家养殖珍珠,当个养殖专业户。

王军卖掉了城里的房子,又跟亲朋好友借了不少钱,筹措了160多万元回到了农村老家。但回去后看到荒凉的凹地和周边糟糕的环境,他的心一下子凉了半截,这里的养殖环境根本没法和城里比,要在荒地上开挖出一个养殖池塘更是"天方夜谭"。回城?还是留下?辗转了一夜,最后王军决定在乡下背水一战。

不顾家人反对,王军第二天就从找来了4台推土机,加上热情村民的帮忙,他们用了3个多月把200多亩荒地推平,并挖出了鱼塘……那一刻,王军和村民在塘边欢呼雀跃,村领导也被深深地感动了,当即与王军签下了30年的土地租赁合同。创业开头难,这第一个坎终于被王军跨过去了。

虽然创业的第一个坎迈了过去,但王军丝毫不敢懈怠,因为挑战接踵而至。

王军踌躇满志地投下数十万元买来蚌养殖珍珠,可是周边的动物粪便污染了池塘的水,几万只珍珠蚌全部死掉,一次性损失高达20万元。痛定思痛,王军意识到:单一的珍珠养殖不仅风险大,收获周期也很长,把容易养殖售卖的水产品和珍珠混养,不就可以形成良好的生物链、提高单位养殖效益、规避市场风险了吗?王军又来了劲,索性用家里的房子到银行办了抵押贷款,用数十万元的贷款再买水产品养殖。

但这样的好日子也没过多久,因为遇到非典,王军养殖的水产品无法售出,损失惨重。尽管如此,王军还是没有放弃,他相信天无绝人之路。

机遇总是垂青有准备的人。非典之后,正逢双休日垂钓热,越来越多的钓鱼爱好者找上门来垂钓。王军觉得把水产养殖和休闲渔业结合起来发展,肯定有巨大的市场。于是,他拿出了所有积蓄,在塘边搭建了两幢平房,为垂钓者提供休息、进餐场所。

皇天不负有心人,王军通过垂钓中心一年能获得几十万元的纯收入,这样不管市场行情怎么变,这部分收入都能补贴养殖业,可以把养珍珠的风险降到最低,还解决了一些农民的就业问题。

经过几年的发展,王军决定办一个集"垂钓、餐饮、桑拿、珍珠采集、农活体验、住宿接待"为一体的"珍珠旅游度假村"。他相信,只要努力,只要不放弃,就一定能闯出属于自己的一片天。

面对接二连三的打击,如果我们不放弃,那么一次危机就是一次挑战、一次机遇,只要我们奋力一搏,就有可能创造超越自我的奇迹。

我们作为年轻人,更应具有迎接失败的心理准备。世界充满了成功的机遇,也充满了失败的可能。所以要不断提高自己应对挫折与干扰的能力,调整自己,增强社会适应能力,坚信失败乃成功之母。若每次失败之后都有所"领悟",把每一次失败当作成功的前奏,那么就能化消极为积极,变自卑为自信。要记住,面对失败,永不放弃才能让我们的青春更加精彩!

第八章 青春的本色是勇敢与无畏

青春是追求梦想最好的年纪,因为青春的本色就是勇敢与无畏。尽管我们尚显稚嫩,尽管我们想法略为天真,尽管我们行动有些许莽撞,但那有什么关系呢? 只要我们仍然是勇敢的,是无畏的,就应该去追寻自己的梦想。

勇敢迈出那一步

一位某公司的人事主管和朋友聊起应聘的话题,说自己最痛心的是很多年轻人不相信自己,对自己的能力一点信心也没有,主动放弃了很多机会。

这位人事主管见到的最多的是初入社会的一点社会经验都没有的年轻人,虽然很多人怀揣本科甚至是硕士文凭、学位,但是在他这个业余大学毕业的考官面前,总是露出一种底气不足的样子,许多机会不是他不愿给,而是他们自己放弃了。

有一次,一位本科生来应聘,看了他的简历后,这位主管对他很感兴趣,在心里已经给他打了70分了,只是接下来的谈话出了问题。

他很随意地问应聘者:"对这份工作喜不喜爱?"

他原以为这样轻松的谈话氛围会让初出茅庐的应聘者放松下来,没想到应聘者犹豫了一下说:"我会慢慢喜欢上这份工作的。"

他警觉起来,追问道:"这么说,这份工作对你来说并不是太理想?"

应聘者点了点头说:"没办法,我学的专业面太窄,不容易找到对口的工作,您知道,所学非所用是件令人痛苦的事。"

哪家公司都不愿意录用一个将本公司当跳板的应聘者,这位人事主管想放弃他,但是,他从这位青年的简历中看到他来自一个极贫困的山区,心想一个穷山僻壤的小山村能出这么一个人才实属不易,还是决定再给那个青年一个机会。

于是,他不动声色地说:"你先回去好吗? 一周内我们会做出决定,你可以打电话来问结果。"

那个青年站起来,向门口走去。

这位人事主管见应聘者竟没向自己要电话号码,有些失望。当那个青年将要走出门去时,他终于忍不住叫住他,把电话号码抄给他说:"你可以打这个电话,我随时都在。"

那个青年接过纸条看也没看,塞进口袋,转身默默地走了。

这位人事主管想,只要他打电话来,我就录用他。

但是,他等了好久,那个青年也没有给他打电话。

故事中的应聘者因为不相信自己能赢得面试官的青睐而放弃了这次机会,尽管面试官已经给了他种种暗示,但他还是没能领会对方的意思。

当我们在慨叹这名应聘者的迟钝时,想一想自己有没有在面试中犯过这类错误呢? 相信很多人都有过这样的经历,因为我们不相信自己,在潜意识中已经放弃了自己,所以不管别人如何暗示,都不能心领神会。

有时候,不是别人要放弃你,而是你自己放弃了自己。很多机会都是自己给予的,向前走一步,就可以撞个花香满怀,让我们勇敢迈出那一步吧!

你的嘲笑是我的动力

年轻时的我们尽管勇敢,尽管无畏,但自尊心超强的我们也会脆弱,尤其是面对别人嘲笑的时候,恨不得找个地缝钻进去。但是,有哪个年轻人没有面对过别人的嘲笑呢?

当我们的学习退步了时,当我们喜滋滋着穿上新衣服得到的却是别人的冷眼时,当我们引以为豪的事情被别人嗤之以鼻时……别人的冷嘲热讽像暮秋的一场冷雨,落在身上,让我们毛骨悚然。

我们别人嘲笑自己,却又喜欢对别人评头论足。所以,不要害怕别人的嘲笑,这都是很正常的事情,与其被别人的嘲笑羞得抬不起头来,不如让这些嘲笑变成自己前进的动力,努力让自己变得更加完美。

马尼尔·托雷斯是西班牙马德里市一家摩托车厂的普通喷漆工。三年前的一天，马尼尔正在车间里给摩托车外壳喷漆，厂长在巡视时见他工作挺认真就夸了他几句，马尼尔竟然连喷嘴都没有关就转过身去，红色的油漆刹那间喷到了厂长的白衬衫上，厂长被弄得哭笑不得，尴尬地走了。同事们便纷纷嘲笑马尼尔真是个蠢蛋。

本来事情应该就这样过去了，可在一个月后，又发生了一个小小的意外。那次厂里举办一个庆典活动，建议员工都带着自己的爱人参加。他陪着妻子走遍大半个马德里，终于挑到一件最满意的外套。然而到参加聚会时才发现，一位女性车间主任的着装竟然和马尼尔的妻子一模一样。主任瞟了几眼马尼尔的妻子，对马尼尔说："你不是会喷衣服吗？为什么不给你妻子喷一件独一无二的衣服呢？"这番话惹得同事们再一次哈哈大笑起来。

马尼尔和妻子羞愧得说不出话来，无趣地离开了。路上，马尼尔咀嚼着车间主任的话，突然灵光一闪：如果真能发明一种"喷罐面料"，会怎么样？第二天，马尼尔来工厂辞职，说："是我的那件蠢事给了我灵感，我要回家研究用喷漆的方式制作衣服！"

"你要研究用喷漆的方式制作衣服？这简直太荒谬了！"厂长被他这个主意逗得前俯后仰，但马尼尔去意已决，他也只能批准了。

辞职后，马尼尔把大量时间都用来查阅各类资料和书籍，生活的担子全落在了妻子一个人肩上，这让妻子非常不满，时常发牢骚说他已经被同事们笑傻了。但马尼尔并不介意，他依旧继续着自己的研究，并且开始频繁拜访许多大学的化学教授和时装设计师，希望能发明出一种速干、廉价的无纺布料，做出像皮肤一样合身而且绝对不会雷同的衣服。

两年来，马尼尔尝试着把棉纤维、塑胶聚合物和可溶解化学成分的溶剂组合在一起，终于发明出不需一针一线编织或缝合也能结合在一起的面料。又经过半年多的研究和实验，马尼尔从天然纤维到合成纤维，从基色到荧光色，研发出了花样繁多的面料。

马尼尔请来一位模特带上护目镜，将喷嘴对准她身体轻轻一喷，一件纯白色T恤就穿在了模特身上，而如果担心纯白T恤略显过时，还可以给T恤喷上其他颜色，让它变得吸引眼球。当然，喷好的衣服也能脱下来清洗，再次穿到身上。除了T恤，马尼尔还充分发挥想象力，喷制出连衣裙、裤子、泳装或者帽子等，再也不必担心衣服不合身或者"撞衫"。甚至，当人们厌倦某种设计后，还可以把面料再次溶解，然后重新做成别的款式。

2010年9月，马尼尔向政府申请了专利，并成立"喷罐面料有限公司"和研究团队，致力于科技和设计的交叉学科研究，时装界更是把这种"喷罐制衣"称作是面料与时装界的"奇迹"，争先恐后与他签订长期合作协议。

"如果说这是一个奇迹，那就是一个被嘲笑出来的奇迹，我感谢曾经嘲笑我的每一个人！"在9月23日的产品发布会上，马尼尔这样说。

别人的嘲笑自然会令自己心里极其不舒服，但也未尝不能变成激励自己的原动力。如果我们把受嘲之耻化为发愤之勇，变短为长，那么说不定还会创造出更加辉煌的事业来。

阿强的中考成绩不是太理想，就不想继续读书了。父母为了供他和弟妹读书，也已经把这个家掏空了。阿强觉得自己也该出去闯闯了，他先跟村里的堂叔学泥瓦匠。两年后，也就是阿强十八岁那年，跟村里的好朋友阿来去了省城。

外面的世界原来这么大，这是阿强来省城的第一感觉。由于没有见过什么世面，在工地上打工的阿强经常被别人取笑，那些资历深的老手甚至根本看不起他，时常支使他做些杂七杂八的活。也许是工作太辛苦，他们想要通过某种方法来轻松一下，于是阿强就成了他们逗乐的对象。

一天，老林郑重的对阿强说："工头叫你去买个东西。"然后他像变戏法一样从身后拿出一种阿强从没见过的带有外国字的盒子，叫他按这样子去买。阿强没多想，立即就去了，但跑遍全市也没买到。刚到工地，就看到工头一脸铁青地看着自己。阿强把盒子交给他，说买不到这种黏合剂，工头抢过盒子顺手甩在地上，冷冷地说：

"扯淡，下次说谎用点实在的方法。这种黏合剂是从国外进口的，市场上根本没有卖。"

听工头这么一咆哮，阿强呆住了，跟着听到一阵狂笑声，一看，是老林他们，这才知道原来自己成了他们戏耍的对象！

因为这件事，工头扣了阿强一天的工资。但最委屈的并不是这个，阿强突然感觉，这里好冷漠，这样的打击，让他非常没有安全感。阿强好想找个没有人的地方,大哭一场。

睡觉的时间到了,但是他怎么也睡不着,想到自己打工这些日子来受到的委屈,他的眼泪就不争气地掉下来。他索性拿起口琴在月光下吹了起来。哀怨的琴声让他很快就忘了现实,沉醉在其中。

但没想到自己竟然被人骂了一顿,老林粗声粗气地喊道:"深更半夜吹个啥,还让不让人睡觉!"骂都骂了他还觉得不过瘾,跑过来一把夺走阿强的口琴扔到了楼下。

从那一刻开始,阿强的心彻底死了。他想都没想就离开厂这个工地,拿着好朋友阿来借给自己的 200 块钱,他去了城东的劳务市场,想要谋一份新职业。

但那里的人几乎都像他一样没有一技之长,因此几乎无人问津。正当他干着急时,一个衣着时髦的太太上来了,看她只往砖工那看,阿强便凑了过去推荐自己,这位阔太太答应了。

原来这位太太是想把卫生间重新装修一次。可看着那崭新的卫生间,阿强顿时目瞪口呆起来。原来卫生间的东西还是全新的,想到有钱人家都这么浪费,他怎么也舍不得下手:"这些洁具根本就是全新的,这得多少钱啊?"

太太笑着说:"如果你能完整地拆下来就送给你吧。但是半个月之内你一定要按照这个图纸给我弄好。"她拿出一张设计图纸交给阿强。

这对阿强来说根本就不是问题。很快,阿强就按照图纸装好了一间全新的卫生间。那位太太很满意,阿强也很满意,阿强将那套完整拆下来的洁具卖了三千多块钱,但他只收了其中一部分作为自己的工资,别的都还给了那位太太。

因为这个举动,这位太太对阿强刮目相看,遂将别墅全部的装修工作都交给了阿强。

也就是从那个时候开始,阿强的事业上了一个台阶。他不断地接装修的活,还注册了一家公司,专门给人装修别墅。

可见,嘲笑并不是人生的绊脚石。相反,它们会成为人生的催化剂,会促使我们更加努力,勇往直前。因此,当有人嘲笑我们的时候,我们非但不能痛恨对方,反而必须抱着感恩的心情来感谢这个嘲笑你的人。谢谢他们唤醒沉睡中的我们,激发了我们昂扬的斗志,使我们一步步走向成功。

树木在刚成长起来的时候如果不经过修剪，就无法长成一棵参天大树，人也一样，如果年轻时不经历打击和历练，那么将来是无法有一番成就的。面对别人的嘲笑，我们要做的是漂亮地站起来，让别人的嘲笑成为自己努力的动力！

鄙视有什么可怕

《孟子·尽心上》说"知耻而为人，知耻而后勇"，但不少年轻人却不懂得这个道理，面对别人的鄙视，心中只有愤怒和羞愧。让我们来看看那些曾经受到鄙视，而后来有所成就的人的例子吧！

一个22岁的年轻人在订婚那天遭到了巨大的羞耻，当年轻人沉浸在亲戚朋友的祝福声中时他的女朋友却牵着另一位年轻小伙儿的手对他说："对不起，我觉得，我们在一起不会幸福。"正沉浸在幸福中的他呆若木鸡，在亲戚朋友诧异的目光中他想找个地缝钻进去。

整个小镇都知道了他的事，在订婚的良辰吉日却被心爱的女孩抛弃。这是何等的羞辱。年轻人决定逃离这个让他觉得生活在羞辱中的小镇。于是，在一个黑夜，年轻人离开了小镇，开始流浪生涯，从家乡瑞士到德国，又从德国到了法国。他发誓将来一定要风风光光地回到家乡，找回自己丢失的尊严。

再回到家乡已经是30年后的事情，当年负气出走的年轻人已经鬓角发白。但是这个时候，他已经成为伟大的文学家和思想家了。他的著作《忏悔录》、《社会契约论》、《爱弥儿》在欧洲引起了巨大的反响，他的名字叫卢梭，享誉欧洲。

屈辱，可以成为泯灭一个人理想之火的冰水，也可以成为鞭策一个人发愤成功的动力。要知道受屈辱是坏事，但也能变成好事。

历史上的韩信被称为"西汉三杰"，但是他最初只是一个无业游民。韩信从小家境贫寒，而且读书很少，缺乏必要的道德修养，加上他不会做买卖养活自己,所以只能跟着别人吃闲饭。

有一次,韩信到城边的河岸钓鱼,半天也没钓上一条,饥肠辘辘的他只能喝水充饥。一位在水边洗衣服的妇人看他可怜,就施舍给他饭吃。韩信感激地对妇人说:"将来一定会报答你。"女人听了却说:"男子汉大丈夫连自己都养活不起,难道还会想着报答别人吗?真是太可笑了。"

一个堂堂男子汉,被一个女人这样鄙视,没有比这更让人感觉耻辱的事情了。从那一刻开始,韩信树立了坚定的信念,一定要有所作为。

"大丈夫能屈能伸",是一条千古不变的处世古训,多少风云人物英雄豪杰都因能屈能伸而叱咤风云,所向披靡。韩信还曾受过胯下之辱,而越王勾践忍受过吴国的羞辱,张良忍受过纳履之窘,高祖忍受过百败之气……这些历史上的名人哪个曾经没有受到过别人的鄙视?我们现在所受到的鄙视难道比他们曾经受过的鄙视还要多、还要残忍吗?

《尚书》中也说:"必须有忍,才能有益。"被别人鄙视并没什么可怕,关键是自己能不能将鄙视变成鞭策自己前进的动力,不要说自己没有伟人的胸怀和毅力,我们再来看一下普通人被鄙视后是如何做的。

1988年,王明东出生在彭水县龙溪乡漆树村。虽然生下来就是脑瘫儿,但他因为喜欢足球,在初中时被选进重庆残疾人足球锦标赛脑瘫组,并于2004年随队参加全国残疾人足球锦标赛,获得了银牌。

获奖唤起了王明东对生活的信心,正当他决定在足球上寻找自己的人生价值时,不料遇到球队整编,因身高不能达标,只能无奈离开了心爱的足球场。巨大的失落感笼罩着他,而之后被职业高中拒收的打击更是令他一蹶不振,甚至想到了自杀。

2006年,王明东的妈妈患上肾炎综合征,同时还有子宫肌瘤和严重腰椎肩盘突出。妈妈的病拖垮了这个家,不仅花光了家中的积蓄,还欠了不少外债。

妈妈患病,爸爸外出打工,妹妹还在读书,王明东一下子成了家里的男子汉。当他意识到这一点的时候,终于有了一点继续活下去的勇气。

一天晚上,妈妈突然发病,被紧急送往医院。第二天,王明东从医院回来去借钱。从下午到晚上11点了,他只借到400元钱,而借给他钱的那个村民将钱丢给他时,轻蔑地说:"肉包子打狗!你这个'残废',拿什么还给我。"

王明东第一次感到屈辱，他拿起钱什么也没说，流着泪默默走出别人家门："我一定不能再像以前那样，让人看不起，不能再让人指着鼻子骂我'残废'。"他第一次审视自己虚度的十多年光阴，品味父母对自己的爱。他对妈妈说，一定要凭自己的本事挣钱治好她的病。

　　等妈妈病稍好后，王明东跟着父亲到浙江去找工作，但没有一家单位肯要他。他决定回家养鸡，但因为没有技术，先后买的几百只鸡都死了。他又买来300只鸭子，这次存活了50多只。眼看鸭子长大了，他联系到黔江一买主，就租摩托载着这些鸭子去送货。可到黔江后，对方变卦不要了，他只得将鸭子运回来。这一折腾，鸭子全死了。

　　王明东简直要绝望了，可一想到那晚为借那400元钱所受到的侮辱，他告诉自己不能气馁。

　　第二年，他又开始种西瓜，并收获了1000公斤。那年夏天，他每天艰难地用背篼背着西瓜，到一公里外的高速路工地上去卖。终于，他挣到了自己人生中的第一桶金，卖西瓜赚了1200元钱。

　　后来，他又买了1500只土鸡，并到邻村一养鸡专业户学养殖技术，这次存活了1200只，是他自主创业以来最成功的一次。

　　尽管王明东经历了许多磨难，但他现在已经不再消沉，而是相信只要努力，生活就一定会越来越好。

　　鄙视具有反作用驱动力，作为一种精神上的压迫，它像一根鞭子，鞭策你鼓足勇气，奋然前行。如果我们能好好利用，鄙视就会变成我们的精神能量源，还能唤醒我们沉睡的自尊心。

　　卡哈生于西班牙的一个乡村，早年顽劣不堪。父亲以行医为业，只顾给乡亲们解除病痛，却疏于管教自己的孩子。一次卡哈行为不轨，被警察拘留五天，父亲感到丢尽颜面，狠狠毒打了他一顿。没过多久，卡哈又因骚扰女同学被学校除名，可想而知，父亲知道这件事情的后果。

　　慑于父亲的威严，卡哈不敢回家，只好跟随一位修鞋匠远走他乡。在外浪荡了一年，也没混出个人样来，卡哈萌生了回家的念头。不料到家一看，父亲已不在人世，显然是被他气死了。母亲带病给人做劳役，过着苦不堪言的日子。可是，经历了这些变故和刺激，卡哈并没有迷途知返，还是一副玩世不恭的样子。

即使是冥顽不化的人，心中也有自己的所爱。情窦初开的卡哈悄悄喜欢上邻居的一位女儿，渴望和她在一起，幻想着与她共坠爱河。一天她正同别人聊天，卡哈故意从她面前走过，期待引起她的注意。出乎意料的是，对方根本就没把他放在眼里，还充满鄙夷地数落说："玩世不恭的人都是懦夫！"

一句带刺的逆耳之言，出自梦中情人之口，对卡哈来说不啻一枚重磅炸弹。一连好几天，他吃不下饭睡不着觉，头脑中一片空白。如同从噩梦中猛然惊醒，他开始反省自己，重新审视自己。从深切的痛苦中他领悟到，要改变自己的形象，必须先改变生活的态度。他庄重地向母亲表示，自己渴望继续读书，将来要仿效父亲做个好医生。

经过刻苦努力，卡哈终于以全校第一的成绩考上萨拉格萨大学，成为一名贫寒免费生。年仅25岁，他就被母校聘为首席解剖学教授。后来在探索的道路上，他揭示了人脑的神经结构，被誉为脑神经医学的鼻祖。此外，他还为世界奉献了《卡哈医典》，并于1906年获得诺贝尔医学奖。

无法坦然接受别人的鄙视是人的一种正常的反应，但对于聪明的人而言，鄙视是鞭策其前进的动力；对于进取者而言，鄙视是一笔巨大的财富；对于有志气的人而言，鄙视是一座进步的阶梯……

所以，鄙视没什么可怕的，青春的本色就是勇敢与无畏。当鄙视来临时，我们会把愤怒藏在心里，然后会产生惊人的力量，使自己沉着前进，奋斗到底。

第九章 责任，让青春更厚重

青春是人生中最美的一段时光，因为这是我们最好的年华，可以哭，可以笑，可以肆意张扬，可以做任何我们想做的事情。但我们却忘记了，我们已经长大，到了自己为自己人生负责的年纪，不能再事事让师长帮我们承担责任。青春，如果少了责任，便不会厚重，尽管依旧美好，却充斥着轻浮。

责任远比你想象中要重要

当我们在肆意挥霍自己的青春时光时，从未想起过"责任"二字，似乎责任离我们还很远很远。但实际上，责任比我们想象中要重要的多。

动物园里有3只狼，是一家三口。这3只狼一直是由动物园饲养的，为了恢复狼的野性，动物园决定将它们送到森林里，任其自然生长。首先被放回的是那只身体强壮的狼父亲，动物园的管理员认为，它的生存能力应该比剩下的两只强一些。

过了些日子，动物园的管理员发现，狼父亲经常徘徊在动物园的附近，而且看起来像是很饿的样子，无精打采的。但是，动物园并没有收留它，而是将幼狼放了出去。

幼狼被放出去之后，动物园的管理者发现，狼父亲很少回来了。偶尔带着幼狼回来几次，它的身体好像比以前强壮多了，幼狼也不像是挨饿的样子。看来，公狼把幼狼照顾得很好，而且自己过得也很好。看来为了照顾幼狼，狼父亲必须得捕到食物，否则，幼狼就会挨饿。管理员决定把剩下的那只母狼也放出去。

这只母狼被放出去之后，这3只狼再也没有回来过。动物园的管理员想，这一家三口看来是在森林里生活得不错。后来，管理员解释了这3只狼为什么能重返大自然生活。

"公狼有照顾幼狼的责任,尽管这是一种本能,正是这种责任让他俩生活得好一些。母狼被放出去后,公狼和母狼共同有照顾幼狼的责任,而且公狼和母狼还需要互相照顾。这3只狼互相照顾,才能够重回自然,重新开始生活。"

其实人和动物一样,一旦拥有了责任,能力将得到大幅度的提升。一个人,水平有高低,能力有大小,但是实际上每个人都潜能无限,好似一座亟待开发的宝藏。责任意识在一个人能力发挥的问题上起着关键性的作用,在学习上很多人会忽略责任的作用,但在工作上,责任的强弱却能非常明显地体现出来。

有两个要好的伙伴同时受雇于一家超级市场,开始时大家都一样,从最底层干起。可不久其中的一个受到总经理的青睐,一再被提升,从领班一直到部门经理。而另外一个却像是被遗忘了一般,还在最底层混。终于有一天这个被遗忘的人忍无可忍,向总经理提出辞呈,并痛斥总经理偏心——辛勤工作的人不被提拔,那些吹牛拍马的人却步步高升。

总经理耐心地听着,他了解这个小伙子,工作肯吃苦,但似乎缺了点儿什么,究竟缺什么呢?三言两语还说不清楚……他忽然有了个主意。

"小伙子,"总经理说,"你马上到集市上去,看看今天有什么卖的。"这个人很快从集市上回来说,集市上只有一个农民拉了车土豆在卖。

"一车大约有多少袋,多少斤?"

他又跑去,回来后说有40袋。

"价格是多少?"总经理问。他再次跑到集市上。总经理望着跑得气喘吁吁的他说:"请休息一会儿吧,我们来看看你的朋友用同样的时间里会做些什么。"说完叫来另一个小伙子,说:"你马上到集市上去,看看今天有什么卖的。"

小伙子很快从集市上回来了,汇报说到现在为止只有一个农民在卖土豆,有40袋,价格适中,质量很好,他还带回几个让总经理看。这个农民一会儿还将弄几箱西红柿上市,据说价格还算公道。他想这种价格的西红柿总经理大概会要,所以他带回来几个西红柿作样品。

总经理看了一眼旁边红了脸的小伙子,说:"这就是你的朋友得到晋升的原因。"

　　这是一个流传很广的故事,得到晋升的小伙子之所以能得到老板的赏识,是因为他高度的责任心让他替老板想了很多事情,而不是事事都要老板来交代了才去做。

　　一个人责任感的高低,决定了他工作绩效的高低。当你的上司因为你的工作很差劲批评你的时候,你首先问问自己,是否为这份工作付出了很多,是不是一直以高度的责任感来对待这份工作?

　　千万别忽视自己所做的每一项工作,即便是最普通的工作,哪怕是最细微的环节都值得你去做,值得你恪尽职守、尽职尽责、认真地完成。小任务负起责任利于你对大任务成竹在胸。脚踏实地向上攀登,便不会轻易跌落,通过认真工作你就不会再有无所适从的感觉。

　　莉莉在一家公司做助理,她的工作就是整理、撰写和打印一些材料。很多人都认为莉莉的工作单调而乏味,但她却不觉得,她总是说:"检验工作的唯一标准就是你做得好不好,而不是别的。"

　　于是,莉莉除了每天必做的工作之外,她还细心地搜集一些资料,甚至是很多过期的资料,她把这些资料整理分类,然后进行分析,写出建议。为此,她还查询了很多有关经营方面的书籍。

　　最后,她把打印好的分析结果和有关证明资料一并交给了老板。老板起初并没有在意,一次偶然的机会,他读到了莉莉的这份建议。老板非常吃惊,这个年轻的助理居然有这样缜密的心思,而且她的分析井井有条,细致入微。后来,莉莉的建议中很多条都被采纳了。

　　老板很欣慰,他觉得有这样的员工是他的骄傲。当然,莉莉也得到了老板的奖励并被委以重任。莉莉觉得没必要这样,因为,她觉得她只比正常的工作多做了一点点。但是,老板却觉得她为公司做了很多很多……

　　责任不是一个甜美的字眼,而是具有岩石般的冷峻。当我们的心中有了责任二字时,就意味着肩膀上要承担更多的责任,而承担责任往往又意味着要承担某些对自己不利的后果。

　　在现实生活中,遇到对自己不利的事情,很多人总是在千方百计寻找借口推卸责任,他们在糟糕的状况面前首先想到的不是如何走过去,共渡难关,而是把烂摊子丢给别人或者在别人想办法的时候伺机溜之大吉。但事实总会证明,这样的人也最容易失去成功的机会。

一家外贸公司招聘一名部门经理,经过几番激烈的考试后,最后留下三个人。面试地点在总经理办公室。总经理并没有问他们关于业务方面的问题,只是带领他们参观他的办公室。最后,总经理指着一张茶几上的花盆对他们说,这是他最好的朋友送的,代表着他们的友谊。就在这时,秘书走进来告诉总经理,说外面有点事情请他去一下。总经理笑着对三人说:"麻烦你们帮我把这张茶几挪到那边的角落去,我出去一下马上回来。"说完,就随着秘书走了出去。

既然总经理有吩咐,这也是表现自己的一个机会。三人便连忙行动起来,茶几很沉,须三人合力才能移得动。当三人把茶几小心翼翼地抬到总经理指定的位置放下时,那个茶几不知怎么折断了一只脚,茶几一倾斜,上面放着的花盆便滑落了下来,在地上裂成了几块。

三人看着这突如其来的事情都惊呆了。就在他们目瞪口呆的时候,总经理回来了。看到发生的一切,总经理显得非常愤怒,咆哮着对他们吼道:"你们知道你们干了什么事,这花盆你们赔得起吗?"

第一个应聘者似乎不为总经理的强硬态度所压倒,说:"这不关我们的事,我们不是你们公司的员工,是你自己叫我们搬茶几的。"他用不屑一顾的眼神看着总经理。

第二个应聘者却讨好地说:"我看这事应该找那茶几的生产商去,生产出质量这么差的茶几,这花盆坏了应该叫他赔!"

总经理把目光移到了第三个应聘者的身上。第三个应聘者并没有像前两位那样,而是对总经理说:"这的确是我们搬茶几时不小心弄坏的。如果我们移动茶几时小心一点,那花盆应该是没事的。"

还没等他把话说完,总经理的脸已由阴转晴,脸上露出一丝笑容,握住他的手说:"一个能为自己过失负责的人,肯定是一个值得信任的人,你一定能得到大家的尊敬,我们需要你这样优秀品质的员工。"

敢于承担责任是一个人优秀的品质,领导重视员工的工作能力,但更重视员工的责任心强度。一个毫无责任心可言的人，能力再强，其成绩也终归有限。只有富于责任心的人，才能使自己的能力发挥到极致。

一个缺乏责任感的人，首先失去的是社会对自己的基本的认可，其次失去的是别人对自己的信任与尊重。只有承担责任的人，才有可能被赋予更多的使命，才有资格获得更大的荣誉。

青春拒绝借口

三只老鼠一起去偷油喝。费了半天劲好不容易找到了一个油瓶，三只老鼠很高兴，就商量由一只踩着一只的肩膀，轮流上去喝油。于是三只老鼠开始叠罗汉，当最后一只老鼠刚刚爬到另外两只的肩膀上，不知什么原因油瓶倒了，惊动了人。三只老鼠吓得赶紧逃跑了。回到老鼠窝，大家开会讨论为什么会失败。

最上面的老鼠说："我没有喝到油，是因为中间的老鼠抖了一下才使我推倒了油瓶。"中间的老鼠说："我是感觉我下面的老鼠抽搐了一下，我才抖动了一下。"最下面的老鼠说："对，对，我因为好像听见门外有猫的叫声，所以抖了一下。"

看到这个故事很多人会觉得很可笑，但在工作中，我们常常碰到这样的人：找各种理由推掉本该由他完成的工作，出了问题就找各中借口推卸责任，搪塞问责。

这样的人和故事中的三只老鼠又有什么区别呢？

很多年轻人认为自己正处在最好的青春时光，有大把大把的时间可以挥霍，平时遇到事情找点借口无所谓。但是，人一旦养成找借口的习惯，不管是在工作中还是在生活中，都会拖拖拉拉，没有效率，做起事来就往往不诚实，而且这样的坏习惯并不容易改正。而这样的人不可能赢得别人的好感，也不可能拥有完美的成功人生。

麦克是公司里的一位老员工了，以前专门负责跑业务，深得上司的器重。

只是有一次，他手里的一笔业务让别人捷足先登抢走了，造成了一定的损失。事后，他很合情合理地解释了失去这笔业务的原因。那是因为他的腿伤发作，比竞争对手迟到半个钟头。以后，每当公司要他出去联系有点棘手的业务时，他总是以他的脚不行，不能胜任这项工作作为借口而推诿。

麦克的一只脚有点轻微的跛，那是一次出差途中出了车祸引起的，留下了一点后遗症，根本不影响他的形象，也不影响他的工作。如果不仔细看，是看不出来的。

第一次，上司比较理解他，原谅了他。麦克好不得意，他知道这是一宗费力不讨好比较难办的业务，他庆幸自己的明智，如果没办好，那多丢面子。

但如果有比较好揽的业务时，他又跑到上司面前，说脚不行，要求在业务方面有所照顾。如此种种，他大部分的时间和精力都花在如何寻找更合理的借口身上。碰到难办的业务能推就推，好办的差事能争就争。时间一长，他的业务成绩直线下滑，没有完成任务他就怪他的腿不争气。总之，他现在已习惯因脚的问题在公司里可以迟到，可以早退，甚至工作餐时，他还可以喝酒，因为喝点可以让他的腿舒服些。

有谁愿意要这样一个时时刻刻找借口的员工呢？

忍无可忍之下，老板终于把麦克炒掉了。

在找借口形成习惯的过程中，在工作中学会大量解决问题的技巧也就慢慢退化了，最终，这个爱找借口的人也就真成了像他借口中说的那样一个无用的人了。一个无用的人，怎么可能成功呢？

千万别找借口，在现实生活中，我们缺少的正是那种想尽办法去完成任务，而不是去寻找借口的人。在他们身上，体现出一种服从，诚实的态度，一种负责，敬业的精神，一种完美的执行能力。

约翰和戴维是新到速递公司的两名员工。他俩是工作搭档，工作一直都很认真，也很卖力。上司对这两名新员工也都很满意，然而一件事却改变了两个人的命运。

一次，约翰和戴维负责把一件大宗邮件送到码头。这个邮件很贵重，是一个古董，上司反复叮嘱他们要小心。没想到，送货车开到半路却坏了。戴维说："怎么办，你出门之前怎么不把车检查一下，如果不按规定时间送到，我们要被扣奖金的。"

约翰说："我的力气大，我来背吧，距离码头也没有多远了。而且这条路上的车特别少，等车修好，船就开走了。"

"那好，你背吧，你比我强壮。"戴维说。

约翰背起邮件，一路小跑，终于按照规定的时间赶到了码头。这时，戴维说："我来背吧，你去叫货主。"他心里暗想，如果客户能把这件事告诉老板，说不定还会给我加薪呢。他只顾想，当约翰把邮件递给他的时候，他却没接住，邮包掉在了地上，"哗啦"一声，古董碎了。

"你怎么搞的，我没接你就放手。"戴维大喊。

"你明明伸出手了，我递给你，是你没接住。"约翰辩解道。

约翰和戴维都知道古董打碎了意味着什么。没了工作不说，可能还要背负着沉重的债务。果然，老板对他俩进行了严厉的批评。

"老板，不是我的错，是约翰不小心弄坏的。"戴维趁着约翰不注意，偷偷来到老板的办公室，对老板说。老板平静地说："谢谢你，戴维，我知道了。"

随后，老板把约翰叫到了办公室："约翰，到底怎么回事？"约翰就把事情的原委告诉了老板，最后约翰说："这件事情是我们的失职，我愿意承担责任。另外，戴维的家境不太好，如果可能的话，他的责任我也来承担。我一定会弥补我们的损失的。"

约翰和戴维一直等待处理的结果，这天老板把约翰和戴维叫到了办公室。老板对他俩说："公司一直对你俩很器重，想从你俩当中选择一个人担任客户部经理，没想到却出了这样一件事情，不过也好，这会让我们更清楚哪一个人是合适的人选。"

戴维暗喜，"一定是我了"。

"我们决定请约翰担任公司的客户部经理，因为，一个能够勇于承担责任的人是值得信任的。约翰，用你赚的钱来偿还客户。戴维，你自己想办法偿还给客户，对了，你明天不用来上班了。"

"老板，为什么？"戴维问。

"其实，古董的主人已经看见了你俩在递接古董时的动作，他跟我说了他看见的事实。还有，我也看到了问题出现后你们两个人的反应。"老板回答说。

　　一个肩负责任，踏实做事的人，并不会被埋没，相反总在关键的时候成就一番事业。推卸责任的人不可靠,像戴维那样,终究不会被重用。可以说,推卸责任是一个糟糕的习惯,也是世界上最愚蠢的事情。

在这个商业化的社会里,人们越来越欣赏那些敢于承担责任的人。负责任的人,无论处在什么样的境地都会获得别人的尊重。而一个习惯推卸责任的人,只会被别人看不起,最终失去属于自己的机遇。

他出生在四川一个贫穷的山村,初中毕业后选择了来北京打工。一天,他应聘到一家房地产代理公司做发单员,底薪300元,不包吃住,发出的单做成生意,才有一点提成。

上班第一天,老板讲了很多鼓励大家的话,其中一句"不找借口找方法,胜任才是硬道理"让他印象深刻。

上班后,他劲头十足,每天早晨6点就出门,夜里11点有时还在路边发宣传单。拼命工作使他的业务渐渐多起来,公司把他从发单员提拔为业务员。他暗自高兴,以为自己很快就能做出成绩来了。不料,两个月过去,他一套房都没卖出去。

终于有一天,有一名客户来找他。他喜忧参半,喜的是终于有客户,忧的是不知该如何跟客户谈。他脸憋得通红,手心直冒汗。但是,除了简单地介绍楼盘的情况外,他不知道再讲些什么,只能傻傻地看着对方。结果,客户失望地走了。

这次失败的经验让他发现问题出在自己身上,没有良好的沟通技能是无法成为一名优秀的业务员的。他开始苦练沟通技巧,主动跟街上的行人说话,介绍楼盘。几个月后,他的说话能力提高了很多,终于能流利地向客户做讲解了。

但他的成绩依然不怎么好,每个月只能卖出一两套房,在业务员里属于比较差的。

后来,公司组建成5个销售组,采取末位淘汰制,他处在被淘汰的边缘。这时他对"胜任才是硬道理"有了深刻认识,要胜任就必须找到好方法。因此,当经验丰富的业务员跟客户交流时,他就坐在旁边认真地听,看他们如何介绍楼盘,如何拉近与客户的距离。他还买了很多关于营销技巧的书来学习,他学会把握客户的心理,判断客户的需求、实力,每次与客户交谈时都有针对性,他的业绩开始稳步上升。

第二年，北京另一家公司到他所在公司挖人，许诺给两倍于现在的待遇，请他过去，不过他谢绝了对方的邀请。"挖人事件"给公司造成很大影响，留下来的人马上都成了公司顶梁柱，已有两年经验的他很快脱颖而出，一个赛季的销售额达到 6000 万元，在公司排名第一。

按照公司规定，销售业绩进入前五名者可以竞选销售副总监，他决定试试。结果，他成功了。没想到，第一个赛季结束时，他带领的销售组却滑落到最后一名。他在副总监"宝座"上还没坐热，就被撤了。以往被撤销副总监职位的人，大多选择离开，因为他们觉得再也没有颜面当一名普通销售员。他却想，自己被淘汰，完全是因为自己还不胜任，从哪里跌倒，偏要从哪里爬起来。

重做业务员后，他调整心态，和从前一样拼命工作。终于，年末的时候他又拿到全公司第一，再次竞选当上销售副总监。这一次，他一上任就开始精心培训手下的员工，将自己的经验毫无保留地传授给他们。结果，这个赛季结束，他的组取得很好的成绩，销售额达到八千多万元，租赁也达五千多万元。

此后，他所带团队的业绩一直名列前茅，他自己的收入自然也不断提高。

当别人问起他成功的秘诀时，他说："永远不要找借口，永远不要推卸责任，敢于承担责任的人才能找到离成功更近的方法。"

失败者找借口，成功者找方法。远离借口，成功就会离你越来越近。任何时候，都不要有借口，不要给自己的失败找一个冠冕堂皇的理由。如果你想让自己的青春和未来的人生更成功，记住，千万不要给自己找借口！

从小事上培养责任心

责任心，是一个人的基本素质，是今后他对社会、对家庭的价值体现。可以说，没有责任心的人，既不能成就自己的事业，也得不到社会的承认和感情的回报，所以说，对年轻人而言，培养责任心更是非常重要。

《辞海》中对责任心的解释是：责任心也叫责任感，就是自觉地把份内的事做好的一种心情。我们常说如果一个人粗心、懒散、草率，就是这个人不负责任，没有责任心的一种表现。生活中好多这样的人就是因为工作粗心马虎而丢掉了工作。

一家服装公司的一名业务员为单位定购一批羊皮。在合同中写道"每张大于4平方尺、有疤痕的不要。"需要注意的是,其中的顿号本应是句号。结果供货商钻了空子,发来的羊皮都是小于4平方尺的,使定货者哑巴吃黄连,有苦说不出,损失惨重。

旧金山一位商人给一个萨克拉门托的商人发电报报价:"一万吨大麦,每吨400美元,价格高不高?买不买?"而萨克拉门托的那个商人原意是要说"不。太高",可是电报里却漏了一个句号,就成了"不太高"。结果这一下就使他损失了上千美元。

作为一名员工,自己应该做的事情一定要保质保量完成。不要以为自己不做会有人来做;也不要以为自己丁点儿不负责不会被人发现,不会对企业有什么影响;也不要只注意数量而不在意质量,草草地完成数量任务。这都是不负责任的表现,而这样的人迟早会被单位开除。

一个人在这个世界上,可以不伟大,可以清贫,但不可以没有责任心。那该如何培养年轻人的责任心呢?

其实培养责任心最简单的方法就是从小事上来着手,因为再大的事情都是由小事组成的,当我们把一件件小事都做好了之后,大事自然而然也就做好了。

有一位青年,在美国某石油公司工作。他的学历不高,也没有什么特别的技术。他在公司做的工作,连小孩都能胜任,就是巡视并确认石油罐盖有没有自动焊接好。

石油罐在输送带上移动至旋转台上,焊接剂便自动滴下,沿着盖子回转一圈,作业就算结束。他每天如此,反复好几百次地注视着这种作业。

没几天,他便开始对这项工作厌烦了,很想改行,但又找不到其他工作。他想,要使这项工作有所突破,就必须自己找些事做。因此,他便集中精神观察这焊接工作。

他发现罐子每旋转一次,焊接剂滴落39滴,焊接工作便结束。他努力思考:在这一连串的工作中,有没有什么可以改善的地方呢?

一次，他突然想：如果能将焊接剂减少一两滴，是不是能够节省成本？

于是，他经过一番研究，终于研制出"37滴型"焊接机。但是，利用这种机器焊接出来的石油罐，偶尔会漏油，并不实用。他不灰心，又研制出"38滴型"焊接机：这次的发明非常完美，公司对他的评价很高，不久便生产出这种机器。

改用新的焊接方式。虽然节省的只是一滴焊接剂，但"一滴"却替公司带来了每年5亿美元的新利润。

这位青年，就是后来掌握全美制油业95%实权的石油大王洛克菲勒，"改良焊接机"改变了洛克菲勒的人生。

损失一两滴石油自然不是什么大事，但这些石油长年累月累积下来，就会是一笔庞大的损失。洛克菲勒在研制新型焊接机的时候想到的只是为公司节省成本，而却未想过能带给自己什么利益，如果我们都能像他这样尽职尽责，将公司的事情当成自己的事情，那么成功也不会离我们太远了。

洛杉矶有一名叫杰克的年轻人，在一家有名的广告公司工作，他的总裁叫迈克·约翰逊，年纪比杰克稍微大几岁，管理精明，平易近人，杰克的工作就是帮总经理签单拉客户，谈判过程中，杰克的谈吐令许多客户敬佩。

杰克刚进入公司，公司运转正常，杰克工作得心应手。这时，公司承担了一个大项目的策划——在城市的各条街道做广告。全体员工对此惊喜万分，全身心地投入到工作中去。全市的每个街道都要做10多个广告，全市至少也有几千个，这给公司带来的经济利益和社会效益是十分可观的。

约翰逊总裁在发工资那天召集全体员工开会："公司承担的这个项目很大，光准备工作就耗资几百万元，公司资金暂时紧张。所以，该月工资就放到下月一起发，请你们谅解一下公司。工资早晚都是你们的，只要我们把项目搞好，大家一起来共享利润。"所有的员工都对总裁的话表示赞同。杰克这时产生了这样的想法：公司现在正是资金大流动的时期，我们所有的员工应该集资投入到大项目中去。

可是，半年以后风云突变。经过辛苦奔波，全套审批手续批下来的时候，公司却因资金缺乏，完全陷入停滞状态。别说给员工发工资，就连日常的费用也只能向银行伸出求援之手。公司景象黯淡，欠款数目巨大，银行也不肯贷款给他们。

就在这个困难时期，杰克说出了心里的想法：全体员工集资。总裁笑笑，无奈地拍拍他的肩膀："能集资多少钱？公司又不是几十万就能脱离困境，集资几十万只是杯水车薪，连一个缺口都堵不住。"

约翰逊总裁召集全体员工陈述公司的现状时，一下子人心涣散，人员所剩无几。没有拿到工资的员工将总裁的办公室围得水泄不通，见总裁实在无钱支付工资，他们各取所需，将公司的东西分得一无所有。杰克并没有放弃，这么好的机会，难道就这样付诸东流吗？他产生了一种莫名的感觉：沙漠里的人也能生存。不到一个星期，公司只剩下屈指可数的几个人时，有人来高薪聘请他，但他只说："公司前景好的时候，给了我许多，现在公司有困难，我得和公司共渡难关，我不会做那样的无道德之事。只要约翰逊总裁没有宣布公司倒闭，总裁留在这里，我始终不会离开公司，哪怕只剩下我一个人。"

事情总在人的意料中，不久公司只剩下他一个人陪约翰逊总裁了，总裁歉疚地问他为什么要留下来，杰克微笑地说了一句话："既然上了船，船遇到惊涛骇浪，就应该同舟共济。"

街道广告属于城市规划的重点项目，他们停顿下来以后，在政府的催促下，公司将这来之不易的项目转移到另一家公司。在签订合同的时候，约翰逊总裁提出一个不可说不的条件：杰克必须在那家公司里出任项目开发部经理。

约翰逊总裁握着杰克的手向那家公司的总裁推荐："这是一个难得的人才，只要他上了你的船，就一定会和你风雨同舟。"

加盟新公司后，杰克出任了项目开发部经理。原公司拖欠的工资，新公司补发给了他。新公司总裁握着他的手微笑着说："这个世界，能与公司共命运的人才非常难得。或许以后我的公司也会遇到种种困难，我希望有人能与我同舟共济。"

杰克在后来的几十年的时间里一直没有离开这家公司，在他的努力下，公司得到了更为快速的发展。杰克后来成了这家公司的副总裁。

在谈到应该给年轻人什么样的忠告时，钢铁大王安德烈·卡内基认为："无论在什么地方工作，都不应该把自己只看成是公司的一名员工——而应该把自己当成公司的主人。"

公司的成功不仅意味着老板的成功，更意味着每个员工的成功。每个人都应该像杰克那样,在公司面临困难危机的时候,也能够挺身而出,与公司共渡难关。

浙江某地用于出口的冻虾仁被欧洲一些商家退了货,并且要求索赔。原因是欧洲当地检验部门从 1000 吨出口冻虾仁中查出了 0.2 克氯霉素,即氯霉素的含量占被检货品总量的 50 亿分之一。经过自查,问题出在加工环节上。原来,剥虾仁要靠手工,员工小王因为手痒难耐,使用含氯霉素的消毒水止痒,结果将氯霉素带入了冻虾仁。0.2 克和 1000 吨比起来可以说是微乎其微,但严谨的欧洲人就是不允许有丝毫的失误,他们对于细节问题可以说是相当的重视。正是因为小王对于细节的疏忽,他们公司也因此而承受了巨大的损失,小王的命运可想而知了。

不管出于什么原因,我们都要对自己所做的事情负责,否则最后倒霉的还是自己。如果小王在任何小事上都能尽职尽责,那么他就不会被公司开除了。

不要认为小事不重要,一个人的责任心有多强,很多时候都是从小事中体现出来的。

别毁了自己的前途

谁都不可能一直都在学校里无忧无虑地念书,总有一天我们要走进社会,步入职场。当我们成为职场的一分子时,与学生时代最大的不同,就是我们要承担更多的责任。

社会学家戴维斯·K 说:"自己放弃了对社会的责任,就意味着放弃了自身在这个社会中更好生存的机会。"

在这个世界上,每个人都扮演了不同的角色,每一种角色又都承担了不同的责任,在职场中,我们也也扮演了一个角色,理所当然要去承担责任。承担责任不分大小,只论需要。无论是大的责任还是小的责任,我们都应该承担;如果我们放弃了自己的责任,无异于自毁前途。

刘华是一家大公司的技术部门经理，能说会道，且做事果断有魄力，老板很器重他。有一天，一位台商请他到饭店喝酒。几杯酒下肚，台商很正经地对刘华说："老弟，我想请你帮个忙。""帮什么忙？"刘华很奇怪地问。台商说："最近我和你们公司在洽谈一个合作项目。如果你能把相关的技术资料提供给我一份，这将会使我在谈判中占据主动地位。""什么，你让我做泄露公司机密的事？"刘华皱着眉头问道。台商压低声音说："你帮我的忙，我是不会亏待你的。如果成功了，我给你10万元的报酬，还有，这事儿只有天知、地知，你知、我知，对你没有一点儿影响。"说着，台商把10万元的支票递给刘华，刘华心动了。在谈判中，刘华的公司损失很大。事后，公司查明了真相，辞退了刘华，连那10万元也被公司追回以赔偿损失。

刘华作为公司的一员，不向外人泄露本公司的机密本就是分内的责任，而他在诱惑面前放弃了自己的责任，最终也得到了应有的惩罚。

每个老板都很清楚自己最需要什么样的员工，哪怕你是一名做着最不起眼工作的普通员工，只要你担当起了你的责任，你就是老板最需要的员工。作为一名员工，不管你的能力有多大，如果你没有责任心，那么老板也不会让你留在公司；而如果你有着强烈的责任心，那么不管你做的工作多么卑微，你也是公司需要的员工。

一家公司决定裁员，裁员名单里有内勤部办公室的李灿和杨燕，她们一个月之后离岗。那天，同事都不好意思多看她们，更不敢和她们多说一句话。她俩面对被淘汰的命运也无话可说。

第二天一上班，李灿就情绪激动地拿杯子、文件夹、抽屉撒气，对待同事也是爱答不理的。自然，办公室订盒饭、传送文件、收发信件，原来属李灿的份内工作，现在她也懒得去做了。她想反正自己就要离开公司了，干得好不好都已经无关紧要，又何必那么卖力气呢。

而杨燕呢，裁员名单公布后，心里也很不好受，第二天上班无精打采。可又转念一想，待在公司一天，就应当负责到底，于是就又打起精神来了。杨燕见大家不好意思再吩咐她做什么，便主动跟大家打招呼，自己给自己找事做。她说："是福不是祸，是祸躲不过，反正这样了，不如脚踏实地干好最后一个月，以后想干恐怕都没有机会了。"杨燕心里渐渐平静了，仍然一如既往地打字复印,随叫随到,坚守在她的岗位上。

一个月满,李灿如期下岗,而杨燕却从裁员名单中被删除,留了下来。主任当众转述了老总的话:

"杨燕的岗位,谁也不可替代,杨燕这样敬业的员工,公司永远不会嫌多!"

像杨燕这样的员工是真正有责任感的员工,任何一个老板都会让让这样的人离开自己的公司。因为老板最需要的就是这种对工作、对公司有着高度责任心的人。

施瓦布出生在美国乡村,几乎没有受过什么像样的学校教育。一个偶然的机会,施瓦布来到钢铁大王卡内基所属的一个建筑工地打工。从踏进建筑工地的那一天起,施瓦布就抱定了要做同事中最优秀的人的决心。当其他人在抱怨活儿累挣钱少而消极怠工的时候,施瓦布却很敬业,他独自热火朝天地干着,并在工作当中默默地积累着建筑经验,利用工作之余的时间自学着建筑知识。

一个晚上,工友们都在闲聊,惟独施瓦布一个人躲在角落里静静地看书。那天恰巧公司经理到工地检查工作,经理看了看施瓦布手中的书,又翻开他的笔记本,什么也没说就走了。

不久,施瓦布就被升任为技师,然后又凭着自己的努力一步步升到了总工程师的职位上。25岁那年,施瓦布当上了这家建筑公司的总经理。

卡内基的钢铁公司有一个天才的工程师兼合伙人琼斯,在筹建公司最大的布拉德钢铁厂时,他发现了施瓦布超人的工作热情和管理才能。当时身为总经理的施瓦布,每天都是最早来到建筑工地。当琼斯问施瓦布为什么总来这么早的时候,他回答说:"只有这样,当有什么急事的时候,才不至于被耽搁。"

工厂建好后,琼斯毫不犹豫地提拔施瓦布做了自己的副手,主管全厂事务。两年后,琼斯在一次事故中丧生,施瓦布便接任了厂长一职。几年后,施瓦布被卡内基任命为钢铁公司的董事长。

后来,施瓦布终于自己建立了大型的伯利恒钢铁公司,并创下了非凡的业绩,真正完成了他从一个普通的打工者到大企业家的成功飞跃。

施瓦布认为,对于一个有抱负的职员来说,追求的目标越高,对自己的要

134

求越严,他的能力就会发展得越快。要想把看不见的梦想变成看得见的事实,便要在工作中兢兢业业,把工作当成自己的私事一样干。

不要总是埋怨升职加薪的为什么不是自己,首先看看自己有没有在工作中付出高度的责任心吧!如果一个人只是为了薪水而工作,那么他的生活将因此陷入平庸之中,而人生真正的成就感就在他日益平凡的工作中离他远去,他能获得的,也仅仅只有那份薪水。

小何从某大学经济系本科毕业后到了一个研究所工作,该研究所大部分工作人员都具有硕士和博士学位,小何感到压力不小,但他也发现大部分工作人员对工作都不是很认真。于是,他一头扎进工作中,为工作方便,索性住在办公室,从早到晚埋头干业务,8小时以外还要加班加点。其他同事打扑克、闲聊等事情他很少介入。他的业务能力很快就提升上去了,在经济研究方面成为研究所的"一枝笔"。所长对小何的敬业精神很欣赏,也越来越重用他,还经常在其他部属面前夸奖小何,并对他的加班加点以工作为重的精神予以物质鼓励。在同事们的眼中,小何就是上级的"大红人"。

责任能够让一个人具有最佳的精神状态,精力旺盛地投入工作,并将自己的潜能发挥到极致。这样的人获得的不仅仅是那点报酬,还有自身价值的实现。但很多人却不明白这一点,他们觉得自己和老板之间就是赤裸裸的劳动和报酬的交换关系,拿多少工资做多少事情,却从未想过如果自己能多付出一些责任心,得到的可能会大大超出自己的想象。

五年前,张军和王恒是大学同学,毕业后一起到南方,通过招聘会到了一家计算机软件公司,负责某种办公软件的设计开发。坦率地说,这个公司规模太小,连老板在内是"七八个人来五六条枪(电脑)",是国家允许注册该类公司中最小的,执照上写得清清楚楚:注册资金10万元。他们之所以愿意去,一是背井离乡急于安身,二是因为老板给股份的许诺。

老板比他们大不了几岁,看上去完全一副书生模样,态度很诚恳。可是进去才知道,连这10万元可能都有水分,只从他们的办公条件就可以判断:一间废弃的地下室,阴暗、霉臭、潮湿,天一下雨,天花板上凝聚而成的水滴源源不断地往下流，电脑上都要罩着厚厚的报纸。连个厕所也没有。出门就是大排挡，油烟灌进来，熏得人流眼泪。他们的产品市场前景看起来很好，但资金的瓶颈随时可能将美好的梦想扼杀于萌芽状态。最要命的是，产品没有品牌，只好赊销，迟迟收不回来款，资金储备少，公司连员工的工资都无法按时发放。由此可见，这样的公司与那些实力雄厚的公司很难竞争。

三个月后，王恒动摇了，劝张军也不要干了，有的是好公司，干吗在一棵树上吊死？股份？老板连他自己都无法自保，哪里还有股份给你？

实话实说，张军也有些动摇，但是一看到老板每天没日没夜地奔波和诚恳的眼神，又不忍开口了。谁不知道创业的艰辛！老板也是迫不得已。自己过生日的时候，老板在自己的家里为他过，亲自下厨，说了很多抱歉的话，想起这些，他就不忍心走。他想，反正自己还年轻，就算帮帮老板。即使以后公司垮了，也算积累点人生经验吧。

王恒骂他傻，摇摇头自奔前程去了。王恒走的那天，老板还是借钱为他发放了全额工资并为他饯行，令老板感动的是张军居然决定留下来，从那以后他们成了哥儿们。不久，公司资金链条断裂，濒临绝境，留下的几个人也走了，只剩下张军和老板两个人。看着老板年轻而憔悴的眼神和孤独而坚定的背影，张军反而坚定了自己的意志，他原本也是个不愿服输的人，这时，他对公司的使命感和老板已经没有区别，他想他能够做的就是和老板风雨同舟，充分发挥自己的才智，精益求精，将产品做好。老板对他说："委屈你了，哥儿们"。他乐观地说："什么也不用说了，只要你一天把公司开下去，我就一天不离开这里。"老板红了眼圈，他们同吃同住，无话不谈，成为真正的患难之交。

此外，他们还有共同的爱好：围棋。工作之余下下棋是他们最奢侈的享受。半年后，老板筹措到了新的资金，公司重新运转。产品由于质量好，买家愿意先付款了，公司局面开始峰回路转。他们还成功地说服一家实力雄厚的投资公司出钱，推出一种早就被他们认定具有广阔的市场前景的新型办公软件。他们全身心地投入到新软件的研制中去，常常吃住都在地下室，半年后终于推出了完美的产品，上市后供不应求，他们终于掘到了自己的第一桶金。

接下来，公司开始招兵买马，发展壮大，仅短短的几年工夫，就成为行业内大名鼎鼎的软件公司。张军也被提拔为公司的副总兼技术总监，月薪可以拿到2万元。年终，老板和张军同游澳大利亚，在遍游了风景，遍尝了海鲜之后，他们在阳光明媚的海滩晒着日光浴，回首往事，感慨万千，老板禁不住热泪盈眶。

他问张军："老弟，你知道我为什么能支撑下来吗？"

张军说："因为你是打不垮的，否则我也不会留下来的。"老板却说："不，其实当人们纷纷离我而去的时候，我就想关门了。我从不怀疑自己的能力，但我当时已经相信'谋事在人，成事在天'的说法了。可是你让我找回了信心，我想只要有一个人留下，就证明我还有希望，反正我已经一无所有了。感谢你！在我想躺下的时候，总有你这双手在拽着我走。我知道，当时如果你走了，我肯定崩溃了！"为了感激张军在最黑暗的日子里带给他的光明、希望和勇气，老板给了他 40%的股份！

工作就意味着责任，只要我们还在这个岗位上，就应该用高度的责任心来完成自己的工作。不要认为这样做的人是傻瓜，事实会证明，只有具备责任心的人才会获得更好的前途！

第十章 接受批评，让成长的脚步更稳健

俗话说"良药苦利于病，忠言逆耳利于行"，但当真的面对别人的批评时，又能有几个人可以心平气和地接受呢，更何况是正值年轻气盛的我们。但不管如何不愿意听到别人批评自己，我们都要努力让自己接受别人的批评，好好思考自己如何才能做得更好，因为只有这样，我们才能让自己成长的脚步变得更加稳健。

不要拒绝别人的批评

成长需要鼓励与支持，但若成长的路上只有鲜花和掌声，那么年轻的我们更容易迷失方向。成长需要批评，唯有批评能让我们更加清醒的认识自己，告诫自己，摒除坏的习惯，更加健康地长大。

高中二年级的学生张涛不知从什么时候迷上了电子游戏。开始时，他站在别人旁边看，后来学着亲自操作，越玩越上瘾，上课常常迟到，放学后就急忙跑到电子游戏厅里去玩，有时一天能玩四五个小时。有一次，他玩某个游戏上了瘾，竟忘了上课的时间，等这个游戏结束，第一堂课已经上过了。他不敢到学校去，怕见了老师不好交待。后来，他心一横，想：我干脆接着玩，玩到放学时回家，第二天再编个谎骗过老师。于是他玩了整整一天，下午很晚才回家。妈妈问他怎么放学这么晚，他胡乱说了一通打扫卫生一类的理由，算是把妈妈骗过去了。第二天，他又撒谎说自己昨天病了，没法来上学，于是又轻松地骗了老师。就这样，他常常旷课，常常撒谎，使老师有些怀疑了。

一次家访，老师问到张涛的身体情况，他妈妈很奇怪老师为何问这样的问题。经老师细致调查，终于发现张涛制造的一个又一个的骗局。老师严厉地批评了张涛，张涛也终于认识到自己的错误，后来再也不旷课了，也不再迷恋电

子游戏了。

批评，绝不是伤害，而是对一个人的帮助，帮助我们认识的自己的错误，帮助我们改正很多不足。

一棵树长了多余的枝杈，只有及时修剪，才能长成栋梁之材。一个人有了缺点毛病，只有敢于正视现实，诚恳接受批评，才能清除身上的"细菌"和污垢。

在世界观、价值观和人生观还没有完全确立的青春期，我们很容易会养成一些不好的习惯，经不起一些事情的诱惑。这时候如果有人批评教育自己，一定不要因为叛逆而拒绝接受别人的批评，如果这样，我们最终会误入歧途，到头来害的还是我们自己。

鲁迅小时候有一次因为上学迟到受到老师的批评，因此他懂得了珍惜时间的意义，从此做事时时早，事事早，一生与时间赛跑，忘我工作。

我国著名数学家童第周，童年时活泼好动，学习不认真受到老师的批评，从此幡然醒悟，成就了"夜半厕旁灯下影，童心壮志童第周"的佳话。

"良药苦口利于病"，批评就是这样一剂苦口的良药。在别人的批评中，我们看到了自己的缺点和短处，看到了自己的不足，从而埋头苦干，谋求自己的发展。

西方谚语说："恭维是盖着鲜花的深渊，批评是防止你跌倒的拐杖。"听惯了谀辞的人常常狂妄自大，只有虚心接受批评的人，才能改正缺点，提升自己。所以，我们必须养成虚心接受批评的习惯。

小丽毕业后进入了一家广告公司工作。公司虽然不是很大，每天业务却很繁忙。一次，小丽设计好一张广告宣传图片，印刷后才发现了有一处小错误。但她认为这只是无足轻重的一点小失误，算不了什么大事。但第二天快下班时，她却被经理叫进了办公室。

此时的小丽还不知道经理找自己有什么事，便神态自若地进了经理办公室。当她推开门看到经理拉长的脸时，吓得有点战战兢兢。

经理点着了一支烟，深吸了一口，像连珠炮似的把小丽狠狠的数落了一番。此时，小丽才知道由于自己昨天的失误，公司受了不小的损失。经理的话并不好听，她也很想为自己辩解几句，但一想到确实是因为自己的失误才给公司造成的损失，她也不敢说什么，低着头，等着经理发落自己，甚至做好了被辞退的心理准备。

经理见她不说话，便问道："你还有什么要为自己辩解的吗？"

"很抱歉因为我的失误给公司造成了损失，经理批评地很对，我愿意接受批评，努力为公司挽回损失。如果您觉得我已经不能继续为公司效劳，我愿意接受任何处分。"小丽努力平稳住心情说道。

听到小丽这样说，经理反而笑了，看着她说："公司因为你这个错误确实承担了不小的损失，但这个责任也不能让你一个刚毕业的大学生来承当。今天找你来，就是要让你记住，工作一定要仔细，千万不能再犯这样的错误。今天批评你，是要你长个记性……"

小丽感激地看着经理，并牢牢记住了经理的一番话，也在这次批评中，深刻认识了自己的错误。此后，她工作上一直兢兢业业，再没有出现类似的情况。

如果我们每个人都能做到在批评后反思，乃至找到解决的办法，那么我们就有好的价值让自己发挥。吸收能量后的我们会变得更强大，拥有了强大的基础才能够成功——学习、积累、汲取、成长、成熟、成功。

青春会散场，然而，成长的痕迹将永远停留在岁月的长河里。当我们在自己单薄的青春里打马而过，穿过紫藤，穿过木棉，穿过时隐时现的批评，站在青春转弯的地方，我们还会觉得当时的批评难以接受吗？

肯定不会，相反，我们肯定会感谢那时批评我们的人，因为有了那些批评，我们才会在成长的路上少走了许多弯路。

剪去近乎腐朽的枯枝，方能长出生嫩翠绿的新叶；清除臭气的腐质，方显河水的澄澈；脱去陈旧的茧衣，方能焕发蝶儿绚丽的身影……我们眼睛所及之处，无不提醒我们：只有摒除瑕疵，方能一睹无余。所以，要想让自己不断完善、发展，必须接受他人的批评。

批评让年轻的心更自律

在物质生活日益发达的今天，诱惑也越来越多，稍不注意，我们就会陷入欲望的泥潭之中，难以自拔。

而此时，只有批评能起到让我们醍醐灌顶的作用，能帮助我们抵御诱惑，能让我们的心更加自律。

功夫巨星成龙在出国的时候，父亲告诫他三点："不许赌博，不许吸毒，不许加入黑社会。"成龙将父亲的话谨记在心。任何时候在金钱、地位、利益面前，都能够约束自己、抵制诱惑，这样他才能在经受一次次磨难和诱惑后保持最好的状态。相反，如果当初他没有将父亲的话记在心上，则可能已经沦为一个不为人知的失败者了。

批评并不仅仅能在大事上发挥作用，很多时候我们都是在一些小事上犯错误，而这时，亦需要批评来帮助我们改正错误，让我们变得更加自律。

王东曾经是个漫不经心、对一切都无所谓的人，处世的态度是"不必太认真"，凡事过得去就行，无论对人还是对己都是马马虎虎，得过且过。他一直把这看成是自己做人的优点，认为这样可以少生很多烦恼。但在法国短短几分钟的经历，使王东的人生观发生了改变。

2005年，王东有机会去法国继续学习。那一年的除夕之夜，王东在法国的汉堡参加留学生组织的春节晚会，因为这样可以使他逃避思乡的痛苦。晚会结束时，整个城市已经沉浸在安静之中，到处都是静悄悄的。为了早点儿到家，王东走得飞快，只差跑起来了。刚走到十字路口，红灯就亮了，灯里那个小小的人影从绿色的、甩手迈步的形象变成了红色的、双臂悬垂的立正形象。如果在平时，包括王东在内的所有行人都会停下来等绿灯。可这时候已经是深夜人静，马路上没有一辆车，即使可以看见车灯，也是在很远的地方。

这时的王东没有犹豫，大步走向马路。

"站住！"身后飘过一个严厉的声音，打破了夜的沉寂。王东的心猛然一惊，他转过身看，原来是一位值勤的义工。

义工严肃地说："现在是红灯，你没看到吗？"

此时王东的脸突然感觉很热，他喃喃地说："对不起，我见周围没有车就想……"义工说："交通规则就是原则，要我们从内心去遵守，而不是看有没有车。在任何情况下，都必须遵守原则。"

义工的话使王东受到很大的震动。从那一刻起，他再也没有闯过红灯。他一直记着：在任何情况下，都必须遵守原则。

批评让人严于律己，批评让人学业有成，批评让人生之路越走越宽。在人生的道路上充满各种各样的诱惑，如果没有顽强的自律精神，就会陷入欲望的泥潭，难以自拔。恰当、善意的批评和自我批评时时提醒自己，时时警告自己，让我们减少了犯错误的机会。

如果我们能接受批评，并将批评看做一面镜子，看到自己的不足，然后再将批评转化为自己前行的动力，那么我们的成长道路将会更加平坦。

王志在上初中时，教他体育课的是一位姓杨的老师。杨老师刚从体校毕业分配到这个学校，给学生上第一节课时，王志又习惯性地告诉老师，他有病不能上体育课。老师说："你怎么不能上体育课，我知道你腿不太好，但还不至于连体育课都不能上吧。"王志固执地站着不动，杨老师看着这个学生，口气缓和了一下，说："你和我们一起做做广播操总可以吧。"看着杨老师那征求的目光，王志点头同意了。

杨老师领学生做了一套广播体操后，就在沙坑边指导同学们跳高。王志站在旁边看同学们一个个从跳杆上跳过去，突然听到杨老师叫自己的名字。老师说："你，该你跳了。"王志不相信地看着他："什么，让我也跳高，我一个瘸子，能行吗？"

杨老师以为王志没听见，又大声叫他的名字。王志气愤地说："不，我不行的，你明知道我是这个样子，为什么非要我这样做？"杨老师严肃地说："你看看这跳杆的高度，我知道你是能跳过去的，你为什么不跳呢？你的腿没有你想像的那么严重，你干吗一定要把自己当成一个残疾人、窝囊废，而不敢去面对这个跳杆呢？"

王志突然像疯了一样向跳杆冲过去。对"残疾人"这个字眼，对于王志来说是最敏感的语言，一定要跳过那个跳杆。等跌落在沙坑之后王志回头看，跳杆竟纹丝不动。他不相信自己真的跳了过去。杨老师的声音又一次响起：再来一次。起跑、冲刺、跳，王志又轻松地跳过去了。老师没有看他一眼，再次说道：再跳一次。第三次，王志含着泪水轻松地跳过了那个高度。

下课时间到了，杨老师一声解散后同学们都四散地跑开了。王志眼中仍然噙着愤怒的泪水，一瘸一拐地离开操场，在路上王志的肩膀被人轻轻地拍了一下，回过头，竟然是杨老师。他说："你知道吗，其实在你第二次第三次起跳的时候,我都暗暗地把跳杆往上抬升了,但是你仍然跳了过去。你的腿我早就观察过了,真的没那么严重,现在你正是长身体的时候,多锻炼锻炼对你那条腿是有好处的。你一直以为你不行,是因为在你的心中早已为自己设置了限制。记着,以后不管什么时候都不要给自己设限,而是要把跳杆不断往上抬。"

"原来,自己不但跳了过去,而且跳杆还在不断地往上升;原来,自己也可以跳得很高呀。"王志心想。

从此以后,王志开始和同学们一起出早操,一起跑步,每次上体育课时,他都主动地把跳杆不断往上抬,一次次往上,一次次成功超越。初三的时候,王志发现,那条残疾的腿已经很有力了,而且,走路的时候,似乎也不那么瘸了。当王志大学毕业以后,走向了社会,每当自己在事业上徘徊不前的时候,常常想起当年杨老师对自己说的那句话:"不要为自己设限,要把跳杆不断往上抬。"

他说:"感谢杨老师,是杨老师的批评,使我不仅有了健康的身体,更有了坚强地意志。"

批评并非是坏事,它能准确地指出一个人的缺点和不足,让人加以改进。因此,面对别人的批评,我们要虚心接受并努力改正,这样才能不断地提升自己,成就自己。因为是他指出了你脊背上的灰,促使你激发了斗志,增长了智慧,磨砺了性格。所以,我们应该感谢那些给予我们批评的人。

批评是自律的良方,亦能让人学会自省,从而变成成长的动力。

正在上高中的小涛是个优秀生,不但天资聪颖、反应灵敏,而且思维活跃、考虑周全。在课堂上,第一个举手回答问题的通常都是他。因此,他常常得到老师的表扬和赞许。但慢慢地老师却有了意外的发现:小涛在上课时总是时不时地扭过头去和身后的同学说话,被警告之后仍然不理不睬;不仅回答问题的次数逐渐减少,做作业也是潦潦草草,不是抄错字就是写白字。这样一个原本优秀的学生就在老师的表扬里变"坏"了。

有一天,班主任把他叫到办公室,笑着问他:"小涛,近些日子,你不觉得你发生了什么变化了吗?"

"没有啊!"他头一仰,一脸的不在乎。

"你好好想想,上课回答问题还和以前一样吗?作业是不是写工整、做正确了?"班主任继续温和地问,想引导他认识到自己的错误。

"可是老师你讲的我都会，我想没有必要再说一遍。"他仍然没有醒悟，态度愈加傲慢，"作业嘛，只要完成就行了呗！"

班主任立刻火冒三丈，拿出他的作业本，指着上面的错误，厉声说："小涛，你是听惯了表扬就摸不着东南西北了？老师告诉你，响鼓还得重锤敲！再这样下去，你会永远落于他人之后，成不了大气候！"

小涛被班主任生气的样子惊呆了，也意识到了自己的错误，泣不成声地说："老师，我错了，我不应该骄傲自满。"

从此以后，小涛又变成了以前那个认真、积极的优等生。不同的是，他再也不妄自骄傲了。他时刻把老师的批评记在心里，激励着自己前行，在高考时，以超出全校第二名学生50分的好成绩，被清华录取了。

批评能让人更清醒，越是骄傲的人越需要别人的批评。批评并不是对一个人的否定，也不会扼杀人的意志。只要我们换个角度，懂得思考，批评也可以转化为动力，转化为人生当中成就未来的动力。

批评让骄傲的人变得谦虚，批评让碌碌无为的人变得锐意进取，批评能让所有的人变得更加自律。有了接受批评和自律的精神，我们的社会才能有章可循，生活、快乐、幸福、成功等等美好的东西才能存在。

感恩挑剔你的人

每个人的成长过程中，批评是不可缺席的，有了它才能使你的前途光明；有了它才能使你健康地成长；有了它才能赢得你辉煌的人生。不论我们担当何种角色，我们都会受到他人的批评、指责，但你不要以此抱怨，因为他们的目的都是为了你，为了你有更好的未来。因此，我们要以感恩的心来接受这些批评，我们要以感恩的心来对待那些百般挑剔我们的人。

在纽约郊外，坐落着著名的卡瑞度假村，乔治就在这里的厨房部工作。

有一天，乔治正在厨房里忙得不可开交，服务小姐端着盘子急匆匆地走进来："一位客人对你的油炸马铃薯不满意，他说切得太厚了。"

乔治第一次听到客人的抱怨,他不敢怠慢,急忙把马铃薯切薄些,重做一份儿,请服务小姐给那位挑剔的客人送过去。

本以为万事大吉了,哪知道服务小姐又端着盘子回来了:"客人还是不满意,我猜他一定是遇到了不顺心的事,所以把怨气都撒到咱们这里了。他还是嫌你切得太厚了。"

乔治一言不发,耐着性子把马铃薯切成更薄的片,然后炸成诱人的金黄色,最后,他又别出心裁地在上面撒了一些椒盐和孜然。

过了一会儿,服务小姐又跑了进来,不同的是,她手里的盘子是空的。服务小姐对乔治说:"客人满意极了,其他客人也对你的油炸马铃薯赞不绝口,他们要再来几份。"

从此,薄薄的油炸马铃薯片成了乔治的招牌菜,许多顾客慕名而来。乔治在实践中,又开发出了各种口味,赢得了更多人的青睐。今天,薯片已经成了地球上不分地域人种喜欢的休闲零食。

如果不是客人的挑剔,乔治是无法做出美味可口的油炸马铃薯片的。当面对别人的抱怨和挑剔的时候,我们要做的是汲取失败的教训,加以改进。

员工最不愿承受的就是领导的挑剔,明明一件事情已经做的很好了,可领导还是会吹毛求疵,难道领导的挑剔真的是故意找茬吗?

春秋战国时期墨子的得意门生耕柱,因为聪慧好学成为大家公认的优秀生,但他却时常遭到老师批评与指责,有时甚至被弄得无地自容。一日,耕柱窃问老师:"难道这么多学生中我竟如此差劲,以至于令您老人家这样责骂我吗?"墨子慢条斯理地回答道:"假如我现在要上太行山,依你看,我是应该用良马来拉车呢,还是用老牛来拉车呢?""当然是用良马来拉车呀!"耕柱不容置辩地答道。"为什么不用老牛来拉呢?"墨子反问道。"理由非常简单,因为良马足以担负重任,值得驱遣。"墨子笑了笑:"你答得非常正确。我之所以时常责骂你,也是因为你能够担负重任,值得我一再地教导你与匡正你!"耕柱如释重负。

严格要求,尽量挑出显露的或隐匿的毛病,以便完善完美,这无论是作为学生的还是下级的,不能说是坏事。因为有了"挑剔",我们就会谨慎、认真,就不会居功自傲、"大意失荆州"。

145

当然,面对别人的挑剔没有人不会生气。不过,当我们冷静下来时,仔细反思自己的行为,就会从别人的挑剔中认识到自己的不足。不管别人的挑剔是善意还是恶意,我们都要虚心接受并努力改正,这样才能不断地提升自己,成就自己。

乔治·罗纳曾经是维也纳一名较有名气的律师,可是由于当时发生了第二次世界大战,他被迫逃到了瑞典,从此开始了一文不名的生活。

乔治深知,他必须要找到一份工作,否则无法维持生存。乔治的外语非常好,能说并能写好几国语言,所以他希望能够在一家进出口公司担任秘书的工作。然而,几乎所有的公司都回信告诉他,因为正在打仗,他们不需要这样的职位,不过他们会把他的名字存在档案里,如果以后有需要会通知他。

可有一家公司的回信却令乔治十分气愤,信中说道:"你对我生意的了解太少了,完全不理解这个工作的性质,就连用瑞典文写的求职信也是错洞百出,我们根本不需要任何替我写信的秘书,即使需要,也不会请你。"

乔治当即回信准备反驳并痛斥那个发信人一顿。可是信写了一半,他就停了下来,心想思考着:也许这个人说的也不无道理?我修过瑞典文,可是这并不是我家乡的语言,也许我确实犯了许多我并不知道的错误。如果是这样的话,那么我想得到一份工作,就必须再努力学习。

虽然他用这种难听的话来表达他的意见,但是对我是一个帮助。我应该做的,不是回信谩骂,而恰恰是要感谢他呀!于是,乔治又重新开始写感谢信:"您在百忙之中能回信给我,并且指出了我很多错误和不足之处,这对我实在是太好了。对于我把贵公司的业务弄错的事,我觉得非常抱歉。我之所以写信给你,是因为我听说你是这一行的领导人物。我并不知道我的信上有很多文法上的错误。"

俗话说:"脊背上的灰自己看不见。"愚蠢的人不喜欢听别人的挑剔,而聪明的人往往善于把挑剔当作一面镜子,时常用这面镜子照照自己,看看自己到底存在哪些方面的问题,并加以改正,进而提高、完善自己。

如果一个人能够感恩那些对自己百般挑剔的人,那么这个人往往具有清醒的头脑,宽阔的胸怀,正直的人格,健康的思想。这样的人往往会得到越来越多的帮助,会让人更加理性,会不断地取得进步,往往比其他人更容易成功。

第十一章 没有人会永远站在你这边

当我们经历的事情越多，就越会发现，这个世界上，没有人会永远站在自己这边。谁都有自己要追求的梦，谁都有自己的利益，当你的利益与别人的利益发生冲突时，我们无法保证对方还会替自己着想，也无法保证自己会替别人着想。背叛无处不在，我们唯一能做的就是让自己强大起来。

学会看清身边人

中国有句古话说"画虎画皮难画骨，知人知面不知心"，意思就是说人的心是很难被其他人所猜透的。即使是朝夕相处的朋友，也很难保证对方不会背叛你。

王静是一家银行的小职员，当时和她一起进银行的还有一个女孩，叫李茜，她们是同乡，李茜的家境不太好，生活上比较节俭。王静无形当中对李茜有些同情，所以在工作上，王静能帮助李茜时就帮助她，下班之后她们经常一起逛街吃东西，当然很多时候都是王静掏钱。王静也经常会把自己用不完的化妆品、衣服、书都给李茜用。

李茜是一个很细心的女孩子，比如她们一起坐在出租车的后座，她会提醒司机把王静那边的窗户摇上，王静很感动。她们在银行同出同进，很快被认为是死党。而王静也一直当李茜是自己最好的朋友。

但是后来有一次，银行有一个到国外培训的名额，她们两个都想要。而王静自己认为自己去国外的机会还有很多，而对李茜来说这是一次非常难得的机会，因此王静根本没有打算跟李茜争，后来王静主动跟上司说让李茜去吧。

最后李茜果然去了国外，而且王静送她去的机场，还托李茜帮自己带些免税的化妆品回来。但是李茜去了以后就杳无音信。后来王静听说李茜回国后调到了另一个城市的分行，但是李茜再也没有跟王静联络过。

很久以后，王静才听别人说，李茜之所以得到那个名额，是因为李茜跟主任检举王静，说王静有时候拿出去玩的打车的票和餐票到单位去冲账，还说王静经常把办公用具拿回自己家用。

王静听到这一切的时候，感到非常寒心。心想，就不算平时对她的照顾，只是一般的同事，她也没有必要捏造事实来诬陷自己啊。虽然李茜检举的都是些小事，但是这些小事在领导眼里就会意味着对个人人品的怀疑。而且自己当时不知道，所以也没有去争辩，现在估计成见已经形成了，怪不得公司几次升职机会都轮不到自己。

世界上的事情是复杂的，而人性的多变也使我们处在一个不确定的环境中。一件事可以让一个人认清一个人的面目，一件事也可以让一个人明白朋友的真正内涵。没有人愿意被背叛，更没有人愿意被自己所信任的朋友所背叛，但尽管背叛是可怕的，却也能帮助我们认清楚对方，在对方还没有对自己造成更大的伤害之前离开对方。

我们都要经历一些事情才能领悟到了人情冷暖、世态炎凉的真谛，背叛也是如此。尽管背叛让我们受到了伤害，但也帮我们练就了一双慧眼，让在以后的人生道路上能识别出哪些人是我们真正的朋友，哪些人是会为了自己的利益而背叛我们。

在一次经贸洽谈活动中，小赵认识了一个私企老板张总。张总谈吐幽默，颇为引入注意，小赵自己平时也较风趣，两人谈得很投机：张总说，同小赵谈话胜似喝茅台酒，趣味无穷。小赵礼尚往来，也称赞张总品位很高，分手时，两人互留了电话，从此，每过几天，张总就会来一次电话，说一些民间流传的笑话之类，说是给小赵枯燥的官场生活加一点作料。

日子就这样过着一天，张总突然来拜访小赵，求他在自己分管的事情上帮忙办一件事，小赵本来只想同张总做公事外的朋友，若是公事，则公事公办，但张总所说之事，乃是政策允许办的事。于是小赵说："这事你按程序办就行了，根本不用专门找我。找谁都给办，也应当办。"

张总说："这我知道：不该办、不能办的事我决不会找你。"小赵心想，既不违反原则又能帮朋友做点事，何乐而不为？于是便亲自将张总所托的事情轻轻松松地给办妥了。

几天后，张总来电话，说想请他吃顿便饭，一起聊天。小赵觉得，这是朋友之交，又不涉及公事，就去了。

两人边吃边谈，彼此都很愉快。未了，张总塞给了小赵一个信封，鼓鼓的。小赵警觉地问："这是什么？"

张总说："实不相瞒，我看你一月就那几个工资，也太可怜了。我嘛，也不算有钱的，但比你好得多，咱俩是朋友，却有贫富差距，我于心不忍。"这几个钱，你拿去花，作为朋友的我心里也才会平衡一些。"

两个人为这笔钱推来推去推了好半天，最后以小赵"委屈"地接受而告终。

打那以后，张总每过些日子就请小赵聊天、吃便饭。吃过后，总要给个信封。每次回去，他都要看看数目，前后也有好几万了。当时小赵觉得不妥，但一想，反正自己也没帮张总办过什么不该办的事情，他给我钱完全是出于友情。

但俗话又说"拿人的手短，吃人的嘴软。"小赵怎么想都觉得这事不对劲，就算是自己和张总的交情再好，他也不会白白送自己钱花，今天自己拿了他的钱，明天他有什么不合法的事情找自己办的时候，自己该如何是好呢？

正在这时，小赵突然发现自己单位的某项项目投标正好与张总公司的业务相关。果然，没过几天，张总又请小赵吃饭，并委婉地表达了想让小赵将他公司的竞争对手的绝密资料提供给他的想法，还暗示事成之后还会有20万元的"帮助费"。

没等张总说完，小赵就从包里拿出几万块钱，说："张总，这是您之前给我的钱，我一分没花，现在如数奉还，至于您要我帮忙的事情，恕我无能为力。"

说完，他便走出了包厢。

在利益面前，各种人的灵魂都会赤裸裸地暴露出来。有的人可以对你称兄道弟，施以小惠，显得亲密无间。他们为了达到自己的目的，甚至不惜血本，勾引你上钩，至于你的事业和前程，他们根本不会放到心上。

在工作生活中，我们尤其要注意这些人，不要被一些小恩小惠蒙蔽了双眼，要时刻提高警惕，学会认清身边人，千万不要上了他们的"贼船"。

远离小人

俗话说:"明枪易躲,暗箭难防。"在背后悄悄议论人最为可怕,而小人却最擅长在背后议论别人,却在当着你的面时对你夸赞有加。

王萍在一大型私企工作,平时和一名同事经常一起吃饭逛街,成了无话不说的好朋友。可是,一次和领导谈话中,王萍却偶然发现这名同事曾在背后打过她的"小报告"。王萍为此又生气又伤心,内心很矛盾,不知该怎样面对这份友谊。

王萍所遇到的情况在生活中并不少见,每个人的身边或多或少都存在着一些小人。他们遭人痛恨但又无时不在。他们就像雨后的野草,有着顽强的生命力。每个地方都有小人,通常,小人做人处事不太厚道,常以不良手段达成目的。与小人相处,要懂得谨慎。

孔子曰:"世间唯女子与小人难养也,近之则逊,远之则怨。"可见从古至今如何与小人相处是最为头疼的事。小人鼠肚鸡肠,对任何事都斤斤计较,稍有得罪就会记恨在心,日后定会加以报复。

那么该如何与小人相处呢?

郭子仪是唐朝中期平定安史之乱的名将,他犹如唐王朝的中流砥柱,以一身而系天下安危二十年,唐朝的中兴完全仰仗他南征北战、东征西讨,可谓是功高盖世。但郭子仪为人并不像一般武夫那样大大咧咧、无所顾忌,他是一位通达世情、居安思危、心细如发的人,这一点在晚年表现得尤为突出。

当郭子仪退休闲居后,唐肃宗特意赏赐给他一座汾阳府。有一天,一位小官卢杞登门拜访。当时郭子仪正和家人一起欣赏歌伎的精彩舞蹈,一听到卢杞来了,他马上命令家里所有的女眷包括歌伎一律退到屏风后面回避,一个也不许露面。

郭子仪单独与卢杞谈了许久,等客人走了,家眷们才陆续出来,她们都忍不住七嘴八舌地问道："老爷您平日接见客人，从来不避讳我们在场，说说笑笑，大家都很高兴。为什么今天接见一个小官，却这般慎重？"

郭子仪解释道："你们有所不知啊，卢杞这个人颇有才干，将来必然是要高升的。但他心地狭窄，睚眦必报。此人长得有些丑怪，半边脸是青的。你们女人最爱笑，平时莫名其妙的也要笑一笑，假如见了卢杞那副尊容，你们只要有谁笑一声，他必定要记恨在心。日后他一旦得志，你们和我的儿孙，恐怕都要遭殃了！"

后来，卢杞果然当上了宰相，"一朝权在手，便把令来行"。凡是过去看不起他、得罪过他或嘲笑过他的人，无一人能够免掉杀身之祸。唯独对郭子仪一家，卢杞都要予以关照和保全，他认为郭子仪器重他，大有知遇感恩之意。

郭子仪可谓是善于处理与"小人"关系的高手。"君子坦荡荡，小人常戚戚"，一般来说，"小人"比"君子"更敏感，因此，不要在言语或行动上去激他们，郭子仪正是了解小人这层心理，才让家眷们躲了起来，保护了卢杞的脸面，因而免掉了杀身之祸。

小人还擅长在别人面前说其他人的坏话，尽管我们知道他们的话中有许多是歪曲事实、颠倒黑白的谎话，但很多时候却在不知不觉中被其引导，最终得出一个错误的结论。所以，我们对他人所讲的一切都应当尽可能地认真审察、思考、分析，从而及时做出明断，直至消除各种假、大、空的言辞所带来的各种危害和影响。

东汉末年的某一天，刘备和许汜闲谈。谈到徐州的陈登时，许汜说："陈登文化教养太低，不可结交。"

"你有根据吗？"刘备感到惊异。

"当然有。"许汜说，"头几年，我去拜访他，谁想他一点儿诚意也没有，不但不理人，而且天天让我睡在房角的小床上。"

刘备笑着说："他这样做是对的。你在外边的名气大，人们对你的要求也就高了。当今之世兵荒马乱，百姓受尽了苦。你不关心这些，只打听谁家卖肥田，谁家卖好屋，尽想捞便宜。陈登最看不起这样的人，他怎么会同你讲心里话？他让你睡小床，还算优待哩。若是我，就让你睡在湿地上，连床板也不给！"

刘备在与许汜闲谈中听见对方诋毁陈登的话，没有武断相信，却凭着自己的了解和分析，否定了许汜的判断，并制止其乱说，从而防止了他人对贤才的诬陷。

《吕氏春秋》的《慎行论·察传篇》里也指出："天得言不可以不察，数传而白为黑、黑为白。母猴似人，人之与狗则远矣，此愚者之所以大过也。"吕氏所言，分明为我们指出了得言不察可能导致的严重后果，本来没有的事，经过谗佞者的三弄两弄就成了有的事。这倒不光是打"小报告"的人会变魔术，他只不过在前面导引，问题出在被坑骗的人不能细察深思，识破阴谋，以致睁着眼走上了奸佞安排好的路。

如果我们的身边有小人的存在，一定要远离他们。如果没有办法远离他们，那么平时在和他们相处的时候一定要谨慎说话，坚决不在他们面前议论别人，不给他们兴风作浪的把柄；如果他们批评或谈别人隐私，我们也不要参与，更不要添油加醋，否则很容易被他们嫁祸给自己。

勿忘初心，学会宽容

犯错是人性，这个世界上不存在十全十美的人，亦不存在不会犯错的人。也许曾经，有人因为某些原因伤害了自己，但我们没必要耿耿于怀，学会宽容别人，亦是在宽恕自己。

宽恕，是人类的一种美德。宽恕的本身，除了减轻对方的痛苦之外，事实上，也是在升华自己。因为，当我们宽恕别人的时候，我们也能得到真正的快乐。犯错是常见的平凡，宽恕却是一种超凡。唯有懂得宽恕别人，才能得到真正的快乐。

有一个乡下人，在大年初一发现自家门外多了一个非常不吉利的东西——盛骨灰的陶罐。后来得知是一位邻村仇人干的。他冷静地想了想，在陶罐里种上一株百合花，花开了，他悄悄地送了过去。这一举动打破了原先的僵局。百合花的盛开化解了两家人的仇恨，同时也捎去了他的宽容之心。那位邻村仇人在一片真心面前，登门道歉，自惭形秽。他的宽容之心也被唤醒了。两人的宽容之心互相交换,冤仇自然消除了。

千万不要让心中埋下仇恨的种子,心中一旦埋下仇恨的种子,就再也容不下任何感情。生活一旦充满仇恨,就再也找不到回家的道路。而如果我们能宽恕别人犯下的错误,就能化干戈为玉帛,生活就会充满快乐。朋友之间难免会发生不快,有些朋友甚至会对你大打出手、谩骂、攻击。如果你以牙还牙,势必会结下仇怨,让自己陷入无边的痛苦、报复之中。不管是面对别人的背叛,还是面对生活的不公,我们都不要忘了初心,不要忘了自己最开始时最简单的愿望。

一天早上,一位年轻人走进格兰特的礼品店。他的脸色显得很阴沉,视线固定在一个精致的水晶乌龟上面。

"先生,请问您想买这件礼品吗?"格兰特亲切地问。

"这件礼品多少钱?"年轻人问了一句。

"50元。"格兰特回答道。

年轻人听格兰特说完后,伸手掏出50元钱甩在橱窗上。

格兰特很奇怪,自从礼品店开业以来,他还从没遇到过这样豪爽的买主呢。

"先生,您想将这个礼品送给谁呢?"格兰特试探地问了一句。

"送给我的新娘,我们明天就要结婚了。"年轻人依旧面色冰冷地回答着。

格兰特心里咯噔了一下:"什么,要送一只乌龟给自己的新娘,那岂不是给他们的婚姻安上了一颗定时炸弹?"

格兰特沉重地想了一会儿,对年轻人说:"先生,这件礼品一定要好好包装一下,才会给你的新娘带来惊喜。可是今天这里没有包装盒了,请你明天早晨再来取好吗?我一定会利用今天晚上为您赶制一个新的、漂亮的礼品盒……"

"谢谢你!"年轻人说完转身走了。

第二天清晨,年轻人早早地来到了礼品店,取走了格兰特为他赶制的精致的礼品盒。

年轻人匆匆地来到了结婚礼堂——新郎不是他而是另外一个人!年轻人快步跑到新娘跟前,双手将精致的礼品盒捧给新娘。而后,转身迅速地跑回了自己的家中,焦急地等待着新娘愤怒与责怪的电话。在等待中,他有些后悔自己不该这样去做。

傍晚，婚礼刚刚结束的新娘便给他打来了电话："谢谢你，谢谢你送我这样好的礼物，谢谢你终于能原谅我了……"电话的另一边，新娘高兴而感激地说着。

年轻人万分疑惑，便挂断了电话，迅速地跑到格兰特的礼品店。一推开门，他惊奇地发现，在礼品店的橱窗里依旧静静地躺着那只精致的水晶乌龟！

原来，格兰特隐约猜到发生了什么事情，于是便将年轻人要的那只水晶乌龟换成了水晶鸳鸯。

一切都已经明白了，年轻人静静地望着眼前的格兰特。而格兰特依旧静静地坐在柜台后边，冲着年轻人轻轻地微笑了一下。年轻人冰冷的面孔终于在这一瞬间变成一种感激与尊敬："谢谢你，谢谢你，让我又找回了我自己。"

宽容一种美德，不仅能让别人感到快乐，更能让自己感到幸福，帮自己找回初心。

宽容还是人生中的一种哲学，是一种博大的胸襟，是更高一层的境界。宽容不是退缩，也并非软弱，它可以广阔一个人的心灵空间，赢得人际的和谐，提高一个人的修行和涵养，并能感化伤害你的人。

第二次世界大战期间，一支部队在森林中与敌军相遇，激战后有两名战士与部队失去了联系。这两名战士来自同一个小镇。两人在森林中艰难跋涉，他们互相鼓励、互相安慰。十多天过去了，仍未与部队联系上。这一天，他们打死了一只鹿，依靠鹿肉又艰难地度过了几天。也许是战争使动物四散奔逃或被杀光，这以后他们再也没看到过任何动物。他们仅剩下的一点鹿肉，背在年轻战士的身上。这一天，他们在森林中又一次与敌人相遇，经过再一次激战，他们巧妙地避开了敌人。就在自以为已经安全时，只听一声枪响，走在前面的年轻战士中了一枪，幸亏伤在肩膀上。后面的士兵惶恐地跑了过来，他害怕得语无伦次，抱着战友的身体泪流不止，并赶快把自己的衬衣撕下包扎战友的伤口。

晚上，未受伤的士兵一直念叨着母亲的名字。他们都以为他们熬不过这一关了。尽管饥饿难忍，可他们谁也没动身边的鹿肉。天知道他们是怎么过的那一夜。

第二天,部队救出了他们。

事隔30年,那位受伤的战士说:"我知道谁开的那一枪,他就是我的战友。当时他抱住我时,我碰到他发热的枪管。我怎么也不明白,他为什么要对我开枪?但当晚我就宽容了他。我知道他想独吞我身上的鹿肉,我也知道他想为了他的母亲而活下来。此后30年,我假装根本不知道此事,也从不提及。战争太残酷了,他母亲还是没有等到他回来。我和他一起祭奠了老人家,那一天,他跪下来,请求我原谅他,我没让他说下去。我们又做了几十年的朋友,我宽容了他。"

仇恨会蒙蔽人的双眼,使人看不到生活中的阳光,而宽容则能帮助人们看到生活的希望,利人利己。

一个女孩子因为家里穷,小时候总觉得低别人一等,养成了木纳寡言的性格,在伙伴中是典型的丑小鸭形象;就连身边的叔叔伯伯,也把她当成参照物,作为炫耀自己孩子的资本。

在她读初中时,同族的另一家的孩子早早地戴上了眼镜,而她那时还没近视。族人在一块说话的时候,她清楚地听到那个孩子的父亲在轻蔑地贬低她:"她家那么穷,能买得起眼镜吗?一个眼睛值好多钱呢!"

这个伯伯的话深深刺痛了她的心,这句无意中听到的话成了她刻骨铭心的恨。

再后来,她考上了大学,有了工作,嫁给了一个城里人;而那家的孩子,却在外地打工,过着并不怎么如意的生活。此时此刻,她觉得舒坦、解恨。

风水轮流转,那家的老人得了一场病,在医院治疗需要花很多钱,否则朝不保夕。那家的孩子,也是她小时的玩伴,找到她,希望能在经济上帮他们一把,让老人多活几年。

此时的她经济还算比较宽裕,但小时候受到的伤害让她张口就托辞回绝了。

她这么做在族里激起众怒,她父亲挂着拐棍找上门来,指责她太不近人情,丈夫也劝她别断了人缘。经过大家一番劝说,她凑了两万元钱送过去,并委婉诉说了自己的不是。丈夫还和她在那家老人住院期间专程探望了两次。

那个曾经刺痛她自尊心的伯伯最终还是去世了,又过了一段时间,那家儿子把钱还给了她。而此时的她，是对是错，连她自己都说不清楚，总感到心里很麻木、很茫然。

过了半年，她到外地出差，刚到目的地就接到家里的电话，说父母同时煤气中毒了，让她抓紧时间回去。她心急如焚，犹如天塌下来一般，她是家里唯一的孩子，万一失去父母，她想都不敢想……

而当她搭最近的一趟航班回到市里，又转了几趟车赶到县城医院的时候，父母早已经苏醒过来，看样子并无大碍了。问了家人，才知道是那家的儿子首先发现他的父母出了事，不仅筹钱解决了燃眉之急，而且一直在医院里照顾着他的父母。那一刻，她的眼泪夺眶而出，自责、惭愧、悔恨让她不能自己。

父母出院后，她一直在想，如果自己当初没有帮助他家，那么自己的父母出事了不就没人管了？她反思了自己走过的这些年，发现自己心中一直压抑着仇恨，性格逐渐扭曲，要不是这次父母出事，她还意识不到这些，父母得以生还，让她明白：善待别人就是在善待自己！

佛经里有这么一句话："以恨对恨，恨永远存在；以爱对恨，恨自然消失。"面对别人的伤害，我们应该宽以待人微笑面对别人，别人才会对你微笑，善待别人，最后善待的是自己。

珍惜站在你背后的那个人

虽然我们的生活中无时无刻不存在着被人背叛的危险，但生活并不是没有温暖，在我们的身后，还是会有人一直支持着我们，帮助着我们，因我们的失败而落泪，为我们的成功而喝彩。

15 世纪，在纽伦堡附近的一个小村子里住着一户人家，家里有 18 个孩子。光是为了糊口，一家之主、当金匠的父亲丢勒几乎每天都要干上 18 个小时——或者在他的作坊，或者替他的邻居打零工。

尽管家境如此困苦，但丢勒家年长的两兄弟都梦想当艺术家。不过他们很清楚，父亲在经济上绝无能力把他们中的任何一人送到纽伦堡的艺术学院去学习。

经过夜晚床头无数次的私议之后，他们最后议定掷硬币——输者要到附近的矿井下矿四年，用他的收入供给到纽伦堡上学的兄弟；而胜者则在纽伦堡就学四年，然后用他出卖的作品收入支持他的兄弟上学，如果必要的话，也得下矿挣钱。

在一个星期天做完礼拜后，他们掷了钱币。阿尔勃累喜特·丢勒赢了，于是他离家到纽伦堡上学，而艾伯特则下到危险的矿井，以便在今后四年资助他的兄弟。阿尔勃累喜特在学院很快引起人们的关注，他的铜版画、木刻、油画远远超过了他的教授的成就。到毕业的时候，他的收入已经相当可观。

当年轻的画家回到他的村子时，全家人在草坪上祝贺他衣锦还乡。音乐和笑声伴随着这顿长长的值得纪念的会餐。吃完饭，阿尔勃累喜特从桌首荣誉席上起身向他亲爱的兄弟敬酒，因为他多年来的牺牲使自己得以实现理想。"现在，艾伯特，我受到祝福的兄弟，应该倒过来了。你可以去纽伦堡实现你的梦，而我应该照顾你了。"阿尔勃累喜特以这句话结束他的祝酒词。

大家都把期盼的目光转向餐桌的另一端，艾伯特坐在那里，泪水从他苍白的脸颊流下，他连连摇着低下去的头，呜咽着再三重复："不……不……不……"

最后，艾伯特起身擦干脸上的泪水，低头瞥了瞥长桌前那些他挚爱的面孔，把手举到额前，柔声地说："不，兄弟。我不能去纽伦堡了。这对我来说已经太迟了。看……看一看四年的矿工生活使我的手发生了多大的变化！每根指骨都至少遭到一次骨折，而且近来我的右手被关节炎折磨得甚至不能握住酒杯来回敬你的祝词，更不要说用笔、用画刷在羊皮纸或者画布上画出精致的线条。不，兄弟……对我来讲这太迟了。"

为了报答艾伯特所做的牺牲，阿尔勃累喜特·丢勒苦心画下了他兄弟那双饱经磨难的手，细细的手指伸向天空。他把这幅动人心弦的画简单地命名为《手》，但是整个世界几乎立即被他的杰作折服，把他那幅爱的贡品重新命名为《祈求的手》。

没有人能够靠自己独自取得成功，我们要珍惜那个站在我们身后默默支持着我们的人。要知道，人性依然是美好的，这个世界上还是有很多人希望我们能过得更好，希望能在自己力所能及的范围内帮助我们。

有一个聪明伶俐的女孩,从小到大都是一帆风顺,生活过得如鸟儿般自由畅快。然而天有不测风云,大四那年,一场车祸给她带来了痛苦和不幸,并留下终身难愈的病根:只要一紧张她就会双耳失聪,陷入死一般沉寂的世界。

毕业后女孩四处奔波,辛苦求职。每次她都会将病情向应聘单位坦诚相告,每次也就因此被拒之门外。就在她万念俱灰之际,一家新闻单位录用了她,不仅因为她优异的专业成绩,更主要的,是她诚实的品格打动了主考官的心。

她被安排到资料室工作,由于她做事尽心尽力,对同事谦和有礼,很快就赢得了大家的喜爱和信赖。她几乎忘了自己的"生理缺陷",一如既往地愉快地生活,直到半年后的一天。

那天她特别忙,查找资料的人很多,又都等着要,闹哄哄的一群,在旁边七嘴八舌地催促着。一瞬间,她就什么也听不见了,徒然看着别人张张合合的嘴,却不明所需。资料当然没法调出来,整个编辑部的工作都因此耽搁了。

从那以后,她一直惶惶不安,不知是否会被辞退。她甚至觉得同事看她的眼神都是那样的陌生而奇怪。她比以前更卖力地工作,比以前更谦虚地待人。但是一切都仿佛改变了。她开始闷闷不乐,少言寡语。到了周末,通常是大家一起去楼顶七楼大厅开派对的时间,可是这次没有人来邀请她。她孤零零地坐在自己的办公室,想人的虚伪、冷酷自私、毫无同情心,想得泪水涟涟,继而又怒火中烧:为此我就得遭他们轻视、躲着他们吗?不!我偏要找到他们,痛快淋漓地说一通,撕下他们伪善的面具,再丢下辞职信扬长而去。

她怒气冲冲地跑上七楼。七楼静悄悄的,没有霓虹闪烁,没有笑语喧哗,只从门隙里透出些许晕黄的光亮。难道他们已经在商量她的去留问题?不劳他们费心了……她含着伤心的泪水,一把推开门,却立刻目瞪口呆:从主编到记者,每一个人都在用手比画着,用心学着哑语。最年轻的同事冲她笑笑,打了一个手势,那个意思她懂:我们都喜欢你。

是的,他们牺牲了宝贵的业余时间,只是为了让她安心工作,给她创造一个即使无声却有情的世界……

她的眼睛再次湿润了,心里感到了电流击过般的震颤。她想起了村上春树的书里所写的:鱼说,你看不到我的泪,因为我生活在水里;面对那条悲伤的鱼,水轻轻地言道,我能感觉到你的泪,因为——你一直在我心中。

今晚以后，她再不会以无端的恶意揣测别人，也不会再自怨自艾自叹悲苦，因为她将永远记得水的回答——如此的澄澈坦荡，写着生活的真谛。

如果你的周围有这样的人，请记得，一定要珍惜。

第十二章 学会靠自己成长

别人给你的糖,甜过一阵就涩了,委屈时靠的肩膀,等眼泪流完后就离开了,面前朝你伸来的手,绕过这个峭壁就没空牵你了。当有一天,你发现自己炒的菜最香,自己种的果最甜,自己抹掉眼泪才是成长,自己翻过山峦才算到过天空,你就会知道,幸福需要经营,你想要的人生,只能自己给自己。哪怕,我们有着这样那样的缺陷,终究也要学会靠自己成长。

谁的人生无缺憾

要求完美是件好事,但如果过了头,反而比不求完美更加糟糕。金无足赤,人无完人,这个世界上本就不存在完美无缺的人,也没有谁的人生可以完美到没有任何缺憾。

一只毛毛虫曾向上帝抱怨:"上帝啊,你也太不公平了。我作为毛毛虫的时候,相貌丑陋,行动又缓慢,而当我变成了蝴蝶后,却美丽又轻盈。前期遭人厌恶,后期又招人赞美。这也太不平衡了吧!"

上帝点了点头,说:"那你准备怎么办?"

毛毛虫接着说:"这样吧,平衡一下。我现在虽然丑陋点,但你让我行动轻盈点;当我化为蝴蝶后,让我行动迟缓一点。"

"这样啊,那恐怕你活不了多久啊!"上帝摇了摇头。

"为什么啊?"毛毛虫焦急地反问。

"如果你有蝴蝶的漂亮却只有毛毛虫的速度,是不是很容易就被人捉了去呢!现在之所以没人碰你,就是因为你的丑陋啊。"上帝语重心长地说。

毛毛虫想了想,决定还是做一只缓慢而丑陋的毛毛虫。

在群星中,因为有了转瞬即逝的流星,才愈发美丽;在百花中,因为有了风雪侵袭的腊梅,才愈显芬芳;在雕塑中,因为有了维纳斯,才更加神秘。同理,世间万物只有存在缺憾才更显美丽。

缺憾不一定都是坏的,有可能就是你的长处和优点。只要会利用,可能还会给你带来意想不到的效果。

在一个海岛上,一种昆虫正常发育都有翅膀,而有的发育不良,就是残翅或无翅。没有了翅膀,活动范围小,捕食也受到很大的限制,这是不是很大的缺陷呢?然而遭遇大风时,有翅的飞行中常被海风卷入海水中淹死,而没翅的往往得以保存性命。

狐狸讨厌自己那又大又笨而又单调的尾巴,一门心思羡慕孔雀那漂亮的尾巴,于是割掉自己的尾巴装上向孔雀借来的漂亮尾巴,甚是得意。寒冬到了,狐狸外出觅食,被猎人发现了,它慌忙收起尾巴逃跑,可猎人仍然紧追不舍,它想起以前那条毛茸茸的大尾巴,以前逃跑时,那条大尾巴扫过雪地,能将自己的脚印掩盖,再高明的猎人也找不到自己的踪迹。可是,现在……后悔已经晚了。

我们不能去埋怨自身的缺陷,恰恰相反,我们要懂得把缺陷变成一种优势,让缺陷成为自己的保护伞。

晨晨很胖,为了减肥,她又是运动,又是节食,但是她的体重还是居高不下。不过自从参加了演讲比赛后,她再也不喊着减肥了。

晨晨参加了那次全市高校大型演讲比赛,但是由于音响故障导致9点半才开赛,而参赛人数多达32个。临到抽签了,晨晨向上帝祈祷说千万别让自己抽到后面的,因为时近中午,再动听的演讲也不如一碗米饭来得实在。但是上帝并没有站在晨晨这边,没听到她虔诚至极的祈祷——抽了个32号,最后一个。晨晨倒吸了一口凉气,回到座位上,心怦怦跳得快极了,也听不清带队老师的劝慰,更听不清选手们的演讲,脑子里一片空白,愈慌愈急便愈想不出对策。

果真如晨晨所料,过了12点,赛场上的人群开始骚动了起来,而差不多要半小时才能轮到晨晨演讲。在这可贵的关键时刻,一个念头突然闪过晨晨的脑海。当主持人宣布"32号选手上场"时，她一扫开始时的沮丧和担心，信心百倍精神抖擞地站了起来。在讲台上站定后，她用微笑而平静的目光环视赛场一圈，骚动的人群渐渐平静下来，视线也集中到演讲台上来了。这时晨晨不慌不忙地开口了："今天我是最后一个上场，好在我体重比较重，希望能压得住这台戏！"

话音刚落，全场一片笑声，随即是热烈的掌声。饥肠辘辘的大家以难得的耐心听完了晨晨为时7分的演讲，并一再响起潮水般的掌声。最后评委团主席评点赛事，说了一句这样的话："表现尤为突出的是32号选手，她以她的体重，更以她的实力压住了这台戏！"台下又响起大家默契的笑声和掌声。

卡耐基曾经说过：一种缺陷，如果生在一个庸人身上，他会把它看做是一个千载难逢的借口，竭力利用它来偷懒、求恕、懦弱。但是如果生长在一个有作为的人身上，他不仅会用各种方法来将它克服，还会利用它干出一番不平凡的事业来。

有一个孩子生下来就有残疾，一条腿长一条腿短。从小他就看惯了太多人的白眼，听惯了太多人的嘲笑，于是他变得沉默而敏感，用自卑把自己封闭了起来。

每次上体育课都是他最难熬的时间，行走在队列之中，他是那样显眼。而且，许多活动他都无法参加，只能坐在一边眼巴巴地看着别人玩儿。还有就是每天上午第二节课后的课间操，是更令他难堪的事，在大操场上，全校的学生都在，他摇摇晃晃做操的时候，周围总会有人小声地笑。

于是他每天就更沉默，拼命地学习，什么活动也不参加。有一天，班里组织去爬山，老师说每个人都要去，谁也不能请假。这让他慌乱不已，因为自己的腿，他从没爬过山。他无法想象在爬山的时候，别人会怎样地嘲笑他。可他必须去。下了车，到了山脚下，那山不是很高，却很陡，而且没有现成的路，只能一步步地向上硬爬！

老师一声令下，同学们向山上冲去，他也向前猛冲，一开始还跟跟跄跄，可一上了山坡，这种感觉立刻没有了。原来在爬山的时候，别人是看不到他的缺陷的。而且，由于一条腿长一条腿短，他迈步攀登在高低不平的山坡上竟比别人省力得多！这一发现让他惊喜不已，很快，他已超过所有的人而遥遥领先。

他回头看时,身后的老师同学都对他报以热烈的掌声。

那天回到家,他忽然问:"妈妈,为什么我在平地上走路摇摇晃晃的,而爬山的时候却又稳又快呢?"妈妈说:"孩子,上天给了你两条不一样长的腿,就是让你比别人走得更高啊!"他一下子愣住了。

世界上,没有缺陷的人或事是不存在的。有缺陷并不可怕,不能因为自己身上的某些缺陷或是某些事情不成功就气馁,不妨换个思维方式——想方设法把缺陷和不足变成优势,来个"扬短避长"。

每一个人都有劣势,有优势。总是有许多人为自己的劣势、缺陷而苦恼不已。然而,与其为自己的缺陷费心费神,倒不如想想,怎样弥补自己的缺陷,利用自己的缺陷,让他在别的方面成为优势。

其实,你的劣势或许就是你的优势。当你在为自己的缺陷而悲伤难过时,请记下这样一句话:来到这个世界,每一个人都像是天上的一颗星星,没有远近,没有大小。即使你是最不亮的一颗,也一样拥有深邃的天庭。

没有谁的人生没有缺憾,很多时候,我们不是跌倒在自己的缺陷上,而是跌倒在自己的优势上,因为缺陷常能给我们以提醒,而优势却常常使我们忘乎所以。

生活不可能完美无缺,正因为有了残缺,我们才有梦、有希望、有追求。当我们为梦想和希望而付出努力时,我们就已经拥有了一个完整的自我。所以,拥抱自己的缺憾吧!

只要你足够强大

绝大多数人都会为自己身上的某个缺点而大伤脑筋,想尽办法来掩饰,但实际上,只要我们足够强大,那些缺点也会变成我们身上独一无二的特点。

某单位举办讲座,邀请的演讲人是一个著名的报社总编。这位总编很年轻,主办的报纸甚是红火。在业内,仰其名者众,亲见其人者却不多,于是他便有些神秘。

他来了，高而瘦，轮廓俊朗，形象上似乎并不出人意外。他的演讲也比较精彩，内容丰富，时有独到见地，且风趣机智，听众常被激出笑声。唯一令人没想到的是，他每讲几句话，眼睛就要神经性的使劲眨一下，眨眼时面目有些"狰狞"。大家显然从他一开始讲话就发现了这个缺陷，却并没有人就这一"发现"在底下窃窃私语，甚至讲座结束后也没有什么议论。

　　演讲结束后，主办方的负责人和自己的领导说起这位总编的这个缺陷，没想到领导说："对于像他这样的人，生理的缺陷已不再是什么缺陷了，他的缺陷已经变成了他的特点。"

　　领导的话让这位负责人很是惊讶，细想却觉得非常有道理，这也是社会看人的一种标准：当你优秀到足够的程度，人们不但可能对你的缺陷"视而不见"，甚至还会将其美化为值得你自豪的一个标记；反之，当你平庸到不能对你身上的缺陷有所弥补，你的缺陷就会在人们的眼里被放大，放大到你除了缺陷就一无所有。

　　或许会有人说，社会这样看人太势利。但这样的"势利眼"对于身有缺陷者不失为一种鼓励和期许：你有缺陷，这没什么大不了的，你还可以通过自己的努力改变人们对你的缺陷的看法。

　　这个世界上没有任何一个人是完美的，谁的身体上难免都会有这样那样的缺陷。但要记住：我们身体上的缺陷，除了是缺陷外，它还能够变成我们的特点。

　　1981 年，刚刚 3 岁的何军权因为淘气爬上了村里的高压变电器，也就是在那一刻，他失去了双臂，但他以顽强的毅力和坚苦训练实现了自己的人生价值。从 1996 年到 2004 年，何军权在国内、国际大赛上共夺得了 26 枚金牌，7 枚银牌和 7 枚铜牌。他被誉为"无臂蛟龙"的称号。

　　何军权曾说："许多残疾人都觉得自己抬不起头来，其实，这个世界上就没有完美的人，有人敢说自己的人生是没有遗憾的吗？所以，心态是最重要的，不要想着别人怎么看你，关键是你怎样看自己。"

　　不要害怕自己有缺陷，会受到别人的嘲笑，要勇敢的面对它，把这些缺陷化作自己的前进动力。

英国教育大臣戴维·布伦基特是位盲人,他是位聪明过人且具有远见卓识的学者。他生下来就没有视力,在 4 岁进入盲人学校学习,12 岁时父亲因工伤去世,从此家庭失去了经济来源,布伦基特转入技术学校学习。他学会了挡车工、调琴师、速记员等多种职业所需要的技能。从 1987 年起,布伦基特就被选为英国下议院议员,而且是工党影子内阁的教育大臣。在议会中,他经常与保守党议员唇枪舌剑。他用词尖刻,论据有力,常使保守党议员处于被动。

　　一场突如其来的猩红热产生的高烧使海伦·凯勒失明、失聪,成为一个集盲、聋、哑于一身的残疾人。一个人在无声、无光的世界里,要想与他人进行有声语言的交流几乎不可能,因为每一条出口都已向她紧紧关闭。但是,海伦是个奇迹。这位女子却用勤奋和坚韧不拔的精神紧紧扼住了命运的喉咙。她的名字已经成为坚韧不拔意志的象征,传奇般的一生成为鼓舞人们战胜厄运的巨大精神力量。伟大的著名作家马克·吐温说:"19 世纪有两个值得关注的人,一个是拿破仑,另一个就是海伦·凯勒。"

　　爱迪生小时候因为被司机暴打导致耳朵失去听觉,但他居然发明了留声机。后来成名以后,他还说要感谢那位司机打了他,使他更加耳根清净,少了很少烦杂,才能有了那么多伟大的发明。

　　达尔文病魔缠身四十多年,仍然四处考察,发表了著名的进化论。"如果我不是有这样的残疾,我也许不会完成这么多的工作。"达尔文承认他的残疾对其成功起了很大的激励作用。

　　这些成功人士都有着这样或那样的缺陷,但他们都没有因此而自卑,而是超越了这些弱点,成就了他们自己的精彩人生。
　　是的,只要你足够强大,你的缺陷也会变成你的特点,世人只会因为你的缺陷而更加尊重和敬仰你,而那时,缺陷在你心中已经不具备任何威胁力了。

不完美才是最完美的状态

据说,每个人其实都是上帝咬了一口的苹果,来到世界上就是为了不断修复那个缺口,使自己日趋完美。与其说这个缺口是一个巨大的遗憾,不如说它是一个美好的希望。

海伦·凯勒所拥有的是一个既听不见也看不见的躯体,她没有见过大海的蔚蓝,也没有见过太阳的灿烂;她没有听过人们的欢笑,也没有听过鸟鸣的愉悦,所有的一切,对于她来说,只是一张白纸,但是她却描绘了最绚烂的图案。又有谁说她不是美丽的呢?

邰丽华双耳失聪,听不到任何声音。但是她却从绝望的谷底舞到了艺术的巅峰,用指尖勾勒出人间最唯美的舞姿,一次又一次给人们带来震撼。又有谁能说她不美丽呢?

美神维纳斯雕像,因为无臂而更美丽。她无臂,所以她有无数种更加美丽的可能性。

月亮是美的,但总有缺亏的时候;日子是美的,但白天过后总有黑夜;花开是美的,但花谢总会紧随着花开而来;蝴蝶是美丽的,但它要经历破茧成蝶的痛苦……世间万事万物都有不完美的一面,正如硕大珍珠上的斑点,于微瑕中更能彰显出其美丽,而如果一定要将那个斑点去掉,追求完美,那么最终可能会什么都得不到。

一个渔夫在大海里打捞到了一个蚌,打开后,发现其中有一颗硕大无比的珍珠。它光彩夺目,颗粒圆润饱满,唯一的缺憾就是有一个小黑点。渔夫心想:如果没有这个小黑点,这颗珍珠一定会变得十分的完美。于是他剥下了一层珍珠,可黑点仍在;他又继续的剥,黑点纹丝不动,最终黑点终于消失了,可那颗珍珠也变成了粉末。

西方有位先哲曾说过:"人性格中最大的不完美就是追求完美。"渔夫追求完美的决心固然可贵,可是他忽略了世间万物都无法完美这一事实。他的止步是被紧紧的束缚在那一个很小的缺憾上，为了弥补它，竟不惜以整颗珍珠作为代价，最后玉石俱焚。假若渔夫能够包容它，不苛求完美，那颗珍珠就会很好地保存下来。

事事都追求完美的人，活得很累，而如果能有一颗豁达的心，能接受和包容不完美，则会活得非常快乐。

有一位人力三轮车师傅，50多岁，相貌堂堂，如果去唱歌，应该属偶像级的。他每天开心地干着"活儿"。他虽是跛足，左腿长，右腿短，天生的生理缺陷。

每天乐呵呵地笑迎四方来客。有人问他为啥这么喜乐，他很坦然，仍是笑着说，为了能不走路，踩三轮车便是最好的伪装，这也算是"英雄有用武之地"。有时他会叮上一句："我媳妇很漂亮，儿子也很帅！"

坐他的车，如沐春风。他说，自己没有什么文化，有好体力，踩三轮车很环保，也可养家糊口，一天可挣上百元，他有人生三愿，即吃得下饭，睡得着觉，笑得出来。

我们要努力追求完美，但同时我们必须学会包容我们的不完美。完美欲是人类的天性之一，有了它，人类才会永不满足地向前发展。很多时候，我们取得了某些成就，就得益于我们的不完美。

一位腿有残疾的私营企业主。他在南京，经过自己十几年的奋斗拼搏，终于成了远近闻名的雕刻家和经营雕刻精品的大老板。有人对他说："你如果不是腿有残疾，恐怕会更有成就。"他却淡然一笑说："你说得也许有道理，但我并不感到遗憾。因为如果没得小儿麻痹症，我肯定早下地当了农民，哪有时间坚持学习，掌握一枝之长？我应该感谢上帝给了我一个残缺的身体。"

人生若没有缺憾，就只能是一条单调的直线不会有什么起伏，也不会让你尝到奋斗的快乐。有了缺憾，就有了起伏。大起大落的曲线，才是人生真正的写照，才会折射出最美丽彩虹。有低谷，有高潮，有缺憾的人生，才是完美的人生。

第十三章 友谊如花，温暖绽放

青春里的友情，是相互陪伴、携手并进的。因为好朋友的存在，青春的路上不再孤单寂寞。困难时的帮助，失意时的陪伴，快乐时的分享，都会给我们向上的力量。人的一生中会遇到很多朋友，而青春里陪你成长、共同进步的那个人，或许就是一生都不用设防。青春时的友谊如花，温暖绽放。

青春里的友谊

17岁那年，依依以全校第一名的成绩进入全县最好的那所高中，而她，却并没有多么开心。

处在人生花季的她，因为自己胖胖的身材而格外烦恼。虽然初入学时，大家因为她那令人望而生畏的高分数而对她颇有礼貌，甚至带点讨好的意思，但她还是感觉到了大家对她的排斥，比如女同学只会在向她请教学习问题时才会和她说话，而关于衣服、发饰、时尚杂志、明星等女孩子最热爱的话题，却从来没人和她聊过。

依依在班里唯一的朋友是王菁，因为王菁和她一样是一个胖女孩，而且因为成绩不如她好就备受同学们的奚落。王菁什么时候走路都低着头，眼睛看着脚尖，贴着走廊的墙壁，慢腾腾地下楼，像是爬行的蜗牛，还缩着头。

依依很为王菁感到不平，好多次想告诉王菁，走自己的路让别人无路可走，可是话到嘴边又咽了下去。她扪心自问，自己又有什么资格说那些斟酌了又斟酌的话呢？年少的人，谁的眼里不是只有自己，别人的缺点那么轻易被置在放大镜下，玩笑起来不留情面。自尊在张扬的青春面前像是一张薄脸皮，吹弹可破。

王菁的脸皮，比这更薄。她甚至不敢在多于三个人的场合讲话，哪怕是课堂上被老师点名提问，她也是低低垂下头去，紧抿着嘴唇，不发一语。

但为了让依依接受老师的安排当班会的主持人,王菁竟然答应唱《青藏高原》给她助威。

依依本来很抗拒主持这种活动,但为了能让王菁突破自己而没有推脱。她精心准备,小心翼翼地将班会办得风生水起,演讲、竞选、个人秀,一切都有条不紊地进行。她知道,出一点差错,都会让王菁摆手不干。

直到快要结束时,王菁才磨磨蹭蹭地举了手。她低着头小声说:"我可不可以唱首歌?"

台下忽地笑作一团,王菁都要哭了,可她还是张张嘴,唱了。那宽广的音域还有飘渺而坚定的声音,把所有人一口气带回了青藏高原,台下掌声如潮。

王菁如半路杀出的一匹黑马,成了班上的文艺委员。

但青春的烦恼,远远不止于身材的胖瘦和成绩的好坏。文理分科时,依依在所有人的目瞪口呆中去了文科班。

自然,去了文科班的依依依旧是成就最好的学生,也理所当然地成为了新班级的学习委员。

每一所高中里面,理科班的男生常常笑文科班的男生是"文弱书生",仿佛手无缚鸡之力是特指文科男。依依所在的学校也不例外,而她因为成绩好几乎成了班里的代言人,这些言论自然而然没少进到她的耳朵里。好多次,依依都快被理科班男生的挑衅气得哭出来,却只能把眼泪咽回肚子里,低着头从这群人中间走过去,她不想让班里的男生和他们起冲突。

不过,她的隐忍并没有换来多长时间的和平相处,理科班男生在某一节体育课上直接向她所在的班发起了挑战。

依依忍了许久的泪水还是流了下来,她不知道该如何处理这种局面。就在这时,韩亮带着篮球一阵风似的从她身边跑过去,拍着篮球笑着对挑衅的男生说,什么时候比比?

那天晚饭后,夏末的风已有些凉意,韩亮带着班上为数不多的男生,在篮球场上和人高马大的理科男对决,运球、投球、抢篮板,好像很有战术,轻易就避开了对手的进攻。前两场她们班和理科班打成平手,看台上人声鼎沸,论拉拉队,理科班绝不是她们文科班的对手。

韩亮的头发剪得干净利落,细长的眉眼,整张脸轮廓分明,有阳光清新的笑。最后一局文科班以1分险胜,理科班女生瞬间倒戈,韩亮让整个年级的女生尖叫。她笑着从人群中撤出时,韩亮追上来说,"没给您老丢脸吧!"

韩亮用男生的方式解决了男生们的问题,不暴力,有面子,彻彻底底。

青春,是轻易就为鸡毛蒜皮的小事而大动干戈的年纪,可是韩亮把"文弱书生"的话认真听下去,不动声色扳回一局,并且一劳永逸。让对手心服口服的对决只有光明正大的胜利,而在这之前,要想毫不费力,就必须十分努力。

这一次,韩亮让依依终于可以在理科班的男生面前高昂着头走过去。

日子如白驹过隙,青春像是古老的过去已经走得那么远。但在依依的记忆里,有那么两个人,是她永远不会忘记的。

她不会忘记,有一个女孩子为了鼓励她,不惜成为众矢之的,勇敢地站起来,开成一朵玉兰。那个女孩教会她自信得体,坚忍不拔,实力是捍卫荣誉的最好武器。

她不会忘记,有一个男孩子,大大方方地付出自己的关心,出色利落地拿下青春期的敏感。他教会她心胸宽广,温润如玉,也告诉她团队合作总是轻而易举就胜过孤军奋战。

她不会忘记青春里的那些日子,日光温暖,明晃晃的阳光柔软地倾泻而下。学校的白玉兰丰腴地盛开了一树又一树,风一吹,连带着饱满了青春的歌声。

那些美丽的青春年华一去不返,而藏在青春里的那些友谊,却未随着时间的流逝而消失无踪,而是变成一朵花,绽放在我们的记忆力,永不凋谢。

时间煮雨

"风吹雨成花,时间追不上白马,你年少掌心的梦话,依然紧握着吗……"当这首歌的旋律想起,相信很多人的脑海中会浮现出年少时一起嬉笑打闹的那些小伙伴们,是他们陪我们走过那段最纯真的岁月,也许曾经有过误会,也许分开后很久没有再联系,但即使多年后回想起来,心里依旧是满满的幸福与感动。

那一年,晓彤 9 岁。因为父亲从部队转业回到老家,她也随着父母从美丽的南方回到了北方老家的那个小县城，住进铁路局家属院，然后插班到铁路小学读书。

那时候，似乎所有孩子对插班生都有着莫名其妙的歧视。瘦瘦小小的晓彤刚到班上就成了男孩子们取笑的对象，调皮的男生跑过来抢了她的帽子扔到半空，有人接起来继续扔……她看着帽子满天飞，眼泪在眼眶里打转，却又倔强地抿着嘴不服输。

一个很高的女生忽然冲到正要扔她帽子的男生身边，板着脸严厉地说："把她的帽子还给她。"

男生翻翻白眼，扔下帽子跑了。女孩把帽子拿到晓彤面前，掸掸土，仔细给她戴上，安慰她说："我叫小梅，以后有人欺负你你就找我。"

那天放学后，晓彤掏出两块她装了一整天没有舍得吃的大白兔奶糖塞到小梅手里。

小梅张开手看了看躺在掌心里的两块糖，笑了，然后伸手牵过她的手，说："我们一起回家"。

小梅是班里的体育委员，跑步、跳高、游泳，她都能在运动会上拿到第一名，但功课却很一般，不管怎么努力，分数总是在中等以下。而晓彤，即使随便努力一下，成绩也会蹿到前几名去，但她的体育成绩却非常差。

两个女孩互相羡慕，各自的出色之处又不冲突，慢慢成了一对形影不离的好朋友。

晓彤经常去小梅家蹭饭，但小梅家的人从不觉得她嘴馋，还会把所有好吃的都拿出来。学习好的孩子走到哪里都会受欢迎，因为家长们总是想让学习好的孩子帮自家的孩子把成绩提上去。但是常常有些事，即使努力也无济于事。六年级的时候，小梅几乎把学习桌搬到了晓彤家里，可是成绩还是在中等以下。

两个女孩子都很失落。成绩的差别，让她们很可能从初中起就无法再在一起。为此，晓彤甚至暗暗决定放弃考一中，去和小梅考一样的学校。她不知道那意味着什么，但是，她不想和小梅分开，对她来说，和小梅在一起，比一所好学校更重要。

晓彤把这个决定偷偷告诉小梅，那天晚上，小梅哭了。之后，小梅更加努力了，所有时间都用来学习，效果却依然不明显。

就在她们两个快要绝望的时候，转机出现了。

考试前的一个月，一中的体育老师来选拔体育生，作为体育委员，小梅第一个被老师推荐上去。她擅长长跑，成绩达标，顺利被选中。而晓彤，以全县第3名的成绩考入一中。

初中三年，成为少女的她们完全延续了童年时的好，甚至更加要好了，虽然不在一个班，可是每天都一起上学放学，中午一起吃饭。小梅在初中的那三年长到了170厘米，跑得越来越快。晓彤还是瘦瘦小小的，体育成绩不达标，功课一流。

因为小梅，在学校瘦小的晓彤从来没有被任何人欺负过。体育生是很有威慑力的，谁都知道有小梅罩着她。晓彤依旧爱到小梅家蹭饭，而晓彤的母亲会在买衣服时给两个孩子各买一件，以还女儿在人家家里吃饭的情分。

两家的关系就这样慢慢近了，好像她们成了同一个家的孩子，不用再分彼此，这让她和小梅心里充满着无限欢喜。

中考过后，两人毫无悬念地以自己的特长升入本校的高中部，两人依旧是形影不离的好朋友。

然而，她们的友情并没有一直继续下去。

高一那年暑假，两家因为单位分房的事情不知道为什么有了矛盾。看着父母冷若冰霜的脸，两个女孩子再也不敢去对方家里，也不敢偷偷约对方出去玩。

随着两家矛盾的激化，晓彤想找小梅去对质，但每次在外面碰到小梅，小梅远远地便躲开了。

"若不是他们家没理，她为什么要躲着我？"晓彤心痛地偷偷躲在房间里哭泣，没想到对自己那么好的小梅一家人原来都是些"笑面虎"，她发誓这辈子都不再搭理小梅。

那一年的暑假，是那么漫长，两个曾经最要好的小伙伴在炎热的夏天变得越来越陌生，最终就算相遇，也只是对视一眼，眼神复杂且仓促，然后各自躲开了。

她们都知道，她们失去了彼此。在自己的亲人面前，她们还是不约而同地选择了血浓于水的感情。她们都是这样凡俗的女子，她们这么自私又这么无奈。

再后来，晓彤的父亲被调到了其他的地方，她们全家也搬离了这座小县城，去了更繁华的省会城市。

她和小梅，就这样远远地淡出了彼此的生活。

多年后，晓彤已为人妻为人母，在回老家扫墓时，她在县城的街头看到一个熟悉的背影，高高的个子，利落的短发，已有身孕，穿宽松的衣衫。

"小……"

最终，她还是没能喊出那个名字，只是站在那里目送那个熟悉的背影走远。

"小梅，不知道这么多年你有没有怨过我，我从来都没有怨过，这些年，我一直记得你给过我的所有的温暖，并永不会忘记。尽管，我没有对你说过。我会好好的，你也要幸福。"夕阳下，晓彤觉得这个世界是这样安静，这样温暖。

友谊如此温暖

小丫小时候是个不讨人喜欢的小孩，因为她看起来永远是一副面黄肌瘦、营养不良的样子。

但她庆幸，有莲莲和杨阳这两个长得非常好看的小伙伴陪自己长大。幸好莲莲和杨阳并不嫌弃她，带她一起玩，她被男孩子欺负的时候，也会挺身而出保护她。而似乎每个人都喜欢好看的小孩，所以即便他们犯了许多无伤大雅的祸，大人们看到他们，心肠就软了下来，顺便也原谅了小丫这个丑小孩。

三个小伙伴快乐地在一起长大，莲莲变得沉默内敛，杨阳变得温暖憨厚，小丫则变得开朗大方，再也不是那个一被欺负就只会哭鼻子的丑小孩了。

长大了的他们依旧是最好的朋友，因为习惯了彼此，他们容不得太大的反差。小丫英语不好，莲莲便牺牲了周末的时间给她补习；莲莲的自行车坏了，杨阳便每日骑车到她家的木门外，载着她一起上学；杨阳放学以后去给那几只流浪猫送吃的，小丫便在中饭的时候留半个包子。

小丫一直以为，他们会永远这样厮混下去。

然而，那年夏天，大红的成绩榜宣告他们厮混的日子到此结束。莲莲去了省一中，杨阳去了市三中，小丫去了县实验中学。他们三个以那条弄堂为地标，向不同的方向伸展。

一年后的夏末，他们回到了曾经的中学，白石砖建成的教学楼里，有三个没有窗户的隔断，能看到澄澈的天空，闻见树叶的清香。

他们穿同样的校服各据一个隔断，没有话，看不到彼此的表情。他们心里有了不愿与彼此分享的秘密。那天他们一直看着天空的颜色渐渐暗淡，然后叠手告别彼此。

小丫的心却在流泪，曾经那样要好的朋友，如今却有了各自的秘密，再也不愿和彼此分享，曾经的时光，果然是回不去了。

后来他们念高中，考大学，然后有了彼此的男友女友。他们依然每年在那条从小玩到大的弄堂的饭店里聚会，淡淡地说着自己的幸福忧愁，看着三个人渐渐变成六个人。

大学毕业后，他们又聚会，六个人又变成了三个人，弄堂的风依旧潮湿，他们喝到很晚，然后在觥筹交错中怀念曾经。

喝到饭馆打烊，他们在大街上牵着手大呼大叫。直到此时他们才明白，原来他们都没变，原来这么多年还是只有在彼此的面前才可以不用伪装，才可以肆无忌惮。

"大雪也无法抹去，我们给彼此的印记，今夕何夕，青草离离，明月夜送君千里，等来年，秋风起……"

等来年，秋风起，那些留在青春岁月里的温暖记忆，也不会散去。多年后，我们想起彼此，依旧是旧时微笑的模样，依旧是心中最美的回忆。

她叫她"蔷薇"，她叫她"紫鸢"，她说她像红蔷薇一样热情似火，她说她像蓝紫色鸢尾一样明媚却又略带忧伤。

她们的整个大学期间都腻在一起，却在毕业后各奔东西。

其实也算不上各奔东西，她们在同一个城市，只是一个在城北，一个在城南。

毕业后的她们忙着工作，忙着恋爱，忙着结婚生子，忙到已经不知道多久没有见过面了。

一天，紫鸢给蔷薇打电话，幽幽地说好久没见面了呢！

蔷薇穿越大半个城市去看紫鸢。

快到目的地，蔷薇发现穿错了鞋。她穿着宝蓝色的裙子，却蹬着一双红色的鞋，于是马上掉头回家，又穿越了近半个城市。

老公有些意外。

"穿错鞋了,紫鸢会笑话。"蔷薇解释完,呼啸而去,她迟到了半个小时。

紫鸢在餐厅的某处向蔷薇招手,蔷薇气喘吁吁地来到她面前。

"你怎么一点都没变,还跟以前一样风风火火!"紫鸢依旧像之前那样,帮她拉开椅子,轻声责怪她。

蔷薇突然就笑了,原来,这么久了,她们谁都没变。

玉簪和铃兰好久没见面。

最近玉簪总是梦到她拎着水瓶走到食堂,而铃兰已打好饭;梦又切换到宿舍楼走廊,大考在即,她和铃兰互相提问……

梦醒了,玉簪大汗淋漓。毕业后,她和铃兰留在同一座城市,但日子久了,渐渐疏远。这些年,她们用各种方式联系,但渐渐都生活在自己的圈子里,只剩下往昔亲密残留的温情——更像亲情,这温情又变得时有时无,发展成断断续续的问候。

玉簪越想越觉得愧疚,打电话过去问铃兰最近好不好。

"刚流产,很难受,在家休息。"铃兰有气无力地回答。

玉簪大吃一惊。她无法将一笑就露两颗虎牙的铃兰与被冰冷器械取出一个生命的伤心女人联系在一起。

"我马上过去看你。"玉簪挂了电话匆匆穿衣出门。

电话那头的铃兰,早已泪流满面。

朋友是海,宽宏包容;朋友是诗,浪漫温馨;朋友是酒,越陈越香;朋友是茶,水淡情浓;朋友是绳,牵挂一生……

纯纯的友谊最珍贵

多年前,阿军高中毕业后留在家乡当了一名小学教师。但几年后,因为对知识的渴求与对文字的热爱,他参加了成人高考,并顺利考进了本省的师大中文系本科函授班。

他在学校接受函授教育时，与班上同样来自乡村的一名中学教师阿伟一见如故。师大校门附近有一家小饭馆，他和阿伟经常光顾那里。小饭馆的老板和他们是老乡，饭馆里还出售他们老家产的米酒。

在乡村教书时，他和阿伟就喜欢喝这种酒。没想到来到大城市还能喝到家乡的酒，两人兴奋不已。一碟小菜，一碗蛋花汤，一瓶米酒构成了他们简单而又丰盛的晚餐。因这种米酒物美价廉，且醇香甘甜，醉不上头，有时兴趣盎然，他们还要再添上一瓶米酒，如此才觉得酣畅淋漓。

在师大函授期间，每通过一门学科的考试，或是彼此发表了一篇小文，他和阿伟都到那间小饭馆，炒上一碟小菜，叫上一瓶米酒，以这种方式为自己鼓劲，为自己喝彩。兄弟相聚，"喝酒必喝米酒"成了他和阿伟彼此之间一个心有灵犀的约定。

毕业后，两人为了生计各奔东西。阿军回到了家乡成了县城高中的一名教师，而阿伟则选择留在大城市，打拼自己的事业。

许多年过去，他们始终没有忘记对方。尽管山水相隔天各一方，他们还是经常通过电话、短信、网络等方式互相取暖，互相勉励，分享彼此成功的喜悦，告诫自己在人生的路上切莫松懈、倦怠，要鼓足勇气和信心，走过泥泞、坎坷与挫折。

一天，阿伟毫无预约地来到了阿军所在的小县城，令阿军意外而又欣喜。

距他们上一次相见，已经十年之久。

阿伟到阿军家时已经傍晚，阿军请他到外面去吃饭。

"在外面吃饭没有氛围，还是在兄弟家里随意些好。"阿伟说。

于是阿军叫妻子备菜，决定与阿伟在家围炉品酒，畅叙友情。

他问阿伟喝什么酒，阿伟反问他："当年咱们的约定，难道你忘记了么？"

"我是怕你好酒喝多了再也看不上米酒了呢！"听见阿伟说还要喝米酒，阿军高兴地合不拢嘴，他果然没看错人。

十年一枕同窗梦，一朝相聚挚友情。那晚，阿军和阿伟促膝谈心，开怀畅饮，米酒喝了一杯又一杯，到后来喝了多少杯都记不清了。

在人生的路上，很多人只是陪我们走一段路的朋友，不知道在哪个岔路口就走散了。而那些能一直与我们并肩前行、志同道合的朋友实在少之又少，若能得一这样的朋友，实在是人之大幸。

他们同窗三载，是睡在上下铺的兄弟。

老三睡上铺，老四睡下铺，而实际上，老三只比老四生日大了两天而已。

老三为自己早出生了两天因而就能占到老四的便宜而洋洋得意，老四却不怎么在意，一口一个"三哥"的喊他。

老四经常穿着一件蓝色的中山装上衣，戴着一副眼镜，看起来文质彬彬的样子。他性格内敛，做事谨小慎微，却和宿舍里的几个同学关系处得很好。

老三性格叛逆，行事我行我素，常常独来独往，泡茶馆，读小说。

除了在宿舍的时间，两人似乎是两条永远不会重合的铁轨，各有各的圈子，各有各的世界。

晚课回来，是他们沟通交流的时光。宿舍一共八个人，洗漱后躺在床上大家开始七嘴八舌，海吹神聊，这时候，因为是上下铺的近邻，他们到不谋而合的形成了"统一战线"，团结一致地和其他同窗唇枪舌战。有时候他们也偶尔"反目成仇"、"大打出手"。

两人在一起学习生活三年，在老三的记忆里，留下最深印象的是毕业前夕他们在一个小酒馆里喝酒的情形。

临近毕业时，他们找了一个僻静的酒馆，不知不觉间就喝得晕晕乎乎了。他为了证明自己阅历比老四深，尽管实际上两人生日只差两天，所以就故作深沉的给老四上了一课，讲了一些到社会应该怎么"混"之类的"人生经验"，还总结了三年的同窗生活。老四则一副崇拜的神情认真的听着，不时点头。

毕业后，两人各自分回了家乡，好在离得并不远。在分手的六年后，他们在老四工作的单位见面了。老四改行做了警察，老三做了一名教师。相见的一刻，有惊喜，有感慨，两人自然又是一顿豪饮。不知喝了多少杯，不知说了多少话，晚上又在老四家里同塌而眠，再次找回了当年上下铺的感觉。

在这以后的岁月，两人能常常见面了，每次见面都是酣畅淋漓的喝酒，聊天，反倒是比在学校的时候亲密了许多。偶尔长时间没有联系了，就会突然打个电话"骚扰"一下，激动之余就会百里迢迢的坐车赶来回个面，喝顿酒，尽兴而归。

老三时常感慨，工作后经历了很多事，见过了很多人，心已渐渐变得麻木，人也多了几分圆滑世故，常常抱着害人之心不可有，防人之心不可无的人生哲学处事待人，很难再有真正的朋友，和敞开心扉的对话。

每每此时，只要想起还有老四，他的心底才会被重新温暖，才相信有一种感情不会随岁月的流逝而淡漠，不会被物欲横流的红尘所腐蚀。

也许年少时的我们并没觉得当时的友谊有多珍贵，但经过时间的沉淀，我们终将发现，那时纯纯的友谊才是最珍贵的，那时的朋友才是最值得我们珍惜的。

谁的友谊没有瑕疵

我们都渴望纯洁无瑕的友谊，尤其是青春年少的时候，容不得一点欺骗和背叛。但这世上鲜少有没有一点瑕疵的玉璧，友谊也是如此，或许曾经有过误会，或许曾经互相伤害，但时过境迁之后会发现，那份友谊并没有消失，反而像被埋藏的佳酿，随着时间的沉淀变得越来越醇。

当张兰看到大学时宿舍的老大发信息来说十一假期务必到北京参加毕业十周年聚会时，她怔了半天，最后默默叹了口气，还是找借口推了这次聚会。她也不是不想见到昔日的同学，只是想起曾经的种种，还是有些心灰意冷。但老大却直接打了电话过来，温柔体贴地各种劝说，说得张兰有些气愤又无奈。在她看来，宿舍里所有的人可以积极地要求参加这次聚会，唯独老大不应该。因为宿舍的全体成员，曾经那么无情地伤害过她，包括她张兰在内。

回想起大学时发生的事情，张兰还是有些心痛和内疚。

那个夏末，张兰离开了最疼爱自己的父母，只身一人漂到北京来求学。和她一样土里土气的只有住在她上铺的老大，其他的人都是穿着时髦的衣服被家人簇拥着来的。

张兰刚入学的时候总感觉自己与周围的一切都那么格格不入，每天黯自神伤。也许因为境遇的相似，她和老大两个走得特别近。她哭的时候，老大常常坐在她身边安慰她："老四，看不习惯的地方就不去管它，我们要学会适应新环境。"张兰真的像老大说的那样，让自己慢慢融入那方新的天地。宿舍、教室、食堂，她们过得是真正的三点一线的生活，却也充实无比。

张兰的家庭情况非常不好，每个月200块钱的生活费都是母亲不知攒多少个鸡蛋卖多少玉米才能换来的。但有一次，她却由于不小心而将刚刚从邮局取出来的生活费弄丢了。绝望的她在宿舍嚎啕大哭，这时老大向她伸出了援助之手，将自己为数不多的生活费借给了她一半，之后又带着她去做家教挣钱。

北京的冬天，风像刀子一样割着人的脸，大街上冷得人牙齿打哆嗦，她和老大紧紧地偎在昏黄的路灯下，等着回校的晚班车。她们只能借着下午放学后的时间去人家家里给孩子辅导，一个小时十块钱，她们的生活却从此有了保障。

张兰始终记得，那个冬天是北京历史上少有的严寒天气，几近滴水成冰，两个瘦弱单薄的女孩却风里雪里整整跑了一个冬天。而那个冬天，在她的回忆中，竟是那样的暖。

老大不止对同病相怜的张兰好，而是对宿舍里甚至周围的人都那么好，是大家公认的"老好人"。

每天早晨，宿舍里总是她第一个起床，打扫屋子，打水打饭。四五个饭盒里盛着滚烫的稀饭，高高的一摞，她一直小心翼翼地从很远的食堂端回来。张兰无法替她接受这些，就私下里对她发火："你又不是她们的保姆，凭什么一直替她们做这些？"因为天生的那份叛逆，张兰从来不要她给自己带饭，也很少替别人带饭。

"都在一个宿舍，怎么好意思。"每次她都这样回答张兰，令张兰气愤又无奈。这种生活她一直过了三年。如果不是那件很可恶的事情发生，在张兰看来，她就要帮宿舍的人带饭带到毕业了。

而那件事，张兰如今回想起来，也很内疚和自责。在自己最困难的时候，是她对自己伸出了援手，而在她最需要帮助的时候，张兰却站在了她的对立面。大三的下学期，大家放在宿舍里的钱被偷了，而且除了张兰和老大，其余的人都被偷了。女孩子们天生就敏感，开始东猜西猜，最后发现宿舍被偷的那天只有老大一个人在宿舍，其他人都去教室上自习了。目标锁定，宿舍里就炸翻了天，没有人指名道姓地说，却开始指桑骂槐地讲。

她脸上仍然带着笑，说："说不定是外宿舍的人进来拿了也有可能，我那天回宿舍时见屋子没有上锁。"

没人会相信她的话，大家说她一脸的虚假，平时像个好人，关键时候却是那样。张兰开始也不太相信是她偷了大家的钱，但正好那段时间她一下子买了两部手机，这些钱的来处不得不让张兰产生怀疑。

从那之后，几乎所有的人都不再同她讲话，早晨也无一例外地全部自己爬起来去打饭。她每天匆匆忙忙地穿梭在教室与食堂之间，再没有了往日的活泼。

在那段期间，老大也曾单独将张兰约到校园后面的小树林里，对她说："老四，所有的人都可以怀疑我，你不能呀！"一向很少流泪的她，竟然在张兰面前流了泪。

张兰的心里有隐隐的痛，但脸上还是冷若冰霜："我真的为看错了人而后悔！"只此一句，张兰便将她抛在身后，头也不回地走了。

这种僵局一直持续到毕业。

整个大四期间，老大拼命地到外面去打工，看着她每天风尘仆仆地在外奔波，加上毕业前的离情，倒让一颗颗僵硬的心软下来。宿舍里的人开始试着像以前一样与她说话，她显得有些受宠若惊的样子。张兰的心却在暗暗地为她流泪，那么深的伤害，还那么近，她竟然可以当做什么都没发生。

临近毕业的前夕，宿舍里搞了一次聚餐。她亲自做了几个菜，还买回了酒。酒至半酣，她忽然站起来说："谢谢姐妹们还认我这个老大。但是有一件事情，我们在分别之前，我一定要给你们讲清楚，不要让我们带着误会和遗憾分别吧。一年之前的那些钱，不是我拿的。两部手机，是我外出打工挣来的钱。你们也许会奇怪，我为什么会一下子买了两部手机。因为我要送我的父母一部。他们在很遥远的家乡，总是想念我，家里没有电话，总是要跑很远的路到村口小卖部里麻烦人家。他们要摸索着走大半天，然后再跟人家比划半天，因为他们是聋哑人，还看不见……我送他们的手机，设置成震动，放在妈妈贴身的衣服里。我想他们的时候，就可以打一下，他们就能感觉得到。一直不愿意提起他们，可能是与我的虚荣心有关。可是今天我必须说出来，我得感谢他们，虽然他们不能说不能听，生活在一个黑暗的世界里，但他们从来就教我堂堂正正地做人。所以，我为我的父母，也绝不会做你们想象中的人，永远都不会！"

宿舍里是死一般地静，每一个人都给这个天大的秘密震撼了。对于她的家世，她们是了解最少的，只知道她来自江南一个偏远的农村，家中境况也很窘迫。四年来，听们一直奇怪她从来没有提起过自己的父母，也从来没有听到家里给她来过电话，原来竟是这样子。而那两部手机的钱，又是奔波了多少地方才辛苦赚得的钱,却又让她背上一个"小偷"的骂名,一背竟是一年多,而她从不辩解半句。

张兰更是内疚万分,在这个曾经帮助过自己的人最无助的时候,自己没有像她帮自己那样去送她一份温暖,相反,在她受伤的心上又加了一把盐。

如果是张兰,她是无论如何也做不到原谅曾经这样伤害自己的人的。而毕业后,大家的联系也并不是很频繁,感情逐渐变得冷淡。所以,张兰放弃了这次北京之行,不想虚情假意地去赴一场聚会。

但老大并没有放弃对她的劝说,电话说不通,她又在网上开始了游说。面对老大的执拗,张兰冷冷地敲出一行字:你还是老样子,还是长不大,你忘记了我们曾经给你的伤害了,可我忘不掉。

很快,老大的回复就过来了:老四,我早忘记了。我只记得我们曾经在一起,在一间屋子共同住了四年,像姐妹那样。我的世界里没有伤害只有感恩,我感谢一切美的好的,感谢生活!你要相信一切真的美的最终会水落石出。多看看那些美好,把那些不快忘记了吧!

张兰竟不知道该如何回复了,与老大相比,张兰觉得自己的心胸真是太狭窄了。

良久,她给她回复了一条信息:老大,十月北京见!

多看看那些身边的美好,把那些不快忘记了吧!谁的友谊没有瑕疵?但若我们始终怀着一颗感恩的心来对待生活,对待友情,对待身边的人,生活不是会更美好吗?

我选友情

每个人都希望能拥有一份刻骨铭心的爱情,也希望能拥有一份固若金汤的友情。但如果爱情和友情之间出现了冲突,我们又该如何选择呢?

潘璐璐和赵燕燕是一对形影不离的好朋友,不管是上课、吃饭、去卫生间,还是去逛街或游玩,她们总是结伴而行。

可跟漂亮大方的赵燕燕走在一起，平凡的潘璐璐常会悲惨地沦为陪衬品。无论何时何地，光芒四射的赵燕燕总是其他人瞩目的焦点。潘璐璐也为好朋友的优秀感到开心，但偶尔，她的心底也会悄悄地涌上一股连自己都无法形容的酸酸的感觉。

一个夏天的下午，没有课的两人在学校的人工湖边散步。突然，赵燕燕停住了脚步，拼命摇晃着潘璐璐的胳膊，指着斜前方小声却兴奋地说："快看呀，就是那个男的，我跟你讲过的皇甫晓龙，钢琴弹得可好的那个。"

潘璐璐分明在赵燕燕的眼中看到了仰慕之情，那是以往这么久以来她从未见过的表情。她顺着赵燕燕手指的方向望过去，那一刻，她觉得时间仿佛停止了。那是一张英俊的令人眩晕的脸庞，干净灿烂的微笑像一股清爽的凉风瞬间将潘璐璐紧紧地包裹了起来，一切炎热以及炎热所带来的烦躁情绪都瞬间消失了。

那一刻，潘璐璐感觉到自己难以自制地沦陷了。

回到寝室后，那张笑脸就不断地在潘璐璐的脑海中浮现。当赵燕燕挤在她的床上害羞地向她讲述着对皇甫晓龙的爱慕时，她有一丝丝的罪恶感。她试图努力地将那张脸从自己的脑海中抹去，可她越是想忘就越是忘不掉，她一边应和着赵燕燕，一边用尴尬的笑掩饰着自己的慌乱。

几天之后，赵燕燕由于有事请假回了家。独自一人的潘璐璐更无心上课了，她悄悄地从教室的后门溜出来，想整理一下自己的心情，却又不自觉地走到了第一次遇到皇甫晓龙的那条小路上。

正当她漫无目的地乱走时，一抬头，却发现皇甫晓龙从对面走来，眼看着他走到自己面前，她觉得自己快要窒息了。

"你好，我叫皇甫晓龙。"

这个声音让潘璐璐有点欣喜若狂，有那么一瞬间，她甚至有过一丝奢望和幻想，她努力稳定着自己的声音："我，我叫潘璐璐，你好。"

"我知道你，你是赵燕燕的好朋友吧？"

当赵燕燕的名字传入潘璐璐耳中的时候，她心底的最后一丝期盼破灭了。虽然这样的结局仿佛是早已注定了的，然而此刻，当残酷的事实摆在潘璐璐面前的时候，她的心还是像被针扎过一般的疼。

"你能帮我一个忙吗？帮我把这个拿给赵燕燕好吗？"皇甫晓龙这样说道，依然带着他的笑，他的手中握着一个信封，他似乎并没有注意到面前这个女孩的不安。

看着皇甫晓龙的脸，潘璐璐努力地忍住不断上涌的泪水，她勉强挤出一个僵硬的笑容，点点头，接过了信封，她无论如何也拒绝不了这微笑的魔力。

看到潘璐璐接过信封，皇甫晓龙显得十分开心："那这件事就拜托你啦，我还有课，就先走了。"

望着皇甫晓龙的背影，刚刚逼退的泪水一瞬间全都涌了出来，她甚至都不记得自己是如何回到宿舍的。其他几个同学都还没回来，潘璐璐躺在床上，感觉到了从未有过的绝望，她一次又一次地举起那个信封，透过朦胧的泪眼看信封上那苍劲却刺眼的几个字，最后，竟然着了魔般撕开了信封。

信中的内容无非是刚刚见到赵燕燕时就有好感，不知道怎样表达以及希望得到机会之类的话。潘璐璐看着信，赵燕燕的声音却从走廊传来。潘璐璐连忙将信连同信封一起塞在枕头下，翻过身假装睡着了。闭上眼睛的那一刻，妒火攻心的她突然决定这一次哪怕是要做坏人，她也要为自己拼一次。

赵燕燕推开门，发现潘璐璐睡着了，她轻轻地放下行李，走到潘璐璐床边替她盖上毯子，然后走进洗漱间洗澡去了。赵燕燕走开的时候，潘璐璐的眼中涌出几滴泪水，她伸手摸摸枕头下的信，有点自责，但她最终还是将信又塞进了枕头下，她是不能更不想回头了。那天半夜，趁着其他人都睡着的时候，她悄悄地以赵燕燕的名义给皇甫晓龙回了信，拒绝了皇甫晓龙的追求。

第二天，她又独自逃了一节课，将信交给了皇甫晓龙。看完信的皇甫晓龙显得十分失落，潘璐璐则在一旁关切她安慰了他好久。分别的时候，皇甫晓龙一边感谢潘璐璐的陪伴，一边表示自己没有关系，让潘璐璐不用担心。

潘璐璐望着皇甫晓龙走远的背影，突然冲着皇甫晓龙大喊："那以后我们算朋友了是吗？"

皇甫晓龙转过身冲着潘璐璐笑着点了点头。

他的笑让潘璐璐心里的阴霾一下子晴朗了许多，她对着他说："那以后，你要是不开心了一定告诉我，我帮你分担。"

皇甫晓龙依旧点点头，冲她挥挥手，接着转身走远了。

此后，潘璐璐和皇甫晓龙成了朋友，但她并没有试图向皇甫晓龙表明自己的心意，她觉得只要能经常看到皇甫晓龙，看到他的笑，就会很满足了。

而对于赵燕燕，潘璐璐虽然还是止不住心虚内疚，可在她拼命地掩饰和赵燕燕大大咧咧的忽视下，她们的友谊也一直继续着。每个睡不着的夜晚，潘璐璐都在心底不断地祈祷着,她希望这样的生活能够永远持续下去,她希望老天能够忘掉她曾经做过的一些事。

大学的最后一个夏天,皇甫晓龙和潘璐璐告别去国外深造了,赵燕燕则拉着潘璐璐去了同一家公司应聘实习。毕业典礼结束的那天下午,潘璐璐和赵燕燕又一次来到那天走过的小路上。赵燕燕不断地感叹着大学时光的稍纵即逝,潘璐璐看着赵燕燕,许多往事一下子涌上了心头,她鼓足了勇气拉住赵燕燕,将那件在心底埋藏了很久的事说了出来。

一口气说出所有事情的潘璐璐不安地低着头,等待着赵燕燕对自己的审判。赵燕燕的话却让潘璐璐惊讶不已:"其实我早就知道了。皇甫晓龙出国之前,我有一次在图书馆门口遇到他了,我们聊了会儿,他突然提到曾经给我写信告白却被拒绝了的事。那时候,我就明白所有事了,也突然反应过来你之前有阵子为什么对我总躲躲闪闪的。不过你放心,他并不知道事情的真相,我不会让你在你白马王子心目中的形象破灭的。"

"那你会原谅我吗?"潘璐璐愧疚地看着赵燕燕问道。

赵燕燕笑着拍打了一下潘璐璐的肩膀:"我什么时候说我怪过你呀,我要是跟你计较这些,还会死乞白赖地要跟你进同一家公司吗?其实有些事错过了就是错过了,再说了,他对于我来说只是情窦初开时的一个爱慕对象,而你却是我一辈子最好的朋友。"

选择友情,还是选择爱情?这就像左手和右手的选择,一边是爱情,一边是友情,让人非常为难。

哪个女孩在如花似玉的年纪不会被优秀的男孩吸引?优秀的男孩往往会成为众多女孩心中的"白马王子",身为好朋友的两个女孩喜欢上一个男孩的几率也非常大。这时候选择友情还是爱情,就需要我们好好思考一下,对男孩的喜欢是不是只是一时的爱慕,而身边陪伴自己的好朋友对自己又有多重要。当我们想明白这两个问题时,就不难做出选择了。

第十四章 爱情于青春，不止是四十五度角的仰望

爱情无疑是青春里最美的一道风景,但爱情并不只是风花雪月的浪漫,并不是只是小说中的卿卿我我,并不只是偶像剧中不谙世事的嬉笑打闹,并不只是照片中四十五度角的仰望……也许青春里的爱情离婚姻还有段距离,还涉及不到柴米油盐酱醋茶的琐碎烦忧,但这并不代表爱情不需要责任,只有用认真负责的态度对待爱情,爱情才会给我们一段美丽的时光。

浅浅情，深深爱

没有爱情的青春是不完整的,但在这个快节奏的社会,已经很少有人能慢下来安安静静谈一场恋爱了,然后急匆匆地相亲结婚,最后抱怨这个社会没有爱情。越来越多人说这是一个真爱不多的年代,殊不知,不是这个时代没有爱情,而是我们在遇到爱情时没有好好把握。

她是个特立独行的女孩子,在大城市漂了几年,早已变得独立干练,她总认为,像自己这样独立的女孩子是不会有男孩子喜欢的。对于爱情,她从不抱希望,她早已做好了独身过一辈子的打算。

她喜欢旅游,而且是一个人去,不结伴,不跟团。10月份,她休了年假,独自去了青海,带着对青海湖的依依不舍,她登上了回北京的火车。

火车上,他坐在她的旁边。他先上车,早已收拾停当,看到她风尘仆仆地背着背包来到自己的旁边。出于热心,他帮她放置背包,她手一挥,说:"不用,我自己来就行。"

他看着她觉得很惊讶,他之前遇到的女孩子,从没她这样大气的,逛街拎个小包包都嫌累,一定要同行的男孩子帮忙拎着。

看她有条不紊地安置好自己的东西,拧开矿泉水瓶盖,大口大口喝起水

来，他突然就笑了。

"笑什么笑，没见过女汉子喝水吗？"她白了他一眼。

他忙收了笑，扭过脸看自己的杂志。

"你也喜欢旅游？能把你手里的杂志借给我看看吗？这本杂志我每期都看，这次出门的时候最新一期还没出，就没买到。"她拍拍他的肩。

他爽快地借给了她，都是年轻人，又都喜欢旅游，两人不一会儿就聊得火热了，不知道的人，还以为他们是老朋友。

夜幕降临，奔走了几天的她早已累了，也没了聊天的兴致，胡乱吃了点东西，便靠在椅背上睡着了。睡着睡着，她便倒在他肩膀上。

他看着这个累极了的女孩子，突然有点心疼，也很紧张。她睡到后半夜才醒来，而他，因为害怕自己一动就把她惊醒，竟然一直没睡，直直地在那里坐了大半夜。

她有点小感动，但也只是礼貌地道了谢。他太累，天亮了还在睡。她没敢惊醒他。

他在她之前下车，下车之前，两人互留了QQ号码。

她以为他不过一个知道姓名的人海中陌生人而已，火车上的寒暄，等回到各自的城市之后，会转瞬即忘。

她依旧特立独行，不需要依靠任何男人，独立得足以让男人望而生畏。

从青海回来的半年后，他突然在网上出现，告诉她他来到北京某单位实习了！而那个单位，就在她单位隔壁，不是隔壁楼，是一墙之隔一脚就能跨过去的隔壁！

他以对北京不熟悉为由，让她当他的导游。每一次出行，他都尽力照顾她，她第一次感受到了被人呵护的温暖。

在得知她的住处后，他又搬到她的隔壁去住，每天早上等她一起上班，帮她买早餐，下班等她一起回家，一起去吃晚饭。在别人眼里，他们俨然是一对情侣。

一次下班后，他照常在她单位门口等她。她的同事说："这是你男朋友吧！他对你真好，每天下班都来接你。"她说："不是，他是我弟弟。"

回去的路上，他不高兴。她问他怎么了，他说："我不想当你弟弟，我想做你男朋友。"

她愕然，良久，抬起头说："我比你大，我们不合适。"

186

他无语。

她以为他会放弃，没想到，第二天，他像往常一样等她一起上下班，一起吃饭，像什么都没发生过一样。

马上就到情人节了，同事们都在讨论要送给女朋友、男朋友什么礼物，她觉得这事情和自己无关，只是埋头工作。

情人节那天，快下班时，她收到他的信息：你下班了先回家吧！我有点事情，不用等我了。

她笑笑，他果然有女朋友了。她以为自己会不在乎，但为什么心那么疼？

她回到家，想做点饭吃，无奈不是放盐时错拿成了白糖，就是拿酱油时，倒进锅里的却是醋。她觉得自己现在的样子好傻，索性关了火，窝在沙发上发呆。

门铃响了好几遍她才听到，她强打起精神去开门。

门开了，站在门口的是他，还有他手中的一大束玫瑰花。

"从第一次在火车上见到你时，我就觉得你很特别，你跟别的女孩子不一样，你很独立。可是，当你累得倒在我肩膀上睡着的时候，我突然觉得很心疼，我觉得你像个孩子一样需要别人来呵护。我知道我喜欢上你了，可是我不敢说，我怕你会因为我们在不同的城市、我还在读研、我比你小等原因拒绝我。所以回去之后我也没和你联系，但是我并没有因此放弃这份感情，我谢绝了导师让我出国读博的好意，疯狂地往北京的单位投简历，当我通过层层面试应聘到你隔壁的单位时，我知道我离你又近了一步。可即使我来到北京，见到你，我还是不敢和你表白，我怕你因为我们的年龄拒绝我。那次，你果然拒绝我了。可是，经过我们这么长时间的相处，你真的还认为年龄是我们之间的阻碍吗？我虽然比你小，可是我真的能照顾好你的，我一定会给你幸福的。答应我，做我女朋友，好吗？"

在他的告白声中，她早已泣不成声。

不要再感叹情深缘浅，如果你没去争取，又怎么会拥有美丽的爱情呢？

不要再念叨"深情是我负不起的重担，情话只是偶尔兑现的谎言"，红尘很浅，爱情很美，认真地去对待，爱情会变成你想象中的模样。

不要在爱情在你身边唾手可得时患得患失，浅浅情，深深爱，你终将会将爱情的花园经营的鸟语花香。

爱情需要沉淀

张爱玲的说：说好永远的，不知怎么就散了。最后自己想来想去，竟然也搞不清楚当初是什么原因把彼此分开的。然后，你忽然醒悟，感情原来是这么脆弱的。

爱情真的这样脆弱吗？是爱情经不起考验，还是我们没有让爱情经过沉淀？有些时候，脆弱的不是爱情，而是我们没有给爱情足够的沉淀时间。

北风里，他站在长长的月台，望着北上的列车，听着远去的"咔哒"声，离别的惆怅占据了他大半个心房。她北上读研，而他决定留在这个山区小镇，当一名中学教师。

临别时，她说：毕业后，我们扎根山里，做两只自由快乐的蝴蝶。

他想起了大学时，和她的那次偶遇。那是大三上学期的冬日清晨，她和女友在学校拐角处的马路上，一个凶悍的男子夺走了她的挎包，她被顺势拖倒在地，额头渗出了血丝，女友慌乱地喊叫着。她则爬起来就要去追，包里是她一个月的生活费。这时，他恰好路过，便一鼓作气，追着夺包的男子跑了几条街。男子急了，把包往后一甩，灰溜溜地跑了。幸好，她的伤并无大碍，简单地包扎了一下就没事了。交谈中，他才知道，原来他和她家住同一条山脉。

后来，他们一起回家、返校。再后来，他们相爱了，相约要扎根山里，给大山带去希望的光明……

可是，年轻的誓言终敌不过时光的利剑，敌不过城市的诱惑。读研时，擅长文学的她，文章频频见诸报刊杂志，一时名声大噪，身边不乏"粉丝"。她开始怀疑自己最初的理想，开始幻想着灯红酒绿的生活。如此一来，她和他的联系变得若即若离，直到断了联系。而他，每星期都要走五里山路，到小镇唯一的网吧，一遍遍翻看她发来的贺卡和邮件。然后，守着她那个灰色的QQ头像，一次次失望地离开，一次次决心断了这段缘。

有时候，他忍不住拨通了她的电话，可聊不到两句，她就匆匆地挂断了，她说应酬太多，稿子太多。他还来不及说再见，电话里已经传来的"嘟嘟嘟"的忙音。合上电话，寂静的山岚变得寂寞无比，泪水悄悄滑落到嘴边。

那天，他发了一封分手邮件给她。从此，两人天各一方，再无联系。

五年后，一千多个日日夜夜终于渐渐抚平了他心中的伤痛。那年九月，他终于在媒妁之言下相中了一个普通女子。可，在他婚期临近时，他从同学那得到消息，她被查出患了尿毒症，透析了两年，但病情还在恶化，急需换肾来延续生命。没有合适的肾源，也没有换肾的钱，她的生命岌岌可危。

听到这个消息后，他的心被狠狠地一击。他毅然解除了婚约，朝她所在的城市奔去……

他要捐肾给她，唯一的要求是医院保密捐肾者的情况，连名字都不能透露。

换肾手术很顺利，她如期出院。是谁把肾捐献给了自己呢？虽然医院一直不愿透露捐肾者的消息。但她翻看医院病历卡的时候，就突然想起了他。

通过同学的确认，她肯定了捐肾者就是他，泪水悄然溢出了她的眼眶。

一个春阳绚烂的中午，她走进了他所在的山区学校。他正在和一群孩子放声朗诵。他一抬头就看到了窗台边的她。一时间，兴奋和悔恨，感动和幸福，交织在了一起。

他们走到了一起，结了婚，多年后。她终于忍不住问他："既已分手，你为什么还要把肾移植给我？"

他憨憨地一笑："并不是所有相爱的蝴蝶都可以双宿双飞，只有那些彼此心连着心，可以将自己的生命根植在对方生命的蝴蝶，才可以永远地在一起……"

爱情能经得起考验，也能经得起平淡的流年，而前提是，我们要给爱情足够的沉淀时间。也许代价有些大，但若时间能换来一份真正的爱情，难道不值得吗？

两人是大学同学，从入学不久就开始谈恋爱。女孩率真可爱，有时候会有点犯二，男孩脾气温和，做事稳重。两人的性格非常互补，也是他们那个小圈子里的模范情侣。

有一次一桌大概有十来个同学一起吃饭，有男有女，因为彼此都非常熟悉，所以说话时就没了那么多约束。席间男生们聊起别的系某个很漂亮的女生,这个男生喝多了酒,说话有点口无遮拦,就开玩笑的说:那个女孩看着就让人很想糟蹋啊!

他话音刚落,女孩一下子急了,腾的站了起来:"你不许糟蹋别人!只能糟蹋我!"

一桌人都笑喷了,女孩犯起二来真是又可爱又好笑。女孩也觉着不好意思,可还是红着脸憋着气咬着嘴唇皱着眉瞪着眼不肯坐下。男孩也乐到酒杯都拿不住了,忍住笑搂着女孩:"宝贝儿,你放心,我不会糟蹋别人的,就可着你糟蹋了。"

女孩这才消了气,慢吞吞地坐在了男孩身边。

男孩和女孩就这样甜甜蜜蜜地度过了大学生活,两人商量好毕业了就就结婚的。可是到了大四,男孩和家人提起这事时,家人不是很同意,男孩一直想自己处理好不过多给女孩压力。

一次吃饭时,男孩像往常一样给女孩夹菜,女孩忽然问:"哎!将来你结婚请不请我去?"

男孩停住筷子,抬头看着女孩,一时不知该说什么好。

女孩扑哧笑出声来,一筷子夹走男孩筷子里夹的菜,略带傲气的说:"笨死你啊,我不去你跟谁结啊!"

可是后来,两人还是分手了。

起因是一次吵架,那时男孩为了他和女孩的事正在和家里对抗,压力本就很大,女孩因为一件很小的事情和他大吵大闹。男孩一气之下就说了分手,摔门而出。

快到凌晨的时候,喝醉了的男孩才跌跌撞撞地回去。他敲了很久的门,也没人给他开。他以为女孩还在生气,便找了好久的钥匙自己开门进去。

屋里没有开灯,他喊她的名字也没人答应。他摸摸索索地把灯打开,一下子就傻眼了,屋里没有女孩,连同女孩的衣服、鞋子、化妆品都没有了!

他拼命地给她打电话,可一直无法接通。他又给所有的同学朋友打了电话,没人知道女孩去了哪里。

男孩找了女孩一个月,女孩还是毫无音讯。他彻底绝望了,在家里的逼迫下,他回了老家,并迅速相了亲,之后基本上和大学的同学朋友断了联系。

而女孩,仅仅是因为男孩对她发了一次脾气就离家出走,她把行李打包寄回了老家,自己则当晚就坐上了去丽江的火车。在火车站,她的手机被偷了。

她上了火车才发现,心想,丢就丢了吧,正好可以清静清净了。

　　女孩到了丽江后重新买了手机办了电话卡,却谁都没通知。在丽江,女孩经常迷路,她怀念起他的好来,却不肯就这样放低身段主动找他。玩了一个多月,身上带的钱差不多花完了,她才打道回府,这时她的气已经完全消了,心想就低次头,回去找他和好吧!

　　可当她回到他们租住的房子时,发现房子里住的是不认识的人,打他的电话,已经停机,网上发信息给他,他也不回。她找到大学的同学,同学见到她时先是责备了她一通,才告诉她他已经回了老家,并且有了新的女朋友。

　　这次,换成女孩绝望了!她想立刻找到他,告诉他她还爱他,求他和自己和好,可是以前那么犯二的她这次没有犯二,她最终没有勇气去找他。

　　不到半年,他把即将结婚的消息发到了校内网上。

　　女孩看着这消息,哭地昏天暗地。

　　他的婚礼,她终究没去。

　　不要等到失去了再追悔莫及,不要在冲动下做任何决定,给爱情一些时间,给对方一些时间,给自己一些时间。爱情需要沉淀,我们的心也需要沉淀,一段感情到底是坚持下去,还是最终放弃,时间会给我们答案。

只求你安好

　　在某地的一个陵园内,每周日都会有一个女孩来68号墓前,把手中的向日葵放好后,就从包中拿出一封信读起来,神情专注而认真,读完信在墓地前默默的把信烧了,然后一个人抱着膝盖静静的在那里坐很久很久。

　　然而,她来看的人,既不是她的亲人,也不是她的男朋友。

　　一年多前,女孩被检查出得了白血病,还好不是晚期,只要积极的配合医生的治疗,还是有很大的康复希望的。

　　很快女孩就住进了医院,开始接受治疗。而在她隔壁的床位上,有一个年龄和她差不多大的小伙子,长相俊朗,就是身体很是消瘦。

　　女孩开始的时候很积极地配合医生的治疗,治疗效果也不错。而她从护士那里得知隔壁床位的男孩已经血癌晚期了，如果再找不到合适的骨髓进行移植可能活不过一年。

女孩忽然觉得和这个男孩有一种同病相怜的感觉，于是没事的时候便会找男孩聊聊天。男孩是很少说话的，更多的时候是听女孩说，而女孩说的更多的是自己的男朋友。说她男朋友怎么爱她、照顾她，还有很多他为她做过的浪漫的事情。看着女孩幸福骄傲的样子，男孩没有嫉妒反而觉得心里很温暖，这样的感觉以前从来没有过，仿佛她幸福他就会快乐。不过，男孩从来没有告诉过女孩自己的想法。

慢慢的他们成了好朋友。她了解到他以前是青年书法家，能模仿任何人的字迹。她觉得不信，可当他把她的字和他模仿她的字放在一起的时候，她却分不出那个是她自己写的了。她很崇拜他，而他只是浅浅的一笑。他没有女朋友，她不信，他说真的没有，不是不想找，只是一直没有遇到对的人，缘分真的是可遇不可求。

女孩的男朋友在她刚住院的时候天天来看她，给她剥桔子、削苹果，牵着她的手出去散步。每当看见他们牵手的时候，男孩总觉得心有点痛，他有时会想为什么牵她手的人不是他。还有一些其它奇奇怪怪的想法，以前从没有过的想法。他不知道是为什么，也许他知道，只是他不愿意就这样轻易承认他爱上她了。

后来女孩的男朋友来的越来越少，每次她问他为什么，他总说工作忙。有一天女孩突然不再配合治疗了，甚至抵抗治疗。原来她的男朋友已经好多天没有来看她了，而且电话总是打不通，女孩每天吵吵闹闹的，情绪很不稳定。医生说再这样下去以前的治疗效果算是白费了，病情还可能恶化。女孩的父母看眼里急在心里，却没有办法。

晚上趁女孩睡着的时候，男孩把女孩的父母叫了出去，不知道那天晚上他们谈了什么，但是第二天早上女孩收到了一封信，一封来自瑞士的信。

信被叠成蝴蝶状很是漂亮，内容是这样写的：

"亲爱的宝宝，我现在在瑞士，不要怪我离你而去，为了能给你赚更多的医药费我不得不暂时的离开，虽然我是那么的舍不得。

在这异国他乡我还不习惯没有你，但为了你我必须习惯。医生说你不适合再用手机有辐射，你要听医生的话，虽然你听不到我的声音，但我会经常写信的，我保证。让我们用最原始的方法表达爱情吧，也不失是一种浪漫。我在这里等着你康复的消息,等着你让我回去的信号。要多注意休息,勿回,爱你的大宝宝。"

没等读完信女孩就哭了,她觉得自己真不乖,像小孩子一样胡闹,之后,她比以往还要积极的配合治疗,希望能早日让男朋友回到自己身边。

那个男孩还是像往常一样很少说话,不过在夜深人静女孩睡熟的时候,他会偷偷的拿出一些信纸来,不知道在写什么东西。信写好之后他会很认真的叠成蝴蝶状,然后装进信封里。而那信封不是普通的信封,是瑞士邮往中国的专用信封。第二天他会偷偷的把信给女孩的父母。

时间过得很快,半年快过去了。他还没有等到合适的骨髓,比以前更消瘦了。她的状况越来越好,医生说不用一年她就可以出院了,她觉得很高兴,用不了多久男朋友就可以回到她身边了。

女孩现在多了一个爱好就是读男朋友写的信,那信已经有厚厚的一摞了。她喜欢把信读给男孩听,她希望自己的幸福也能给他带来快乐,而他还是像以前那样只是浅浅的一笑。和她在一起的时候他的眼神总是那么的温柔,眼睛里满满的都是爱。每个护士、每个医生都看得出来他喜欢他,只有她沉浸在自己小小的幸福之中,再也看不见别人深情的眼睛。

他走了,在一个周一的清晨。他是带着微笑走的,没人发觉他的微笑中还有着一丝丝的疲倦。他比医生预期的走的要早的多。看着空落落的床位,不知怎么的女孩觉得好像丢了什么。到底丢了什么呢?女孩自己也说不清。只觉得和当初失去男朋友的消息时有一样的感觉。女孩摇了摇头,"这怎么可能。"

她还是每周都能收到男朋友的一封信,只是再也没有人听她读了。那种怅然若失的感觉总是挥之不去。一个人的时候女孩总是自由不住的会坐在他的病床上,回想他浅浅的笑。

一年后女孩顺利出院了。出院的那天在病房收拾东西的时候,女孩高兴地和爸爸妈妈说她要给瑞士的男朋友写封信叫他回来。

可母亲的话像在她身上泼了盆凉水:"他永远也收不到你写的信。"

女孩着急的问为什么,生怕是他出事了。

"因为在你住院几个月后他就彻底消失了!"

"你骗人!"女孩把箱子里收拾好的信拿出来放在母亲面前,"这是他给我写的信!"

"那是你隔壁床位上的男孩写给你的,为了能让你积极的配合治疗,他模仿了你男朋友的字,你平常总是和他讲你们的事,他也能摸个八九分你那个没良心的男朋友的脾气。信和邮票是你爸去邮局买的。"

"你们骗人,你们骗人,不可能的,不可能的。"女孩哭着说。

看着女儿痛苦的样子,老两口也留下了眼泪。母亲塞给了她一封信,"如果有一天你健康出院了,他让我们把这封信给你。"

女孩用微微颤颤的双手打开了信封,还是折成蝴蝶样的信纸:

"亲爱的宝宝,请允许我再这样叫你一次,虽然我没有资格这样叫你。当你看到这封信的时候,我想你已经健康的出院了,而我已经不再这个世界上了。我骗了你,可我不是故意的,请你原谅我。请不要责你的父母,他们也是情非得已。现在的你心情一定很复杂,也许你还接受不了这个事实。但我希望你能和以前一样的笑,虽然没有见过天使的笑容,但我相信你的笑容一定比他们更美。

我喜欢你,可我终究没有说出口。我不想让你烦恼,更不想在我说了以后,你再也不理我。也许我根本就没有资格说爱你,因为我在这世界的日子已屈指可数。

有人说只要你给你爱的人写满 675 封信,你们来世就能在一起,不知道你信不信,我是相信的。我知道自己时日不多,我拼命的写,可还是差了好多好多。谢谢你陪我走过人生这最后一段旅程,爱情的花朵我已闻过,真的好香,此生我已没有什么遗憾。

你一定要坚强的活下去,我会变成天使守护着你。如果还有来世我一定会找到你,爱你、保护你。"

女孩捧着信泣不成声。

出院后,女孩第一次来到他的墓碑前,她给他买了向日葵,她告诉他她会写完那 675 封信,她会在每个周末来看他。

生与死的距离,这世界上最遥远的距离,隔着多少故事,隔着多少无奈。总有一个人,会为了你做许许多多的事,却从未想过要得到什么回报,若有,也只是求你安好,求你欢喜。

十指紧扣，静爱无言

相爱，一定要附加种种条件吗？如果我们一定要按照某种标准来寻找恋人，那样的感情不会是纯粹的。实际上，当我们遇到爱情时，贫富差距、地位悬殊、文化差异等等都不是问题，只要我们能坚持随着自己的心走，把所有的事情简化成最简单的爱情，坚定爱的信念，就一定能打破重重阻碍，收获爱情，收获幸福。

听力残疾分三级，最轻的是重听，最重的是先天失聪。丽丽来自一个小城市，是一个重听的女孩。

她幼年时因为医疗事故，输错了液，才落下了残疾。任何一个看到她的人都会觉得有些遗憾，因为她是那么美。

丽丽喜欢跳舞，她在聋哑人学校学会了舞蹈，她想成为一个舞者。其实这很难——她只能听到那么一丁点儿的高分贝声音。要知道，没有音乐，没有节拍律动，想要起舞，谈何容易。

丽丽的家很穷，在郊区民工聚集的简易房里栖身。白天父亲负责做烤鸭，她和妈妈就摆摊售卖。周围的人都知道她的故事，丽丽长得又甜美，大家都愿意帮衬她。晚上，她回到工棚里，就会把那个小录音机开得巨大声，然后忘情地舞蹈。虽然这声音对她来说只是微弱的音量，可对累了一天、需要休息的民工兄弟们而言，这就是震耳欲聋的噪声。虽然大家心中有些不满，可每次看到女孩忘情舞蹈的身影，内心的气愤就烟消云散了。

终于，女孩迎来了自己的春天。她报名参加了一档选秀节目，并且经过层层淘汰进入了决赛。

当女孩在台上轻盈起舞时，观众心中的感动是无法用言语来表述的。一位评委老师想到她已经二十多岁了，不禁为她的终身大事着急起来，便问她有没有男朋友。

她用手势回答：有！

丽丽的男朋友是和她在网上认识的，男孩是意大利华人。男孩儿喜欢丽丽的开朗、活泼、自信和美丽。他们认识后,他特别从意大利飞过来看她。她跟网络上的女孩儿一样可爱,还要美上几分,他痴迷了。

但两个家庭的背景差距太大,男孩的父母在意大利经商,家庭条件相当好,男孩的家长自然不同意。对于这段感情,两个家庭的家长都不看好,丽丽的父亲说:女儿有残疾,去那么远的地方我们不放心;他又不可能来中国生活,这种恋爱,赶紧断了吧。

虽然遭到了来自家庭方面的压力,但两个年轻人却顶住了压力,依旧坚持在一起。为了支持丽丽,男孩特地从罗马飞了过来。

当主持人请男孩上台时,现场炸锅了!在热烈掌声中,男孩出来了,年轻、帅气、肤色黝黑健康。

男孩的笑容温暖而又干净,用手语给大家打招呼问好。原来,他是先天失聪的。大家一片惋惜之声。可是,惋惜过后,却发现,他俩站一块儿,是那么的和谐。他们是那么的年轻,他们是那么的干净,他们生活在无声的世界里。

他深情地望着丽丽,用手语说:丽丽,为了你,我放弃意大利的生活,回中国来住。

说完,他紧紧握住丽丽的手,将她揽入怀中。

这一瞬间,许多人流泪了。

他们听不见,也无须说。可他们十指相扣时,就能体会到对方的爱意。

十指紧扣,静爱无言。现代都市里的爱情,短斤缺两,大家都在斤斤计较。然而,在这是个只有滥情没有爱情的年代,仍旧有一种爱情,不需要海誓山盟,不需要浪漫宣誓,只需要十指相扣,就能在无言处开出最美的爱情之花来。

我要给你未来

她是方圆十里之内村庄里最漂亮的姑娘,他只是个长相一般的穷小子,但学习勤奋,次次考试名列前茅。

他们不在同一个村庄,亦不在同一个班级,他在 3 班,她在 8 班,中间隔了好几个教室。他知道她，是在成绩榜上；她知道他，也是。

高一上学期的期中考试，他考了全年级第一名，她是第二名，两人的成绩仅仅差了5分；期末考试，他还是第一名，她依旧是第二名，不过差距已经缩小到了3分。他暗想：这个女孩子好厉害，等下次考试，名次没准就变了呢，自己一定要更加努力。她也暗自努力，心想下次考试一定要超过他。

高二的上学期，学校将高二的10个班分成了2个实验班和8个普通班，他和她自然是被分到实验班了，只是他被分到了1班，她则被分到了2班，两个教室挨着，加起来也不过100名学生，可是他始终不认识她。

期中考试，她只差两分就能赶上他了；期末考试，她终于和他比肩了。

他竟然没有被别人超过后的懊恼和不甘，反倒想看一看这个女生到底是谁。

他猜想，她学习肯定非常用功，也一定和自己一样每天都是班里最后一个去吃饭的人。于是，下午最后一节课后，他假装到2班教室门口等人，看到2班学生陆陆续续走出教室，最后只剩一个女生埋头学习，他断定，一定是她。

"安兰，去吃饭了。"有人叫她。

她抬头，他终于看到了她的容颜，朴素的衣着掩盖不了她的清丽脱俗。

她整理好书籍往外走，他逃也似的奔出教学楼。

从此，除了学习，他的心里多了一份莫名的情愫。而实际上，他奋笔疾书的背影早已留在了她的心中。只是，他们都知道，此时，学习比什么都重要。

终于，两人都如愿考上了重点大学。只是，一所学校在南，一所学校在北。

临近开学的日子，他终于鼓足勇气想对她表白。辗转打听到她家的地址，竟然和他家只隔了两个村庄，可是，他依旧不敢直接找他，又央求本班的一个女生将她约了出来。

地点约在了女孩所在村庄的小河边。阳光明媚的天气，河边生长着大棵大棵的狗尾巴花，花穗随风摇曳，在眼光下愈显夺目。他在她面前愈发拘谨，手都不知道该怎么放，她也只顾低着头。良久，两人只互问了彼此的学校和专业，最后，他折了一枝最艳的狗尾巴花塞到她手里，红着脸跑了。

大学四年，两人鸿雁传书。他为了去看她一次，省吃俭用又四处打零工，坐了二十多个小时的火车硬座。她为他拒绝了无数帅哥和富家公子的追求，安心吃着最便宜的饭菜，穿着朴素简单的衣服，连化妆品都不用。看着其他女孩子穿得花枝招展，他内疚地把她揽在怀里说"对不起"，她伏在他肩头低语：

“没关系，等我们毕业工作挣了钱，不就都有了吗？”

他们的爱情，像在贫瘠土壤里开出来的狗尾巴花，尽管不娇贵，却比其他鲜花开得更长久。

他们结婚那天，婚房里没有玫瑰百合，却放着好几瓶艳丽的狗尾巴花。闹洞房的人们笑新郎小气，他低着头只笑不语。

等夜深人静，所有人都走了，他对她说：“玫瑰百合到处都能买到，可是你知道我在这大城市里找这些狗尾巴花有多不容易吗？”

她笑，问：“那你干嘛还要找？”

他嘿嘿地笑。

她突然想起，有一年情人节，他攒了好久的钱买了九十九朵玫瑰送给她，她却嗔怪他：“玫瑰花有什么好看的，我觉得还不如咱们老家的狗尾巴花好看！等有一天咱们结婚，你要是送我一屋子狗尾巴花我才更开心呢！”

她没想到，她玩笑似的一句话，他竟记了这么久！她又想起高考结束之后的那个暑假，他红着脸塞给她狗尾巴花的情景，突然就湿了眼眶。

他不知她怎么了，忙将她搂进怀里，连连责怪自己应该将房里摆满玫瑰百合。

她轻轻抽噎着，说：“狗尾巴花学名‘红蓼’，花语是‘暗恋’，你说，你是不是高中的时候就暗恋我好久了？”

他怔了一怔，不料她竟会问这个问题，随即低头吻了吻她的额头。

她破涕为笑，却又忽然羞红了脸，问：“那你为什么不早点跟我表白？”

“因为那时候还没考上大学，我不敢确定自己能给你一个好的未来。”他像是在回忆过去，搂着她喃喃低语，“大学毕业的时候，我也想过要向你求婚，可是那时我依旧一无所有，我害怕你跟着我会受一辈子苦。现在，我终于可以给你一个好的未来了。”

“傻瓜，你的爱就足以安放我的未来了。”

真正的爱情不仅仅是花前月下的浪漫，还是一种责任。不要再喊着“不在乎天长地久，只在乎曾经拥有”的口号为自己不负责任的爱情找借口了，若真的爱一个人，我们一定会给对方一个未来。

失恋没有那么可怕

爱情,自古就是一个永恒的话题,也是人类文明的一个重要领域。无数伟大的艺术作品都来自于对伟大爱情的憧憬。与爱情直接相关的便是婚姻、家庭和谐,婚姻幸福也是一个成功人生的重要体现。和谐的家庭生活为事业成功提供了有力的支持,看那些成功人士的探索路程,他们的背后大多有一个默默无闻的伴侣的支持,才走到今天的辉煌的。所以,选择一个合适的伴侣对于人生可谓是意义重大。

但是,真正的爱,是两情相悦,而不是一个人费尽心机苦苦追求另一个人。那样的爱情,绝不会长久。当你放下尊严、放下一切来追求另一个人时,若还得不到对方爱的回应,赶紧放下吧!不要在不爱你的人身上浪费时间,而错过了能与你携手到老的人。

阿戴尔·雨果是法国大文豪雨果的女儿,她长得端庄美丽,但直到 31 岁时才遇到自己的爱情。

阿黛尔爱上的是一个叫皮尚的年轻军官,但这个军官却是个外表帅气嘴巴甜腻的花心大萝卜。他们有过一段甜蜜却短暂的恋爱时期,不久之后,皮尚随着部队转移而走了,人走了心也走了,甚至走的时候没给阿黛尔留下只言片语。

但阿黛尔却很专一很胆大,偷偷离家出走,抛弃父母也抛弃了事业,漂洋过海,一心一意去寻找和追随她深爱的男人。

阿黛尔有信心找到皮尚,也果真找到了。但皮尚并不被她的痴情所打动,甚至让她赶紧离开自己所在的城市,对她冷漠至极。但阿黛尔并不放弃,她想尽办法接近他,帮他还赌债,买通他的贴身侍卫,在他的每个衣兜里都放进去她写的纸条。

阿黛尔告诉父亲雨果,皮尚已经向她求婚,让父亲资助她旅费,定期寄钱给她,后来还要父亲给她嫁妆钱。但这一切都是假的,雨果在得知女儿要结婚后通过出版社帮他们的婚姻做了声明,这则声明又辗转到了皮尚上司那里。

最后，皮尚给雨果写信说自己是永远都不会娶阿黛尔的。雨果得知女儿骗他之后非常生气，写信要她快点回来，并且寄了旅费。

但阿黛尔并不没有就此放弃，为了让皮尚回心转意，她用尽了一切办法。她曾为他物色美貌的姑娘，亲自送到他门上；她曾在腹部填上枕头，骗他说她已有了他的孩子；她甚至曾求助于巫师，不惜花掉 5000 法郎，希冀借助上天的力量重新赢得他的心。她无视其他一切人和物，整个世界在她的眼中浓缩成一个目标：夺回皮尚。

但她做的一切都是徒劳的，报上登出了皮尚与艾格·约斯通的女儿安格丝小姐订婚的消息。得知消息的那一刻，阿黛尔差点疯了，然后决定不择手段破坏这桩婚姻。她以雨果女儿的身份找到了安格丝小姐的父亲，诉说了皮尚的种种恶行，并说皮尚已经同她结婚，而且自己还怀了皮尚的孩子。

她成功了，皮尚的婚礼没能如期进行。之后，皮尚随部队去了巴巴多岛。

阿黛尔本想就此打住，回到年迈的父母身边，但她还是随旅船渡到了巴巴多厘岛。她已身无分文，再也无法住旅馆，累了就在公园或车站的长椅上蜷一会儿，饿了就去餐馆捡些残羹剩饭。她沦落成了一个彻底的乞丐，而且是个很可笑的乞丐。曾经华丽的衣裙如今变成丝丝缕缕的破布，卷曲的长发粘满树叶和纸屑，目光呆滞，口中念着爱人的名字，千里寻爱，整日幽灵般在街上游荡。常有整群的小孩跟在她身后，叫着"疯女人，疯女人"，冲她吐唾沫、扔石块、踩她的长裙。

1872 年，42 岁的阿黛尔结束其为爱走天涯的日子。此时的她已经无以为继，身心已经完全崩溃，被伤害的体无完肤，在接连的沉重打击下神经错乱。她被带回法国，住进雨果的医生朋友家里。她认得出父亲，但已经被巨大的悲痛袭击得说不出话。随后，她又被送到圣孟蝶精神医院，无药可救，她已全然疯了。

对爱情忠贞、专一是一种非常好的品德，但若把这种专一用在不爱自己的人身上，对对方死缠烂打，最终不仅不会得到对方的爱情，只会惹来对方的厌恶。

爱情中的两人需要共同经历些风雨、甚至苦难，才会有心心相印、相濡以沫的坚守。如果一个人并没有和你经历这一切，而是提早选择了离开，那么这个人就不是能陪我们一生的人，即使失去了，也没什么遗憾。

古时候有一位书生,和一意中女子定了亲,心中甚是高兴。可有一天女方家送回聘礼,要退亲。原来女子已被许配给他人,又定了一门亲事,准备即日迎娶。

书生又气又恼,不知所措,从此茶不思饭不香,终日形单影吊,没多久便骨瘦如柴。后来他去了寺里,想解开心头疑惑。寺里的僧人给他讲了一则故事:相传舟行遇险,有一裸体女尸躺在岸边,第一个过路人走过去,看一眼,摇摇头,走了。第二个过路人走过去,很是同情,脱下自己的长衫,给女尸盖上,走了。而第三个过路人走过去,挖了个坑,小心翼翼地把尸体掩埋了。书生就是故事里的第二个过路人,那具海滩上的女尸便是你意中人的前世。女子与人定亲,给你留下一段美好的回忆,是为了报你赠衣之恩。但她今生今世要陪伴的是将她埋葬的人,报答前世的恩情。这是你今生应有的造化,有什么可遗憾的?书生这才醒悟。

书生最终明白,他真正的爱过,珍藏了一份美好的回忆,已经足够!

人世间有太多的情感我们不能把握,没有了爱情又能怎么样呢,只要我们曾付出一段深情就足够了。一个人最大的成功不是功成名就,而是无憾的对待身边的每一个人。浅浅爱、深深藏,不言有恨,人生艰难当携手前行。缘份已尽莫再留,青山绿水依旧。昨日依花枝上看,似留春意入明年。缘来而聚缘灭而散,留一份深情在滚滚红尘。

爱,也是一种责任

年少时,我们不顾一切地疯狂去爱,却从未想过这段感情最终会不会无疾而终;年少时,我们写下"每天睁开眼,看到你和阳光都在,这就是我想要的未来",可却未想过多年之后,每天睁眼看到的人是不是现在爱着的那一个;年少时,我们一起在雨中狂奔,以为这样一直跑下去就能跑到未来,却未想过跑着跑着会不会就丢了彼此……

年少时,我们的心中只有此时花前月下的浪漫,很少会考虑到未来,很少会认为爱情也需要责任来维系。

　　一个五岁的小男孩吻了一个四岁的小女孩,并拉着她的手说:我爱你。

　　小女孩说:你能对我负责吗?

　　小男孩说:当然能!我们又不是两三岁的小孩……

　　这个小笑话,让我们在哈哈一笑过后,也能有所思索。爱终归是一种责任,不是游戏,需要我们认真对待。

　　朵朵,她是家长眼中的乖孩子,老师心中的好学生,乖巧懂事,认真勤奋,学习成绩好。

　　"朵朵,你是妈妈的希望,一定要考上重点大学啊!"

　　"朵朵,老师很看好你,一定不能松懈,努力啊!"

　　高三一开学,朵朵就轮番接受了家长和老师的谆谆教诲。

　　朵朵也本以为自己的高三会和高一高二一样,生活中除了学习还是学习,但她没想到的是,本应该是更紧张的学习阶段,她的心却起了涟漪。

　　"朵朵,我喜欢你。"

　　好看的信封,好看的信纸,好看的笔迹。

　　收到这封信是在高三开学的第一个星期,可是她对这个叫"吴辰"的男生却没多大印象,其实她对班里大部分同学都没什么印象。每天只顾埋头学习的她除了同宿舍和座位周围的几个同学,剩下的同学,她都不怎么熟识。

　　她的位置,在教室的第一排,看到情书后,她好奇,想知道到底是怎样的一个男生会给自己写情书。却不曾想,她一回头,看到他的刹那,他便住进了她的心里。

　　他坐在教室最后面靠窗的位置,她一回头,便迎上了他的目光,那么热烈,又有些胆怯。

　　那天他穿着白色的T恤,夕阳的余晖正好透过窗户照到他身上,她从没看到过一个男孩子笑容竟可以那么干净明亮,被阳光包围的他仿佛不识人间烟火的样子。

　　不过,两人的目光只交汇了刹那,便赶紧移开了。

　　看着他走出教室,正在做数学题的她发现自己看了很多遍那道题目还是不知所以然,而草稿纸上却写满了两个字:吴辰。

她开始注意到他,知道他篮球打得很棒,喜欢看他在篮球场上叱咤风云的样子,可是她永远只会远远地看着,从来不敢像别的女生那样大声地为他加油或者为他递上一瓶水。

她清清楚楚地告诉自己:爱情,纯属奢侈品,况且,现在是高三。

高三的运动会之后,不知道是谁拿错了她座位上的椅子。于是,那一堂课她只好和同桌挤在一起。中午吃完饭回到教室的时候,她竟然意外地发现座位上多了一把一看就知道是刚从商店里买回来的椅子。

她一回头,便看到他旁边的那些人指着他对着她点头。而他还是那副淡然的样子,好像这一切都与他无关,你只是做了一件他应该做的事情,就像吃饭睡觉一样自然而然的事情。

那一刻,她忽然觉得,为什么喜欢一个人却要那么辛苦地隐藏起来不让他知道呢? 更何况他也刚好喜欢你。她想也许一直以来是他不够勇敢。

终于有一天,她放下所有的顾虑,很认真地对他说:"吴辰,其实我也喜欢你。"她看到他好看的笑容一点点地从眼角慢慢弥漫开来。

"朵朵,你不知道那一刻我的世界有多美好。"后来,吴辰对朵朵说,"其实对于这份喜欢,我很自卑。因为一直以来,朵朵你的光芒太耀眼,你是老师的宠儿,而我只是一个坐在后排、老师不会管的成绩不好的差生。所以朵朵,谢谢你让我觉得其实喜欢,对于任何一个人来说都是平等的。"

说出来了,心中没有秘密了,不再忐忑了,反而更能安下心来学习了。朵朵很庆幸,庆幸在高三最后那段艰苦的时光里,那个叫吴辰的男孩,给了她最大的温暖和力量。而他也开始认真地听课,他说即使最终他考不上大学,至少他要让自己记得,曾经他为一个叫朵朵的女孩很认真地努力过。

高考结束后,朵朵的名字依然排在学校光荣榜的第一个位置,而吴辰的名字,要在后面找好久才能找到。

后来的后来,朵朵和吴辰没有在一起,或许大多数的初恋都会有这样的结局。

可是,朵朵不后悔。

吴辰,也不遗憾。

爱是一种生命的延续,犹如那潺潺缓溢的清溪,无论时间的远逝,岁月的流失,都无法停息它流淌的生命。爱更是一种责任,每个拥有着它的人都应该担负起这看似简单的其实沉重的责任,只有将这完美的生命之爱当成肩上的责任,它才可能使美丽的人生变得更加绚丽。

第十五章 亮丽的青春也需要云淡风轻的心情

青春是绚丽的,是明媚的,是五彩斑斓的,是无所畏惧的,但再亮丽的青春也需要云淡风轻的心情,因为在成长的路上我们要面对的不仅仅是成功与喜悦,更多的可能是挫败与失去。如果我们无法做到坦然面对得失,那么的心就得不到成长。

失败的高考,不悔的青春

小天是那种经不起失败的人,她从小就被家人寄予了厚望,从小学到高中,她读的都是全省最好的学校,所以在外人的眼中,她一定是非名牌大学不上的。

曾经,她也对自己充满信心,每天除了学习,什么都不想。但在高三总复习的时候,她却一次又一次地被无情的分数与排名打败。那段日子是她整个高中最灰暗的时光,每次考试完她都会被老师叫到办公室做心理辅导。

面对老师的鼓励,她觉得自己还是有希望的。于是,她又像往常一样每天早早到校,快速地把煎饼啃完,然后将头埋进书堆,和班里所有追梦的同学并肩作战。但在算不出来数学题时,她会突然变得很急躁,用笔将草稿纸划出一道大口子;她会在费尽所有脑细胞去研究有关地球运动的题时,突然大哭起来,眼泪"吧嗒吧嗒"地落在雪白的卷子上。

她的压力大到了极点,每天在梳头发的时候,她都会盯着手里的大团大团脱发感到莫名的恐慌。

尽管如此,她还是在心中默念着:"前途是光明的,道路是曲折的。"她被磨平了所有的棱角,失去了所有的锋芒,变得非常自卑,累了就躲在房间的角落里,用被子蒙住头,大哭一场,哭完了擦干眼泪,继续前进。

但努力并不一定会有回报,频繁的考试并没有让她看到自己分数的丝毫提升。她彻底绝望了。

但心中的信念却并不甘心就此熄灭，哭过之后，她不再着急继续啃书本，而是开始反思自己，终于明白是自己给自己的压力太大了，于是她想："难过也是一天，快乐也是一天，何不让自己快快乐乐地上学，放下一切压力与烦恼，轻装上阵？"

她开始试着改变自己，发下卷子的第一件事不是去看自己的分数，而是看自己错在哪里；不是用泪水缓解心理上的压力，而是用理智寻找问题的根源。

周围的一切事物都没有发生变化，书还是那么厚，题还是那么多，钟表还在一圈又一圈地旋转，小黑板上倒计时的数字越来越少，她的心却越来越安静平和。

最后一次模拟考试过后，毫无准备的她，在看到自己的名字赫然排在第一行的时候，泪水猝不及防地掉了下来，然而她的心中却没有多大的涟漪。

很快，高考来临，她信心百倍地走进了考场。

但最终的结果，却让所有人大吃一惊，她的高考成绩还不如模拟考试中最差的一次。她将自己关在屋里，好几天没出门，饭也只吃很少的一点点。那摆堆在墙角的一米多高的有关高考的复习资料，被她一把推倒。

这么久以来自己所付出的汗水和泪水，只有她自己知道，她无法接受这样的结果。

不知何时，父亲站在了她的身后，轻轻地拍了拍她的肩膀，告诉她："高考其实就是人生的一个缩影，有成功也有失败，有大起大落，有大悲大喜，有人哭就有人笑。结果并不重要，重要的是这样一个过程。只有真正经历过高考的人，才会将自己尚未成熟的心灵磨炼得更加坚强，才会有更强大的承受力，来经受今后人生道路上更多的挫折。"

她静静地听着父亲的话，虽然一时无法接受，但却也明白，人生就是这样一个过程，重要的是我们要享受这个过程，而不是只看重结果。

也许很多人都有过这样的经历，高考的失败让我们曾一度萎靡不振，但当多年后再回忆起那时的岁月，回忆起那些做不完的卷子、永远也改不完的数学错题，心中恐怕不再是痛苦，反而会怀念那时的充实和忙碌。

是的，即使高考失败了，但我们的青春，没有悔恨。

昨天已经逝去

昨天已经逝去，明天还未来临，我们该把握的，只有今天。当我们清晨睁开双眼的时候，就应该清醒的意识到，昨天已经永远的失去了，昨天发生的一切故事都成了往事。然而，很多人却依旧沉浸在昨天的喜怒哀乐里，不知不觉中浪费了今天的大好光阴。

一天，一位得道的高僧休息前吩咐他的小弟子去给佛祖点上香火，这个粗手粗脚的小和尚不小心把香炉打翻了，香灰撒了一地，刚刚插好的香火也断了，差点儿燃着了整个祭堂。小和尚知道自己闯了大祸，偷偷地躲了起来。

第二日，高僧找不到小和尚，便亲自来到祭堂探究原因，得知了事情真相后，他有些生气，但是很快就平息了下来。他派人去把躲藏起来的小和尚叫来。小和尚因为害怕，哭了一夜，眼睛肿肿的，心想这次肯定被重罚。

高僧看了一眼小和尚说："你耽误了今天的晨课，知道吗？"

小和尚抬起头，很不解地望向高僧，然后低头主动认错："师傅，我错了。我昨晚打翻了香炉，你不生气吗？为何今日不责罚我，反而仅仅怪我耽误了晨课呢？"

老和尚语重心长地说："昨天你犯的错误，我是很生气，可是事情已经过去了，再来追究谁的责任已无益处。昨天香灰已洒，香火已断已经是无法挽回的事情了，唯一可以做的便是今天马上换上新的香灰，重新点上香火，再把今日的晨课补回来。如果因为昨天的失误，把今天的光阴也赔进去的话，那才是不可饶恕的。你明白了吗？"

小和尚恍然大悟。

对于很多人来说，对于过去都无法释然。站在时间的长河中，如果不把注意力放在美好的今天和明天，而总是沉浸于往事中，是极不明智的做法。昨天依然和我们有关，但是希望是不可能从昨天产生的，生活的奇迹永远是在今天的主题。每一天的太阳都是新的，不要对于昨天念念不忘，昨天无论是辉煌还是黑暗，都已经成为历史。作为已经翻过去的一页，我们何必要花费精力去自责，去悔恨呢?把握好今天，要为了明天而准备，而不是为了昨天而哭泣。

或许我们每一个人都曾经经历过类似小和尚的故事，我们为了昨天的失误而哭泣，甚至放弃了今日应该做的主题，明日再为今日的放弃而哭泣，日日相仿，人生就这样丢失了它的意义。当昨天的事情我们已经无力改变，那么就应该勇敢地去面对它，把握好今天才是最有价值的行为。

年轻时的波尔·布朗特威博士感觉每天都不快乐，因为他总是后悔昨天没有完成一些事，总是抱怨曾经失去的很多东西，而且铭记于心。但后来，他彻底改变了，不再为过去的事烦恼、后悔，生活也随之发生了很大的变化。其改变的缘由还得从一次实验课开始说起。

有一天，上实验课，同学们都聚集在科学实验室里，老师也早已在那边等候。讲桌上放了一杯牛奶，当同学们都坐下来时，所有人的注意力都集中在那杯牛奶上，心下揣测着那杯牛奶和这堂课有什么关系，老师突然站了起来，好像是很不小心的样子把牛奶打翻在地。老师看着惊讶的同学们，然后叫他们仔细看牛奶杯的碎片并说道:"仔细地看啊！你们要永远记住这个教训，牛奶已经打翻了，就算你再怎么懊恼，也不可能再收回来。也许会想到刚才小心点不就得了？但已经迟了，所以我们只好把牛奶的事忘得一干二净，而对未来从长计议。"这堂课给年轻的波尔·布朗特威留下了深刻的印象。

错过了就别后悔。后悔不能改变现实，只会徒增今天的烦恼和不快，破坏现在的美好，给未来增添阴影。覆水难收，往事难追，失去就让让它失去，后悔无益。我们应该牢记卡耐基的那句话:要是我们得不到我们希望的东西，最好不要让忧虑和悔恨来苦恼我们的生活。

我们唯一能做的，就是好好把握当下，不要让自己陷入过去的沼泽。或许昨日诚可贵，但是今日价更高。

面对得失学会坦然

在飞速行使的列车上，坐在窗口的一个小伙子不小心把刚买的新皮鞋从窗口掉下去一只，周围的旅客都为之惋惜，不料小伙子很快把剩下的那只也扔了下去。众人都不明白，小伙子却坦然一笑："鞋无论多么昂贵，剩下一只对我来说也没有什么用处了。把它扔下去就可能让捡到的人得到一双新鞋，说不定他还能穿呢。"

小伙子看似不可理解的举动，体现了他清醒的价值判断：与其抱残守缺，不如选择放弃。这种坦然面对失去的豁达心态，令人顿生敬意，也令人深思。

人生，本来就有高潮也有低潮，生活有苦也有乐，有失去也会有得到，这是及其自然的事。得到固然令人欣喜，失去固然使人沮丧，但面对得失，如果我们能多一份坦然，能够从大处着眼，为长远着想，那么个人得失相对于纷繁复杂的世界而言，那又算得了什么？

在工作和生活中，很多人都会患得患失，本来拥有一些自己并不需要的东西，却又绞尽脑汁想使这些东西不断增加，并为这些终日烦恼。其实每一种生活都有得与失，只是我们总是羡慕别人的生活而忽略了这个事实罢了。

每天清晨，总有一辆豪华轿车穿过伦敦市的中心公园。车里除了司机之外，还有一位远近闻名的百万富翁。有一天，那个百万富翁注意到，总有一位穿着破衣服的人坐在中心公园的椅子上，死死地盯着他住的酒店。

终于有一天，百万富翁对此产生了极大的好奇心，他要求司机停下车并径直走到那人的面前说："请原谅，我真的不明白你为什么每天早上都盯着我住的酒店看。"

"先生"，这人回答道，"我什么都没有，只得睡在这长凳上。不过，每天晚上我都能梦到住进了那所酒店。"

百万富翁听了以后，对他说："今晚你一定能如愿以偿。我将为你在酒店租一间最好的房间，并付一月房费。"

几天后，百万富翁路过那个人的房间，想打听一下他是否对现在的生活感到满意。出人意料的是，这人已经搬出酒店，重新回到了公园的凳子上。

当百万富翁问这人为什么要这样做时，他回答道："一旦睡在凳子上，我就梦见我睡在那所豪华的酒店里，妙不可言；一旦睡在酒店里，我就梦见我又回到了冷冰冰的凳子上，这梦真是可怕极了，以至于完全影响了我的睡眠！"

每个人都有适合自己的生存状态，只要我们能心平气和地接受属于自己的一切，那么我们就不再会为了一点得失而耿耿于怀，无论看待什么都能平静接受，我们的生活就会变得幸福美满，我们的心境就会变得淡然如水。

没什么了不起

生命中的某些时刻，我们总要主动或被迫放弃一些东西，当我们失去了这些东西时，不要悲伤，不妨对自己说一句："放弃了就放弃了，没什么了不起！"

从前，有位商人约翰和他正在成长的儿子一起出海旅行。他们随身带了满满一箱子珠宝，准备在旅途中卖掉，但是没有向任何人透露这一秘密。

一天，约翰偶然听到了水手们在交头接耳。原来，他们已经发现了他的珠宝，并且正在策划谋害他们父子俩，以掠夺这些珠宝。约翰吓得要命，他在自己的小屋内踱来踱去，试图想出摆脱困境的办法。儿子问他出了什么事情，约翰于是把听到的全告诉了他。

"同他们拼了！"儿子断然道。

"不，"约翰回答说，"他们会制服我们的！"

"那把珠宝交给他们？"

"也不行，他们还会杀人灭口的。"

过了一会儿，约翰怒气冲冲地冲上了甲板，"你这个笨蛋儿子！"他叫喊道，"你从来不听我的忠告！"

"老头子。"儿子叫喊着回答，"你说不出一句值得我听进去的话！"

当父子俩开始互相谩骂的时候，水手们好奇地聚集到他们周围。狄斯突然冲向小屋，拖出了他的珠宝箱。"忘恩负义的儿子！"约翰尖叫道，"我宁肯死于贫困也不会让你继承我的财产！"

说完这些话，他打开了珠宝箱，水手们看到这么多的珠宝时都倒吸了口凉气。约翰又冲向了栏杆，在别人阻拦他之前将他的宝物全都投入了大海。过了一会儿，约翰父子俩都目不转睛地注视着那只空箱子，然后两人躺在一起，为他们所干的事而哭泣不止。后来，当他们单独呆在小屋时，约翰说："我们只能这样做,孩子,再没有其他的办法可以救我们的命!"

"是的,"儿子回答道,"您这个法子是最好的了。"

该放弃的时候舍得放弃,实在是一种人生智慧。而如果在该放弃的时候不肯放手,那么最终要付出代价的,还是自己。

男孩是一个海员,整日的风吹日晒,依然挡不住他那张英俊的脸庞。

这是男孩休假发生的故事,不是意外,却很意外。

那天,他正办理出国手续,去澳大利亚,他相恋多年的女友在那里。他们约好这个冬天一起去滑雪。拿到签证的时候,他高兴地飞奔去给女友打长途电话,路上不小心摔倒了。右腿软软的,抬不起来,去医院检查,竟是骨癌。医生让他立刻住院动手术,截去右腿,这是保住生命的唯一办法。家人、朋友、医生、病友们反复劝他:"还是做手术吧!毕竟,还是生命要紧!你还年轻……"

他却坚定地摇着头:"不,对我来说,腿和生命同样重要!我宁可失去生命,也不会截断这条腿!"

没有他的签字,手术无法进行。医院和家人只能尊重他的选择,为他做药物治疗。通过化疗,不到两个月,他一头黑发都掉光了。在这期间,他想要保住自己的腿的强烈愿望,和想要活命的强烈愿望每一刻都在交织争斗着、相互妥协着。最后,终于还是想要活命的愿望占了上风,他改变了最初的决定,同意做手术,截去患病的右腿!

他在手术单上签下了自己的名字,然后,最后一次凝视了一眼自己的右腿,就被推进手术室了。手术整整进行了 4 个小时,他一直在昏睡中。等他再一次醒来的时候,只感到右下侧剧烈地疼痛,他慢慢把视线转过去,那里已经空荡荡的。他的眼泪顷刻间流了下来,他感到心在剧烈地疼痛,比身体的疼痛剧烈 100 倍!

但是,事情的结果是最坏的那种。因为错过了做手术的最佳时间,他的病情急剧恶化,癌细胞已经扩散了。他的右腿被白白锯掉,他将带着仅剩一条腿的残缺身体走向生命的尽头。

这个海员的故事让人心痛,但我们又何尝不是如此呢?当事情降临到自己头上,可能自己的选择也会和他一样。在开始的时候,选择第一个方案,保住腿;然后随着时间的推移,病情的加重,再改成第二个,保住命。然后两个都失去,然后再后悔。

许多时候,我们就是因为执拗了一些不该执拗的事,不能果断放手,而要苦苦坚守"完美",后来不但变得残缺不全,还失去了所有。其实,选择完美是个误区,不能及时放弃也是个误区。

一个小男孩的手插进了放在茶几上的花樽里。花樽上窄下阔,所以,他的手伸了进去,但伸不出来。母亲用了不同的办法,想把卡着了的手拿出来,但都不得要领。

妈妈开始焦急,她稍为用力一点,小孩子就痛得叫苦连天。在无计可施的情况下,妈妈想了个下策,就是把花樽打碎。可是她稍有犹豫,因为这个花樽不是普通的花樽,而是一件价值连城的古董。不过,为了儿子的手能够拔出,这是惟一的办法。结果,她忍痛将花樽打破了。虽然损失不菲,但儿子平平安安,妈妈也就不太计较了。她叫儿子将手伸给她看看有没有损伤。虽然孩子完全没有任何皮外伤,但他的拳头仍是紧握住似的无法张开。是不是抽筋呢?妈妈又再惊慌失措。原来,小孩子的手不是抽筋。他的拳头张不开,是因为他紧捉着一枚硬币。他是为了拾这一个硬币,所以将手卡在花樽的口内。小孩子的手伸不出来,其实,不是因为花樽口太窄,而是因为他不肯放手。

做事情贵在拿得起放得下,该放手时就要放手。不能一味的去追求完美,什么都舍不得放弃。当我们站在人生的十字路口面临抉择的时候,如果不懂得及时放弃,那最终将落得一无所有。

人的一生,需要我们放弃的东西很多。古人云,鱼和熊掌不可兼得。如果不是我们应该拥有的,我们就要学会放弃。几十年的人生旅途,会有山山水水、风风雨雨,有所得也必然有所失,只有我们学会了放弃,我们才能拥有一份安然祥和的心态,才会活得更加充实、坦然和轻松。

有个和尚千里迢迢来向禅师求道。禅师先是以礼相待,却不说禅,他将茶水倒进和尚的杯子,杯子已经满了但是还在继续倒。

和尚眼睁睁看着茶水不停地流出来,终于忍不住大声问道:"都已经满了,你怎么还倒啊!"

禅师笑了笑:"你就像杯子一样,里面已经装满了你自己的看法,如果你不将自己的杯子倒空,我怎么和你说禅啊!"

人性的贪婪让我们想紧紧抓住手中的东西不肯放弃,还想要更多的东西,但却忘了,舍弃才能释放出新的空间,才能让我们拥有更多的东西。

我们在生活中,时刻都在取与舍中选择,我们又总是渴望着取,渴望着占有,常常忽略了舍,忽略了占有的反面——放弃。事实上,放下是一个新的机遇。谚语说:"最大的一步是在门外。"主动放下的后面并非一片空白,而是新的人生的机遇。

小溪放弃平坦,是为了回归大海的豪迈;黄叶放弃树干,是为了期待春天的葱茏。蜡烛放弃完美的躯体,才能拥有一世光明;成长的路上也只有当机立断地放弃那些次要的、枝节的、不切实际的东西,你的世界才能风和日丽、晴空万里。

失去,也是另一种拥有

舍得舍得,要先舍才能后得。我们都希望自己拥有的名利、财富越多越好,而不希望自己手中已经紧握住的东西再次失去。然而,这个世界上很多事情都是可以相互转换的,紧握在手中的沙子最后可能全部流走,而当我们张开手,拥有的却是整片天空。

得与失,就是这样奇怪的事情,失去,有时却是另一种拥有。

有一个小伙子,高中毕业后,没有考上大学,留在了贫穷的家乡。为了改变艰难的生活状况,他不得不四处寻找致富的好方法。

一天,一个从省城来的商贩给他带来了一样好东西,尽管在阳光下看去那只是一粒粒不起眼的种子。但商贩讲,这不是一般的种子,而是一种叫做"金橘"的水果的种子,只要种在土壤里,两年以后,就能长成一棵棵橘子树,结出数不清的果实,拿到集市上,可以卖好多钱!

欣喜之余,这个小伙子急忙将金橘种子小心收好,但脑海里随即涌现出一个问题:既然金橘这么值钱、这么好,会不会被别人偷走呢?于是,他特意选择了一块荒僻的山野来种植这种颇为珍贵的果树。

经过两年的辛苦耕作，浇水施肥，小小的种子终于长成了一棵棵茁壮的果树，并且结出了累累硕果。

小伙子看在眼里，喜在心中。因为种子不多的缘故，果树的数量还比较少，但结出的果实也可以让他过上好一点儿的生活了。

他特意选了一个吉祥的日子，准备在这一天摘下成熟的金橘挑到集市上卖个好价钱。

当这一天到来时，他非常高兴，一大早便上路了。

当他气喘吁吁爬上山顶时，心里猛然一惊，那一片黄灿灿的果实，竟然被小鸟们吃个精光，只剩下满地的果核。

想到这几年的辛苦劳作和热切期望，他不禁伤心欲绝，大哭起来。他的致富梦就这样破灭了。在随后的岁月里，他的生活仍然艰苦，只能一天一天地熬日子。

不知不觉之间，又是几年的光阴如流水一般逝去。

一天，他偶然之间又来到了这片山野。当他爬上山顶后，突然愣住了，因为在他面前出现了一大片茂盛的金橘林，树上结满了累累的果实。

这会是谁种的呢？在疑惑不解中，他思索了好一会儿才找到了一个出乎意料的答案。

原来这一大片金橘林都是他自己种的。

几年前，那些小鸟在吃金橘时，将果核丢在了地上，果核里的种子慢慢地发芽生长，终于长成了一片更加茂盛的金橘林。

现在，这个小伙子再也不用为生活发愁了，这一大片林子中的金橘足以让他过上温饱的生活。

小伙子时常会想想：如果当年不是小鸟吃掉了小片金橘林中的金橘，今天肯定没有这样一大片果林了。

可见，失去并不意味着一无所有，而是给我们带来了别样的拥有。学习习惯于"失去"，往往能从"失去"中"获得"。得其精髓者，人生则少有挫折，多有收获；人会从幼稚走向成熟，从贪婪走向博大。

失去，并不意味着一切就结束了，与其自怨自艾，不如想办法从失去中获得重生。

一天傍晚，一位美丽的少妇正坐在岸边的一棵大树旁梳洗着自己的头发。这个情景被一个正在湖边泛舟打鱼的老渔夫看到了，他顿时被眼前这幅美丽的风景画迷住了。正要忍不住赞叹一声，却听到身后"扑通"一声。老渔夫回头一看，原来正是刚才那位梳头的美丽少妇投湖自尽了。

老渔夫匆忙将船划到出事的地方，费尽周折，救起了寻短见的妇人。

"你年纪轻轻的，为何寻短见?"渔夫奇怪地问。

"我结婚才刚刚两年，丈夫就遗弃了我，接着孩子又病死了，我无依无靠，什么精神寄托也没有了，您说我活着还有什么乐趣?"说完，少妇泪流满面地哭了起来。

"那么两年前你是怎么生活的?"

少妇的眼睛一下子充满了光彩："那时的我自由自在，无忧无虑，生活得无比幸福……"

"那当时你有丈夫和孩子吗?"

"当然没有。"

"可是现在，你也是同样没有丈夫和孩子啊! 为什么要自寻短见呢?你不过是被生活之船又送回到两年前，现在你又自由自在了，这不是也没什么损失吗?孩子，记住：有些结束对你来说恰恰是一个新的起点。即使你失去了你曾经拥有的，也不能失去活下去的勇气。人在一开始的时候就是两手空空的，后来即便是失去了全部，也只是回到了你的起点，只要你的生命还在，你的机会就还有很多很多! "

听了老渔夫的话，少妇恍然大悟，再也不想自杀了，千恩万谢地谢过老渔夫之后高兴地去寻找自己的新生活了。

生活总会给我们一些痛苦让我们来磨练自己，而最痛苦的事情莫过于失去自己最心爱的人或事物。虽然我们会因为暂时的失去而痛苦万分，但只要我们振作精神，重新寻找生活的希望所在，那么我们所获得的，远远要比失去的多的多。

1883 年，天真烂漫的玛丽亚(居里夫人)中学毕业后，因家境贫寒无钱去巴黎上大学，只好到一个乡绅家里去当家庭教师。她与乡绅的大儿子卡西密尔相爱，在他俩计划结婚时，却遭到卡西密尔父母的反对。这两位老人了解玛丽亚,知道她是一位好女孩,但是,贫穷的女教师怎么能与自己家庭的钱财和身份相配?父亲坚决反对,母亲也百般阻挠。最终,卡西密尔屈从了父母的意志。

失恋的痛苦折磨着玛丽亚,她曾有过"向尘世告别"的念头。但玛丽亚毕竟不是平凡的女人,她除了个人的爱恋,还爱科学和自己的亲人。于是,她放下情缘,刻苦自学,并帮助当地贫苦农民的孩子学习。几年后,她又与卡西密尔进行了最后一次谈话,卡西密尔还是那样优柔寡断,她终于砍断了这根爱恋的绳索,去巴黎求学,最终成为人类历史上伟大的女科学家。

失去并不可怕,可怕的是我们在失去之后一蹶不振,沉浸在痛苦中不能自拔。当因为失去而觉得伤心痛苦的时候,不如积极乐观的继续生活下去,因为我们永远不知道明天将会发生什么。有一天重获幸福快乐的时候,我们会感激曾经那段失意的日子,因为那铭心刻骨的痛,我们才学会知足常乐,学会心存感激,学会珍惜每一份来之不易的缘分。失去,是另一种拥有。

第一次看见这个女孩时,他感觉她的笑容很灿烂,仿佛从来不曾有什么事情可以困扰她。除了羡慕之外,他很钦佩她的心境可以保持得这么美好。

但后来他了解了她的一些事情。

她和男友原来是最幸福的一对,男友对她呵护有加:大家看在眼里,都认为他们将是朋友圈中第一对结婚的佳偶。但就在毕业的前夕,他们两人一起去书店买书回来的路上,被一辆疾驰而来的汽车撞上,男孩当场死亡,而女孩则被送医院急救。

女孩在医院中昏迷了一个月,亲友们都担心她不再醒来,但更担心她醒来以后知道自己心爱的人已经死去的消息。一个月以后,她奇迹般地活了过来。令人吃惊的是,她好像不太记得男友惨死的那一刹那,更不见她哭泣悲伤。经过医生的解说,大家才知道是有一部分车祸病人,会因为被撞伤丧失部分的记忆:大家感谢上帝,让她忘记了她生命中最悲伤的一段。

后来,她很顺利地就业、工作,且比以前更爱笑了。因为他知道了她的往事,再次见到她,就有了一种怜惜的情绪。因为工作的关系,他们一起去喝咖啡。他定定地看着她的笑容,跟着她生动的表情谈笑风生。

"你知道了是不是?"她突然说。

"知道了什么?"

"我的那一场车祸？"

他犹豫着，不想回答，不想谈起这个话题。

"他们认为我不记得了，其实我什么都记得。当我眼睛睁开，看见我最爱的母亲哭得那么伤心时，我就对自己说我不再哭了，因为我知道我的痛苦会造成他们更大的痛苦，这是我不愿意见到的。"

他看见她的眼泪在眼眶中打着转，还有那不愿意眼泪落下的笑脸，他知道了一个女孩的坚强，以及她对爱情的看法。

因为某种爱而伤害了其他爱你的人，这样的人是自私的；真正在爱中坚强的人，是了解爱的人。

女孩选择了把一切痛苦都放下，她重新燃起的生命热情，也因此找到了生命当中的另一段美好的爱情。

美丽的云飘走了，不要失望，相信云飘走后你会拥有更晴朗的天空；斑斓的梦惊醒了，不要惆怅，相信梦惊醒后你将拥有更真实的生命；衷情的人儿远去了，不要悲伤，相信月亮落下定会升起更璀璨的繁星。

此时的失去，必定会换来未来的另一种拥有。

第十六章　青春，是最美的时光

也许多年后我们会忘记《桃花源记》怎么背，会忘记诗词赏析题的标准格式，会忘记电路图怎么画，会忘记复杂的数学题该怎么解答，会忘记检验容器密闭性的方法……但是，那些业余时间陪我们疯陪我们闹的人，心情不好时陪我们逃课的人，考试前陪我们熬夜的人，运动会上陪我们奔跑的人，照毕业照时和我们一起笑的人，我们不会忘记，因为那是青春里最可爱的人，因为那是人生中最美的时光。

用青春书写神话

肆无忌惮的海风敲击着湖面，微不足道的年龄卷起层层浪花，奋勇争先的旗帜舞动火红的朝霞。此时的我们，变成了绿草红花，百里黄沙。用浪漫诠释风华，用青春书写神话！

青春是充满朝气的，青春是绚丽多彩的，但青春也是残酷的，是充满挑战的。

在青春的世界里，沙粒要变成珍珠，石头要化成黄金，沙漠要繁衍成森林，而这一切都需要我们接受诸多挑战，方能实现。要实现这些虽然很难，但年轻的我们不必担心，青春就是我们最大的力量，我们可以用青春书写出任何神话。

青春时代的我们富有着激情与活力，正如一群群不怕苦的雄鹰，翱翔在蔚蓝的天空下。我们有着梦想，有着追求。我们把滚烫的誓言当作猎猎的风帆，搏击风浪飞扬在宏阔的蓝天下。在这个知识的海洋中，我们遇到过多少的风浪与暴雨，多少次的得意与失意都不曾误导我们的方向。我们羡慕青春的飞鸟，幻想翅膀，充满激情，在梦想的国度自由翱翔；我们幻想蓝天白云下的大草原，就是我们的归所，渴望抱着一把木吉他，和羊群一起奔跑在辽阔的大绿毯上。

青春时代的我们充满朝气,无论何时何地,总能看到我们矫健的身影。读书馆,总能浮现着我们如饥似渴的眼神;体育场,总会飘荡我们不甘落后的身影。我们的一切都与周围密不可分,我们的梦想是那燃烧的火把,我们的憧憬是那遍迁的彩蝶,我们的执着是那常青的松柏,我们的生命是那喷薄的朝阳,我们的浪漫是那融融的秋月。青春时代的我们从不轻言放弃,不因幸运而固步自封,不因厄运而一蹶不振。我们明白在阴影的前方,一定会有一轮照着青春的旭日。我们是和一群蝶经过蛹的拼命挣扎,羽化成蝶,凌空飞舞。我们眼中没有失败,我们坚信只要努力付出,不管结果如何,都会无怨无悔。我们不惧怕狂风暴雨,我们不畏惧任何考验,我们会让挫折和磨难变成我们前进的动力,我们会在现实的残酷和无情中变得更加坚强和成熟。

青春是一张纸,我们是一支笔,浪漫的笔尖可以在这张纸上尽情挥洒,却怎么也走不出纸的天涯。时光从指缝间溜走,纸张变得破旧,笔尖离开了它的牵挂,空旷的外表永远无法掩盖本质间灵魂的筹码,守一份淡然,携一份优雅,留一份空白,为了逝去的日子,更为了天空与白云的承诺与摩擦。

不要让青春匆匆走过,青春不是一场速度竞赛,它需要用心一步一个脚印走过去。人生如水,一生都在跌宕起伏中上演。而青春的时代,就正如那汹涌的波涛,被风雨碰撞着,在海洋中此起彼落。在奋斗的过程中,青春也往往赋予我们拼搏的力量,以孜孜的心态去迎接挑战。它也往往鞭策我们尽力挥洒青春的泪与汗,以特有的力量去托起希望的明天!

让我们用最浪漫的诗篇,表达我们最热情的理想,让那有韵有味的节奏在我们一张一合的唇齿间流淌。让我们用最响亮的歌声,唱出我们最坚决的承诺,让那优美动听的旋律在我们一高一低的应和中留味。我们让手中的画笔能舞出青春的旋律,用五彩缤纷的画布装饰自己飞扬的梦想。

青春的世界最潇洒,青春的世界最绚丽,让我们用青春书写出属于自己的神话!

年少的时光是回不去的童话

那一年,他正在读高中一年级,正是情窦初开,对爱情充满幻想的年纪。而刘依晴开始进入他的视线,是在一次运动会上。刘依晴参加的是排球比赛,身着短衫短裤的她四肢修长、动作优美,她的每一次击球,都会引起男生们的惊呼!

就这样,玫瑰花的种子在他心中一点点发芽,毫无防备的,他喜欢上了她。

喜欢也是默默的,她的美丽让他产生了深深的自卑,他的学习成绩一般,长相也不出众,能够远远地看着她,他就会感觉到无比地幸运和幸福。他会故意设计好路线与她相遇,或是提前站在她必经的路边等待她。多数的时候,她和女伴谈笑,偶尔独自一人从他身边掠过时,也是一副旁若无人的样子。

自卑终究没能抵得住思念,他决定要做一些事情引起刘依晴的注意。于是,在刘依晴和女伴饭后散步时,他终于鼓起勇气,在她身边唱起了伤感的情歌。刘依晴和女伴惊异的眼光看着他,她的目光是一种鼓励,他越发唱得动情,陷入到自我陶醉中。直到另一个女生说了一句"神经病",才把他骂醒。

看着捂着嘴跑开的她的背影,他感到羞愧难当、无地自容。从此,他再也不敢在她面前唱歌。

不过,暗恋却在他的心中像麦苗一样滋长。他终于还是没忍住想再一次制造机会和她偶遇,当他得知她每周五放学后都会骑脚踏车回家时,便决定尾随她回家。

可是,不知为什么,刘依晴这次没有骑单车,而是一位女同学骑着脚踏车载着她。路程过半,跟在刘依晴后面的他如果继续等待,那么与她搭讪的机会就会白白溜走。深呼吸了一口气,调匀自己的呼吸,他加速冲了上去。

没想到她竟然跳下了车!

原来那个女同学的家到了,剩下的不长的一段路她要自己步行走回去。

真是千载难逢的好机会,他快骑两步,赶上她,说:"你好,是回家吧?我捎你一段吧!"

她抬眼与他相望的刹那,天使般洁净的面孔与秋水一样的眼睛令他惊叹不已。许是看他面相老实,刘依晴并没有拒绝他的邀请,坐在了他的后座上。她的存在,不但没有让他感觉到负载的沉重,反而好像给脚踏车加了个马达,他豪情万丈骑得像风一样。

"你也是我们学校的吧?"她的声音从身后传来,犹如琴弦拨动。

"你认识我吗?"他很惊异。

"是啊,我知道你,你的歌唱得挺好的!"

幸亏没有和她面对面，他一阵脸红。

"我还看过你的文章，你的文章写的真好，下一期的校刊会发表出来。"

"你是文学社的？"

"是啊，你为什么不加入文学社呢？"不等他回答，她又说，"我知道你的名字，你叫张强对吧？有机会多给文学社投稿。"

他再次感到一阵羞愧。早就想换掉爹妈给他起的这个土得掉渣的名字，怎么也想不到，刘依晴对他的了解竟比他了解她的还要多。

他胡思乱想中，刘依晴突然跳下了车。

"我到家了！谢谢你！"

目送着她的背影消失，他才怅然若失地原路返回往家赶。回到家中，感觉和刘依晴的这次亲密接触就像是做了一个美丽的梦。傻笑一阵，发呆一阵，怎么也难相信，送刘依晴回家刚刚在自己的身上发生过。

他原以为，再见到她时会有朋友般的熟络和默契。没想到相遇后，都是礼节性的浅笑一下，这种蜻蜓点水似的问候，让他感到非常失落。

中学校园里的单相思可以毁掉一个学生，也可以成就一个学生。从此他开始打消乱七八糟的念头，发愤读书。高三时，他已经成了班里的优等生。课外活动，他喜欢去踢足球，这会引起一群女学生的围观，有时，刘依晴也会藏身其中。他漂亮的摆脱过人、射门，掌声四起，他只注意她的反应。但刘依晴好像对观看篮球比赛更有兴趣，篮球场是学校里帅哥的集中地，那个名叫周潇的男孩，每一次扣篮总会引得女孩们一阵阵尖叫。更令他郁闷的是，刘依晴好像对周潇情有独钟，她是他的忠实球迷，有时甚至帮他拿着衣服。

这一发现令他更加失落，索性连足球都不踢了，把精力全都放在了学习上。到高考前一模考试时，他的成绩终于能和刘依晴并肩了，这令他又一次兴奋起来，也许，他能和刘依晴考入同一所大学。有了这个动力，他学习更有劲头了。

高考填志愿时，他偷偷打听到了刘依晴所填的学校，然后将自己的志愿全部改成了和她一样的学校。但天不遂人愿，最终因为一分之差，他与刘依晴一人去了北京，一人去了上海。

大学报到的日子越来越近，他不想让自己的心意就这样被埋没在时光里，终于又一次鼓起勇气来到刘依晴的家门口。

当他站在她家门口，紧张地不知道该怎样敲门时，门突然"吱呀"一声开了，出现在他眼前的，是刘依晴与周潇并肩的身影。

"你是来找我的吗？"刘依晴问。

"哦，不，不是，我只是路过。"看着高大英俊的周潇，他一阵气馁，落荒而逃。

大学四年，他再也没打听过她的消息。后来毕业，他留在了上海，年龄越来越大，家里也催着他赶紧结婚。这些年他不是没谈过恋爱，但心里始终有她的影子，每谈一个女朋友他就会不自觉地与她作比较，最终都无疾而终。

一次，一个高中同学来上海出差，到他那里落脚。多年未见，两人把酒言欢，回忆过去的时光，不知不觉就聊起了刘依晴，也说起周潇。

同学惊讶地问他："周潇是她表弟，你不知道？"

他愣住了，更为自己当年的自卑怯懦而悔恨不已。

同学见他依然对刘依晴念念不忘，便怂恿他勇敢地为爱尝试一次。

在另一个同学的牵线搭桥下，他终于联系到了她。她刚刚结束了一段伤心的恋爱，他觉得他的机会来了。

他飞到北京，约她在一家意大利餐厅见面。两人在浪漫的氛围中吃完饭，把该说的都说了，突然不知道该说什么。

他早已不再是高中时那个不起眼的小男生，几年的工作早已将他历练成一个散发着魅力的优质男；而刘依晴，也不再是当初男生心中的校花，精致的妆容掩盖不了她的俗气，开口闭口就是房子车子更让他觉得谈话非常无趣。

最终，他礼貌地送她离开，之后再也没与她联系。

现在的刘依晴，已经不是他心中的那个刘依晴了。

他不敢对她说实话，她与当时差得太多。其实，他宁愿没有见她，宁愿留着那个未完成的美梦，宁愿在梦中变回那个每天盼着偶遇、期待却永远成空的少年。

有的梦，还是不要圆比较好。

初恋是一座美丽的古城，可惜，总会被荏苒的时光改建翻修，旧地重游，发现它被时间改建得四不像时，最让人心痛。

年少的时光是回不去的童话，如果心中藏着一个关于年少时的梦，还是将这个梦静静地搁在心底吧！

天亮说晚安，纪念回不去的青春时光

生命就象是陀螺，不停的旋转，我们终会从现在的风华正茂走到衰老的那一天。每一次生命的轮回都是一个花开花落的过程，花开的时候尽情的绽放，花谢的时候才会有一地的缤纷，才会有了无遗憾的青春。

然而，当我们真的要告别青春的时候，才发现，没有那么简单，也做不到那么洒脱。

实习结束，毕业在即，安雅回到了大学。

安雅虽然并不是很喜欢这座城市，但却对这里的城墙和古道有莫名的好感。每次走在城墙边的古道上，她总是习惯一只手扶着灰黑的古老城墙，然后抬头仰望墙缝里生长出来的繁茂树枝，任高跟鞋在石板上敲击着，把它当音乐来聆听。城门外的墙根处常常坐着三两个算命先生，光头，闭眼，坐在竹椅上，面前摆着神秘的签盒，旁边靠着一根竹棍，安静而祥和。

安雅很想以他们为主角创作一幅画，背景是一直延伸到远方的城墙，基调定为黑白，画的名字呢，就叫"岁月在墙上剥落"。

校园里，林荫道上的合欢树上开满了粉红的绒花，稍有风雨，树下便落英缤纷。树下有沉浸读书的文静女生，也有窃窃私语的校园情侣。一切安静而美好。然而，这一切于她而言，即将是回忆中的风景了。

她知道，即使是在若干年后，她依然会怀念这里的一草一木，怀念那些悠闲又忧伤的日子……可是，如果让她选择留下，她会马上说："不！"

她以为，她对这所学校，对这个城市，没有那么深的感情。

大学四年，她始终没有爱上这座城市。四年中的两个暑假，她都留在学校做暑期家教。家教的地方和学校相隔遥远，分别坐落在这个小城市的东南和东北角，每天坐 12 路公交车，大多数时候，车里是满满的人，十分拥挤，空气里混合着汗水的味道，没有人讲话，却始终感觉嘈杂。她习惯坐在靠窗的位置，看窗外的街景，看那一张张熟悉的广告牌，想着模模糊糊的心事。

每每想起这两个暑假，她就有种本能的畏惧，午后树间绵长的蝉鸣，叫得人心里发虚,透着树叶漏下的细碎的阳光,明亮得让人想哭。

相比夏天,她更喜欢这里的秋天。学校有个后花园,名字很有诗意,叫退园。大多数的时间里,园子里安静极了,一棵棵错落有致的树卫士般挺立着,一两只小鸟偶然叫一声停在树上,又扑棱棱地飞走了,淡淡风起,落下一两片半黄半绿的叶子。树的周围依偎着轻柔的花草,在风中轻轻摇曳,不知名的小虫忙碌地爬进草丛……阳光洒下来,一切都是那么安详,那么亲切。

时光仿佛一下子静止了,她贪恋这一刻的安静和温暖。

回到学校后,安雅就开始准备论文答辩,忙碌却也充实。

论文答辩结束,发学位证那一天,她和同学们一样都穿着黑色道袍一般的学士服,尽管感觉有点滑稽,但还是很高兴,大家轮流一个个走上台去和校长握手、微笑、合影。整个仪式走完,差不多用了三个小时,她看着慈眉善目的老校长,暗想他晚上回家会不会脸部肌肉僵硬,然后自己在心里偷偷笑了。

仪式结束后,她们全班70多人顶着烈日,穿着那长长的黑袍子奔跑在校园里,她们学着电影里的毕业生那样一起将学士帽扔向天空,可惜她们从来只看见电影里的天之骄子们将帽子扔向天空的那一霎那的美好意境,却从来没想到帽子还会掉下来砸到脑袋这个问题,几个人被砸得龇牙咧嘴,大家笑作一团。烈日炎热,可她们却有着前所未有的默契和耐心,在阳光下眯着眼,拿着相机拍了一张,再拍一张。

突然,她开始有一点点不舍,舍不得自己的大学生活就要这样结束了。

但很快,她又为自己即将离开这里而高兴起来。

第二天,全院的师生一起吃了最后的散伙饭。

和很多的毕业生一样,有很多人醉了,还有很多人哭了,只是看着桌子上的杯盘狼藉,感到有点落寞,那些曾经传过绯闻的人抱头痛哭,不知道他们到底有过什么样的故事,看着他们的红眼圈,她找不到共鸣。吃完饭,一起去K歌,在包厢里,班长哭的很凶,站都站不稳了,一遍遍和大家握手,嘴里说着含混不清的话,他已经醉得很厉害了。

安雅的眼泪,突然就掉下来了。

那一晚,她没有像之前同学聚会那样提前溜掉,而是和大家一起熬了通宵。

天微亮,大家互相搀扶着在KTV门口互相道别。

天气微凉,安雅打了个寒噤,突然想起那句:天亮说晚安,纪念回不去的青春时光。